試行錯誤に漂う

保坂和志

みすず書房

目次

1　弦に指がこすれる音

「永遠」と「瞬間」は反対ではない。対になっている。あるいは言葉として反対を指す概念は同じ方向を向いて補完し合っている。限りある命を与えられた人間が永遠を得ることができないからといって、「瞬間の中に永遠がある」と言ってみても、永遠という概念による苦しみから自由になることはできない。

「朝露が世界を映す」つまり、極小が極大を包含するというのもまったく同じ考え方で、これは少し知恵がついた中学生でもたぶん考えつく。私はといえば、高校一年だったか二年だったか古典の授業で『方丈記』に出会ったとき、『方丈記』の「無常」という概念を克服するにはどうしたらいいかと考えた。少しも難しいことがなく、「永遠」「瞬間」「無常」「死すべきもの mortal」は同じ範疇にある言葉なんだから、そこから一見逆と思える言葉を拾い出す。そして、その二つの語を結びつける言い回しを考えればいい。

小説家は小説という形ある作品を書く。これが自分にもまわりにも大きな錯覚の元で、

「作品だから（後世に）残る」と考える。しかし作品は残らない。百年経って残っている作品がどれだけあるか？　ということではない。作品はすでに残らない。

音楽、ダンス、演劇、それら形として残ってこなかった表現形式を考えると、レコードだろうがビデオだろうが、形だけを残すにすぎない。映像として残されたダンスや演劇は脱け殻なんじゃないか。

私は手書きだから形として採られなかった原稿用紙が床に捨てられ散乱する。ピアニストは日々ピアノを弾き、コンサートは日々弾くピアノの結び目としてある。子どものピアノの発表会のように人前で披露するその日を目標にしてピアニストは日々ピアノを弾くわけではない。日々ピアノを弾くことが先にあり、人前で弾くことなど簡単に通り過ぎて、日々ピアノを弾く行為にかえり、ただそれだけがつづいてゆく。

誰々のいついつの演奏を「畢生の名演奏」といったり「神がかり的だ」といったりするのには、作品を完成品としてただ受け取るだけの受け身の態度しか感じられない。私はこういう賛辞を聞くと、こういう言い方が大好きだった友達を思い出す。学生時代、彼の口からこういう言葉が出るたびに私は違和感を感じたものだが、これのどこがいけないのか私はまだ言葉にすることができなかった。

こういう賛辞は子どもでも言える。子どもが言えばみんな、「何を偉そうなことを言ってるんだ。」と思う。じゃあ、大人だったら言ってもおかしくないのかといえばやっぱりおかしい。こういう言い方は、基準のようなものを想定しているというか疑っていない。

書く呼吸が見えてこないまま何度か書いてみたが、どういうわけかテンションが高くなりそれが低くなったり緩くなったりしないので困り、困ったここから今度は書いてみることにする。

私は誰かに伝えたいよりもむしろ自分自身への覚書か、自分の考えを練るようなつもりで書きたいのだが、そのように書くのにどうしてそれが発表される必要があるのかということがすでに私の中でベクトルが乱れ、呼吸が整わない。

ここのところ私が惹かれ、おもしろいと思って読む文章は、カフカのノート、ミシェル・レリスの西アフリカ民族学調査の日記であるところの『幻のアフリカ』、シュレーバーの日記、宮沢賢治の『春と修羅』の第二、第三集などであり、どれも発表されることを前提とせずに、あるいは発表されるというはっきりした見通しを持たないまま書かれたもので、完成かどうかは関係ない。宮沢賢治が本当のところどのように詩を書いたかは知らないが、いつも小さなノートか手帳を持ち歩いていて、言葉が風のように彼を横切っていく。それを書き止めたように感じられる。

俳句や短歌はそのようにして作られるだろうか。外に出て自然を見たときに心をよぎる言葉を書きとどめる。そうでなければ機動力に富む創作形式であるところの俳句や短歌の意味がない。和歌とは画に和する歌であり、「駒とめて袖打ちはらう陰もなし……」という歌は、そういう情景を描いた画に和するために詠まれたものであるという話はちっともおもしろくない。家の中にいたとしても外にいた体の憶えがそれを詠ませた。まあしかし「駒とめて……」が家の中で詠まれようが画に和したものであろうが私はこの歌に反応しないんだからどうでもいい。反応しないということが、この歌が家の中で詠まれた証拠であるということも、そうだとしてもどうでもいい。

ピアニストが日々ピアノを弾く。私はやはりどうしてもこの話からはじめたいようだ。ピアニストにとってコンサートは日々弾くピアノの結び目のひとつにすぎず、ピアニストにとって主はコンサートではなく、日々ピアノを弾くことだ。コンサートに合わせて練習や体調を管理し、コンサートやリサイタルを何週間かの目標つまり一連の時間の収束とする考えは子どもの発表会のもので、プロ、アマという雑な言葉を使うならプロというのは、コンサートを、特別な時間とするのでなく、日々弾くピアノに埋没させる。

人はすぐに「歴史的名演奏」などといって、特別な時をつくりたがる。これは当然、収束の思考法であり、そのひとつの起源または典型はギリシア悲劇にある。ギリシア悲劇は今は後回しにして、なぜなら私の中ではもうほとんどカタがついていることだから、収束・収斂から拡散へのことを考える。「歴史的名演奏」というのは受け手の受け身の考え方であり、ピアニストにとっては歴史的名演奏もまた日々ピアノを弾く行為に埋没してゆく。ピアニストが神がかり的演奏をある晩したのだとしても、ピアニストにあったのは日々ピアノを弾く行為だけなのだし、演奏を終えたピアニストがいつまでもその演奏を反芻していてもしょうがない。というか、反芻したら彼は演奏者でなく聴衆になってしまう。

日々弾くピアノは小説家にとって何か。書き損じて捨てられた原稿がそれなんじゃないか。小説家は手を動かすこと、文を書きつづけることが、彼の日々だ。完成（発表）された小説には書き損じて捨てられた原稿は見えないが、書き損じ捨てられた原稿が小説の厚みとなる。もっと理想をいうなら、書き損じ捨てられた原稿や実際書くときには採られなかったが実際に書いてみる前までは考えられていた選択肢・岐路、それら形としては書かれなかったり残らなかったりした文章や思念の波間に、発表された小説は漂っている。

モンドリアンのあの画面分割は、印刷で見るといかにも無機的なデザインのようだが、実物を見ると何度も塗り重ねているのがわかる。と、ある画商が言った。彼は筆で何度も塗り重ねる行為を絵画の根拠だと言ったと私は受け取った。私のこのイメージ、というより像、運動の注視みたいなことが、音楽にも小説にも反映している。

人間とは、地面に立っている誰もが思い浮かべるあの形のことではない。蟻塚、蜂の巣、ミミズが排泄した土、それらを作るのでなく、作りつづける、そういうことをしつづけるのがそれぞれの生き物だと考えたちょうどそのとき、私は歩いていた街が、それをつくるためにした行為の集合体に見えた。たとえば塗装を仕事にしている人は、ビルや民家の壁を見たとき、私が新聞記事を読んで「通りいっぺんの書き方だ」と思ったり、「感傷的すぎる」と思ったりするように、「ムラがある塗り方をしたもんだなあ」と思ったり、「こんな塗り方じゃあ長くもたない」と思ったりするだろう。ということは、その人は壁を見て壁を塗っている人の手つきが見えている。それがその人にとっての〝人間〟だ。手つきが浮かんで「ムラがある塗り方だ」と思うとき、その人は作業の成果を評価しているのでなく、自分の手つき・行為の未来への投げ送りをやっている。なんだかハイデガーみたいな思わせぶりな造語だが、それをした人の手つきが思い浮かんでいるときの感覚は評価ではない。自分で何もしない人には評価としか聞こえないだろうし、手つきを思い浮かべた本人でさえも、自分はいまこの仕事の評価をしたとカン違いしているかもしれない。なぜなら、そのような言葉は主流として自分でそれをしない人たちのあいだで流通しているから、ついそういう錯覚を起こしてしまう。

しかし、〝手つき〟が思い浮かぶのはそれをする人だけだ。それにつづく「ムラがある塗り方だ」とか「通りいっぺんの書き方だ」とかの言葉は、すでに〝手つき〟まで届く想像力、というよりも、自分の体から発した行為と直結する記憶のようなイメージのようなものからは乖離している。私が新聞記事でも何でも、すべての文章を読んで、いろいろな感想が出てくるのは、その文章をどこかで（頭か体のどこかで）自分で書く呼吸で読んでいるからだ。

とすると、出てくる疑問は、新聞記事ならある程度我慢して読みつづけられるのに（といっても、そういうことはめったにないが）、小説となると、ホントにもう一ページも読まずに、退屈したりつまらなくなったりして投げ出してしまうのはどうしてか？

ひとつには新聞記事は単純に情報として読むことができる。情報だから自分が知らないことを知ってどうなるものでなく知りたいと思うように書いてあるかぎりは読んでいられる。が、情報を知るつもりで読んでいたのが記者の主観、というよりも情緒の吐露が出てくるとそこでやめるし、読み通したとしても自分が何を読んだのかわからなくなる。私は天声人語くらいの長さの記事でも、読み通すことがあんまりない。

もうひとつ、小説を読むとき私は期待値が高い。私は小説に情報を求めていない。文体と言ってしまうとまるで文章の味わいを気にしているようだが、そうでなくもっとずっとぎこちなく不細工で、意味よりも手つきや息継ぎやそういうことの下手さが前に出ているもの、あるいは、ヒステリーのように狭い空間に情報がぐっと押し込まれたもの、読む側への説明を忘れて勝手に先に行ってしまったり、説明にならないようなことを延々と書き連ねるもの。それらがいい。著者があらかじめストーリーを決めていて、それに沿って文章が整然と並んでいるものは最初からおもしろくない。

その傾向が最近やたらと強いのはしかしどういうわけなんだろう。私自身がしばらく書いていなかった小説をここ二年以上書いていることと関係はある。小説を書くのは小説を読むのより頭を使うというか実感としては頭を押す感じで、その頭を押した力が消えないまま小説を読むからよっぽど（変な）小説でないと物足りない。そこに私はあらかじめあると思われている小説の言葉・小説の文章に自ら進んで入っていくのと全然違う、小説（の文章）を書くことの試行錯誤を感じる。

私がこの〝試行錯誤〟ということを最初に思ったのは、パブロ・カザルスの、バッハの『無伴奏チェロ組曲』を弾いているときに聞こえる、弦の上を指が動いてこすれる音と弓が弦に触れる瞬間の音楽になる一瞬間の音だった。どちらもノイズということだが、私はこれを最高級の蓄音機でSPレコードを再生してもらって聴くと、奏者と楽器が自分がいまいるまったく同じこの空間にいると感じられるほどリアルという以上に物質的で、その音からブルースが聞こえた。

弦の上を指が動いてこすれる音や弓が弦に触れる瞬間の音はだからノイズではない。その音が弦楽器を弦楽器たらしめ、チェロをチェロたらしめる。カザルスが弾いた音の中にブルースの響きまであったのではなく、そのこすれる音の中にカザルスの演奏がありブルースもあった。弦楽器が譜面＝記号で再現可能な行儀のいい音の範囲を出るときに、奏者の指も体もそこにあらわれ、肉声もあらわれる。そこからブルースも響き、ジミ・ヘンドリックスのギターも生まれ出る。

カザルスの演奏は彼に先行した弦楽器を鳴らした人たちの試行錯誤を一緒に鳴らす。すぐれた奏者というのは、自分に先行した楽器をいじった人たちの試行錯誤を鳴らす人のことで、〝歴史〟や〝記録すること〟が人間の営みの中心だと思っている人は、

「カザルスの演奏からは彼に先行した人たちの試行錯誤が一緒に響く。」

と、歴史に名を残す人＝特異点を主にした言い方をし、私もまたそのような言い方ばかりを子どもの頃から浴びて育ってきたために、ふだんはついついそういう言い方をしてしまうのだが、

「先行した人たちの試行錯誤の厚みの中からカザルスの演奏が響く。」あるいは、

「先行した人たちの試行錯誤の厚みがカザルスの演奏を響かせる。」

という言い方が、きっと本当のところだ。

表現や演奏が実行される前に、まずその人がいる。その人は体を持って存在し、その体は向き不向きによっていろいろな表現の形式の試行錯誤の厚みに向かって開かれている。「これがいい演奏だ」「これがいい文章だ」と言われて、自分の体がすでに知っている（というのは、うすうす気づいている）試行錯誤の厚みに関心を持たずに、既成の形に自分をしたがわせたら、模倣や縮小再生産しか生まれず、教育というのは本質的にそういうものでしかないが、「これがいい演奏だ」「これがいい文章だ」と言われても、自分の体がすでに知っている試行錯誤の厚みに忠実であろうとしたら、既成の形との軋みが起こる。

それが弦の上を指が動いてこすれる音だ、というのはあまりにベタな比喩だが、表現とい

うときに私がいつもそこに立ち返るのは事実であり、これがこういうことを考えるイメージの源泉とか起源になった。

人は、作品、演奏、表現されたものというと、〝完成〟ということを考える。雑に言えば、完成形が百点満点で、この作品は八十点ぐらい、こっちは六十点ぐらいという考え方をする。しかし、表現することにおいて完成はない。「どこまでいっても完成しない」ということでなく、完成という考え方は、出来事や行為を結果から考える考え方なのだが、出来事や行為には現在という時点から前に向かうプロセスしかない。あるのはプロセスだけで、完成やそれに類する言葉でイメージされる運動がそこで終わる状態がない。

ひたすら無限に伸びてゆく線みたいなものだが、線が伸びるという運動のプロセスだけがあるとしたら、〝無限〟という言葉さえ消えるのではないか。「そんなことを知っている必要はない」という意味だと、とりあえずはしておくこともできるかもしれないが、表現することを試行錯誤ということから徹底して考えたとき、作品が完成するというイメージが生まれてきた言葉にはしばらくは敏感になっている必要がある。

2　方向がない状態

網目状の運動かエネルギーがあり、それがある触媒や刺激によってしばらくのあいだ形らしきものになる。私にとって作品はだんだんそういうイメージになってきている。あるいは、作品になる前の広がりがあることを予感させる作品。それはたぶん試行錯誤の言い換えというか別の姿をとったイメージなのだろうが、別の姿をとったということは試行錯誤と完全には同じではないということになるのではないか。

小島信夫の小説、おもに長篇小説は、私の気持ちを沸き立たせる。私は読みつつ小説に煽られているように次々といろいろなことを考え出している。カフカもそうだ。音楽に、聴く側をじっと黙らせてひたすら受け身の位置に置かせつづける音楽と、立ち上がっていっしょに踊ったり、思わずメロディをいっしょに口ずさんでしまったりする音楽があるように、すべての芸術には、観る者・聴く者・読む者をじっとおとなしくさせておかないものがあるのではないか。

カフカの断片のおもしろさに気づいたとき、自分もこのように断片を書きたくてしょうがなくなった。カフカの断片には、どこまでという仕上がりの形を決めず、最初の一行目からただ前へ前へと書き進めた呼吸、あるいは運動がはっきりとあり、その開いた感じ（「息苦しい」という言葉の反対語がいま私は思いつかない、その「息苦しい」の反対）が、読んでいる私の胸をコツコツ叩く。

音楽の聴き手を能動・受動にさせる違いは、ロックのコンサートで客席のみんなが立ち上がって手拍子をとったり体を弾ませたりするのが能動だという、そういう話ではない。ロックのコンサートにおける手拍子や総立ちは強制のようなもので整列と同じで、あれを能動だとは思わない。立っている姿や手拍子の叩き方は、お行儀がいいとさえ言える。といって私はクラシック音楽の composition であるところの作曲・構成はホントに全然わからない。――そういえば、モンドリアンのあの画面分割は「コンポジション」といったそのコンポジションには「作曲」の意味が含まれていたのだろうか。

モンドリアンが多少とも、共感覚者で色を見て音が聞こえていたのだとすると、いよいよコンポジションに「作曲」の意味が強くなるが、作り手に聞こえていた音が観る側に共有されていなければしょうがない。が、観る側にかすかに残っている乳幼児期の共感覚の残滓に訴えかけることで、抽象であるモンドリアンの絵が体に訴えるということはじゅうぶんに考えられる。だいたいにおいて、抽象画というのは私には具象画よりずっと、視覚にかぎらず体に訴えかける。具象画は記憶や知識に訴えるところが大きいのだから、具象画の画面から発散されるそれはあまり具体的でなく抽象的だ。

文章でいえば、私は、前段落で、

「抽象であるモンドリアンの絵が体に訴えるということは考えられる」

と書いたのだが、これはリズム的に何かもの足りず、そのため伝わりにくいと感じたので「じゅうぶんに」を書き加えた。この「じゅうぶんに」は意味としては不要なのだが、これがある方がリズム的に伝わりやすい。「考えられる」を強調するという機能はあるようでない。こういう感覚はとても話し言葉的で、話し言葉に不要な「なんだか」とか「やっぱり」とか「ちょっと」とか、最近では「正直」などがしょっちゅう入る。

伯父が危篤のとき、病室に医者が入ってきて、

「うーん、ちょっと危ないなあ、……」

と私たちに言ったとき、私が「「ちょっと」なんですか?」と医者に訊き質したのは、私も「ちょっと」でないことはじゅうぶんに承知していたが、もう少し気がきいた表現が使えないのか! という医者に対する腹立ちと、もう長いことがないこの状況に対する腹立ちと、しかしやっぱり本当に「ちょっと」なのかもしれない、というかすかな期待だった。もっともこの場面で医者が口にした「ちょっと」はリズムというより「危ない」の意味の緩和ということなのだろうが、〝意味の緩和〟もまたリズムの一部かもしれない。

最近書かれる文章では、「なんとなく」とか「なぜか」という不要な語が使われると、文章は情緒の方に傾く（「秋になるとなぜか京都を思い出す」と「秋になると京都を思い出す」など）。ということは、そこで使われる語は不要どころでなく、立派に機能を果たしている。が、私はもともと〝リズム〟というのを「意味がない」という意味で使っていない。しかしいま、こういう風に書いても文脈の乱れとしか取られないだろうし、実際私は文脈が乱れたかもしれない。文脈は乱れず一貫させるためにあるのでなく、乱れようがどうしようが考えを前へ進ませるためにある。

ここでもしモンドリアンの画面分割が共感覚の残滓に訴えかけているのだとしたら、前回書いた絵筆で何度も塗り重ねた話は、どうでもいいことになるだろうか。それはなるともならないとも言えない。だいいちに作り手のモンドリアン自身にとって、画面分割というわゆる抽象を自分の体と結びつけるためには絵筆を無機的に使うだけではそれが生まれなかった、ということは考えられる。私のように手書きで文章を書く人間が、訂正箇所・削除箇所をただ棒線一本で記号的に消すのでなく、ごちゃごちゃと黒く塗りつぶすのと似ている、というか同じ体とのつながり方なのかもしれない。文章の場合には印刷されて活字になれば、黒く塗りつぶした形跡などまったくわからないが、しかしまったくではなく、印刷された文章には黒く塗りつぶした原稿用紙の響きがないと言いきる根拠がない。

カフカに戻ると、断片でなくこれは長篇『アメリカ（失踪者）』の第一章「火夫」の終わ

りだが、

「水夫のあとについて、二人は事務室を出て、小さな通路へと曲ると、二、三歩で小さなドアのところへ出た。そこから短いタラップが二人のために用意されたボートへとおろされていた。ボートの中の水夫たちは自分たちのキャップがすぐ一飛びでボートに飛び乗ると、立上って、敬礼をした。」（千野栄一訳、『決定版　カフカ全集　4』新潮社）

と、たちまち情景描写がはじまる。カフカの情景描写はクロード・シモンのようなしつこい描写と違って、狭く切り取られた空間を次々に書いてゆく。これは従来『田舎の婚礼準備』と呼ばれていた未完の断片（といっても長い）だが、

「エードゥアルト・ラバーンは、廊下を抜けて、正面の入口をくぐって外に出たとき、雨が降っていることに気がついた。せいぜい小降りだった。

すぐ前の歩道には、さまざまな歩調で往来している多くの人々がいた。そのなかからときおりだれかが歩みでて、車道をわたっていた。ひとりの小さな女の子が、前方に突き出した両手に、疲れた様子の子犬をかかえていた。二人の男性がたがいに情報交換していたが、その一人は両手の手のひらを上にむけて、まるで荷物を空中にささえているかのように、釣り合いをとりながら動かしていた。」（平野嘉彦訳、『カフカ・セレクション　I』ちくま文庫）

この、次々に焦点が移っていく軽快さがすごい。写真でも見て書き写しているように書いている、というと書き手の異能を矮小化しかねないが、文章を書く生理としてクロード・シ

モン的しつこさはある集中とか訓練によってできないわけではないような気がするが、カフカのような小刻みな焦点移動は集中や訓練と別なものが必要な気がする。

こういう文章を読んでいると自分も書きたくなる。こういう文章を書きたくなるのではなく、全然こういう文章ではなくてかまわないのだが、読んでいると自分の中の書きたい気持ちが動きはじめている。小説家は、書く前に何を書くかが決まっているわけでなく、とにかく何かを書きたいと思っている。気持ちがノッたときに鼻歌が出るように、カフカの文章を読んでいると私は書きたい気持ちとともに鼻歌的に情景やセンテンスの断片が浮かんでくる。

文章というのはよく訊かれるが、内容（話題や情景や人物）が先にあるのか、文（語り口）が先にあるのかといえば、どっちが先かはともかくとして語り口を得て始動する。毎週の連載など二回しかやったことがないが、そのエッセイを連載していた期間、私は折りにふれては書き出しのセンテンスを考えていた。何かを目にしたり、ある考えが頭をよぎったりすると、すぐにそこで書き出しのセンテンスを考えている。連載の最初の頃は服の袖の通し方がわからないみたいな窮屈な感じだが、四、五回も書くと要領がわかり、さらに「この話は長すぎる（短かすぎる）」という判断をしたりする。今日、朝日新聞の天声人語をちらっと読んでいたら、このことを思い出した。天声人語の担当者は、毎日毎日ネタ集めして、書き出しを考え、次に話の流れを頭の中でシミュレーションしているのだ。そのプレッシャーたるや体に悪い。体に悪いがやることは日々同じ長さの、同じ想定読者の範囲であり、一カ月もつづけるときっと得るものは苦労に比してあまりない。カフカの場合いいのは、頭をよぎる文章や情景は長さの限定がない。他でも書いたが、正岡子規は「日本」という新聞に死の直前まで毎日文章を書いたが、これには長さの決まりがまったくない。たった二、三行のこともあれば三千字に及ぶこともある。ということは、子規はその文章を書くにあたって書き出しのセンテンスにも制約や事前のフォームみたいなものがなく自由に書き出した。天声人語は何を書こうが、じつは、紙面のスペースの制約を逸脱しない、という規律正しさがある。それゆえ全体として天声人語は決して反社会のメッセージにはならない。あたり前だ、私は新聞に何を要求しているのか。

しかし文章こそは反社会の砦だ。社会にとっても文章は砦だ。社会にとっても砦である文章と、小説の文章はクリティカルに対立する。いや、大げさな話は空疎なスローガンみたいになってしまうのでやめる。これはだいたい、直観的にわかるかわからないかの問題で、「同じ文章でも社会の側の文章はどうでこうで……」と説明しなければわからない人に説明するような話ではない。それにだいたい文章はそんなところで丁寧な説明を重ねてみても伝わらないものは伝わらない。

誤読されるものは誤読される。意味じゃないところで激しい共振を起こさなければ文章なんて伝わらない。それを受け止める読者は少数だ。正しく書かれた文章はクリアで意味が間違われずに誰にでも伝わるというのは、社会の側が作り出した思い込みであり、誰にでも伝わる文章は誰の心も揺り動かさない。ところで役所の手続きの文章はどれも決まって面倒くさくて途中で読む気がしなくなるのは、誰にでも伝わるように意を尽くすとそうなるのか、その面倒くささでみんなが文章に対する不信感を持つようにさせたいのか、そういうことでなく、もっと全然つまらない理由ともいえないずぶずぶの理由によるものか。

このあいだ中学高校の友達が集まった。二月十七日の朝、心臓マヒで急死した彼は愛すべき性格で同級生がたくさん集まり、お別れの会の後はただの飲み会になるわけだが、その騒がしさの中で、中学高校の頃のあの、教室の後ろの方ですぐにプロレスごっこがはじまるようなガシャガシャしたものの中にその後の人生がある、と思った。『ヨブ記』の、ヨブをめちゃめちゃな目に遭わせる神とは、善に目覚める前の、善を知らないリビドーのようなものであり、ヨブとの経験を経て、神ははじめて善になる、というような解釈をユングはしていると、誰かの本で読んだ記憶があるし、シェリングも『人間的自由の本質』の中でそのようなことを書いていなかったか。しかし、シェリングとユングが同じことを言うということがいったいありうるのか、その真偽はともかく、中学高校のあの状態というのは善にも何にも方向づけられていないエネルギー状態そのもので、そこにしかるべき刺激・触媒が投入されれば、小説や音楽や絵や何でも生成する。急死した友達はイラストレーターだった。

これは一般化できることでなく私だけにかぎったことなのかもしれないが、こうして書くキャリアが長くなるにつれて、私は自分の十代に、なんと言えばいいか、応答を求めるとか、自分の十代に刺激を送ってそれが返ってくるとか、そのようなことをしているような気分が強い。

そんなことを書いたちょうど翌日、近所でランチを食べているととても元気なよくしゃべる高校生くらいの女の子がお母さんと来ていて、私と妻は隣りにいるその子を見るのが楽しくて見ていた。その子は本当に元気だから私がセーターを着ているのにぺらぺらのTシャツ一枚だ。靴をぬいで上がる店で、その子は食事を終わって立つと足まで温かくなったのか、ソックスも脱いで裸足にスニーカーをはいた。いなくなると妻は、

「高校生は一日一日だから。」

と言った。私は途中でその子のことを「発達障害なんじゃないか?」と思うほどその子はこだわりがなかった。しかしその子は発達障害と無縁にこだわりがなかった。「一日一日だから。」というのはそのとおりだと思った。一年後の自分がどうしているか、どうなっているかなど、考えることがあったとしても全然リアルじゃない。死ぬということもよくわかってなかったから怖いとも思わなかった。

急死したその友達とは中三の二学期から高校を卒業するまで、私はほとんど毎朝、鎌倉駅のホームで待ち合わせて横須賀線に乗った。「死んだ」と言われても、あの情景には何か絶対的なものがある。鎌倉駅のホームは鉄道用語でいう島式という、上り下りの線路にはさまれて一本ホームがあるただそれだけのホームで、四十年経った今でも変わっていない。後ろ

の方に行くとホームがそこで終わって逗子との境いの低い山がすぐそこに見える。風景はビルに遮ぎられたりしないでじつにシンプルだから記憶に刻み込まれやすい。

彼の死の知らせを受けて以来、一日に何度も鎌倉のホームの逗子寄りのはずれとその向こうの風景を思い返していたら、直線がずうっと伸びるという「無限」の否定でもない全然別のものとして、立ってその先を見るというイメージが出てきた。これにしたってイメージであり映像ではあるが、図ではないし俯瞰の産物でもない。

ホームのはずれとその向こうが見える風景は自分の将来の比喩ではない。線路がずうっと向こうに伸びて風景もそこそこ広がっている、というのはいかにも将来の比喩みたいだが、私が毎朝見ていた風景は進行方向とは逆だ。

中井久夫が『世に棲む患者』の中で、統合失調症で本当に苦しいのは幻聴以前の雑音が頭の中で鳴りつづけている段階で、幻聴・幻覚という形をはっきり取るようになると患者はむしろ安心すると、繰り返し書いている。中学高校の頃の方向づけられていない騒音状態とか試行錯誤の中に作品が漂うというのは似ているような似ていないような考えだが、何かを何かが似ていると思うとそこに真理があるように感じる心性、あるいは物理法則や宇宙の法則がシンプルな数式で表わしうると期待する信念、私もまたそれについ寄りかかりそうになるが、小説を書くこと、何かを作ることは、むしろそういう統一をほどいていくことなのではないか。問題は強い共鳴でなく、ごく弱い遠い響き合いだ。

3 果てもなくつづく言葉の流れ

書くことにおいてカフカがどういう人間だったかということは、フェリーツェに書いた手紙とミレナに書いた手紙を見るとわかる。朝までかかって書いた、というよりも「書いているうちに朝になった」あるいはもっと簡単に「朝まで書いた」手紙を投函し、それが相手に届く前に、というより次の朝までに次の手紙を書く。

電話をしていて朝になってしまったとしたら「朝までかかって電話した」とは言わずに、「朝まで電話した」と言うように、カフカは朝まで手紙を書き、その手紙は投函される、投函されなければ相手のフェリーツェやミレナには届くはずがないのだから手紙は投函された、だからカフカはその手紙が相手に読まれ、相手の心に何らかの働きかけをし、相手から何らかの応答があることを求めていないわけではないが、応答など待たずに次の手紙を次の夜になれば書く。場合によっては役所での勤務中に書く。

カフカの中にはものすごく強い力が渦巻き、カフカは社会生活においては基本的に物静かで、穏やかで、分別があり、礼儀正しい人間として記憶されている、だから日本で言う「無頼派」とかヨーロッパでもそれにあたる生活破綻者である作家はたくさんいるがそれにはまったく属さないが、その内側での力の渦巻きぶりはものすごく、あばれ馬にしがみついている乗り手か荒れる波に翻弄される小舟のようだ。

そのあり方それ自体が主体の位置、主体の主体性をぐっと低いものとさせた二十世紀の主体像そのものだが、そういうことよりもそのあばれ馬のような荒れ騒ぐ波のような内側の力に従ったカフカがすごい。といってもそのような力が猛威を振るったら従うしかないが、そういう状態に身を任せた一夜のあとに、役所に出勤したのもまた一方の事実なのだから、従うしかない、その力の前では主体の主体性つまり内側の衝動に対する主体の優位性など何ほどのものか！　と言いつつも、昼の時間には役所でカフカは内側のその力を制御できていたのだから夜にまったくできなかったわけではないだろう、というのは私はまだ好きな相手に手紙を書いた世代に属するから、好きな相手に手紙を書くという行為を知っているから、そのように果てもなく湧き起こってくる手紙を実際にその衝動に任せて書いたとしても、書いた手紙をすべて投函した常軌を逸したその勇気、としか私には言いようがないものに私は感服する。

愛すること、誰かを好きになることは、その人のことが一日中頭から離れないことで、私は一日中その人といる。見るもの聞くもののすべてが愛するその人と共有する出来事、というほど大げさでなく幸福な事象だから、私はすべてをその人に語りかける。ということは、語りかけるならばその人は私と一緒にいないということだが、愛する人と一緒なら二人で同じものを見ていても私はいま隣りにいるその人に語りかける。語りかけることによって私の心はある満足を得るが、私は同時にその人がいま私のすぐそばにいないことを確認してもいる。だから愛する人がいる状態というのはその人がそばにいないことを片時も忘れることができない辛い状態だが、つねに私はその人に語りかける、私の中から果てもなくその人に語りかける言葉が生まれてくる、そのきっかけである見るもの聞くものがすべてその人と語りたいほど生き生きしているのだからそれはやはり幸福な状態だ。

だいたい、幸福と不幸は言葉という秩序の中で反対語であっても、現実にあるその状態は幸福だとか不幸だとか明確に区別しうるものでなく、自分がいまいる状態のある側面だけを切り取って評価すると、それにふさわしい言葉が「幸福」か「不幸」かになるとしたら、それは評価する側の主観にかかわるものでしかないのではないか。こう書く私はもちろん一回目に〈永遠〉と〈一瞬〉が反対でなく対の概念だと書いたことを思い出しているが、〈永遠〉と〈一瞬〉に話を持ってきたくてここまで書いてきたわけではない。

愛する人がいるときの、充満と不在が同時にある状態、これをカフカは利用した、というのはあまりに矮小化した言い方だが、私もまた、私にはカフカのように愛する人に向けてすべての言葉を書き連ねる勇気と努力がなかったし、書いたとしてもそれを投函する勇気はなかったが、私もまた愛する人がいるときの充満して不在する状態を知っている者として考えると、書くとはまさにこの状態によって起こることなのではないか。果てもなくつづく流れがあって、それが一時的に紙に書かれて、小説になったり手紙になったりする。

　枠組みや形が先にあるのではない。それらを目指して作られたり成ったりするのではない。「水は方円の器にしたがう」という言葉をここに持ってくるのは安易だが、考えの通過点としてまったく無意味でもない。ある時代を境いに、小説を書く者にとっても読む者にとっても不幸は、小説という形があまりにありすぎることなのではないか。書く者たちは、ただ書きたいのでなく、「小説を書きたい」と思ってしまう。読む者たちは小説としての構成を考えたり意味を考えたりすることが小説を読むことであって、書かれつつある時間の中に身を任せることなど想像もつかない。小説が運動を欠いた固定したものとなる。

　そんなことは読む側の勝手だ——という、読む側に立った反論は一見、理があるように思えるかもしれないが、これに理はない。

　いや、そんなことより、私はたんに、書き手としての率直、素朴な考えとして、小説を書かれつつある時間の中に身を任せずに読むのは、小説のおもしろさの何分の一しかわからない読み方である、と言えばいいのかもしれない。私はなぜ、わかろうという気のない人に自分の考えを伝える必要があるのか。私はただ自分の考えを進めればいいのではないか。それとも、この「わかろうという気のない人」もまた一種の愛する人であり、当面愛する人のいない私は次善の策として、この「わかろうという気のない人」に熱心に語りかけているのか。

わかろうという気のない人を説得しようというのは、私の考えの中で私の意志とかかわりなく勝手に動き出す回路であり、私はこれはうっとうしい。この回路が動き出すと私の考えは間違いなく少し後退する。だから私はこの回路が動き出したと感じたら、中断して、考えもまた中断するようなことを何かはじめて、この回路とつき合わない癖を半ば強引に身につけるべきなのかもしれない。性格の何割かは日頃の鍛錬によってつくられる（というのは本当か）。私はこの、わかろうという気のない人の説得にはいつも手を焼き、イライラし、上手くいかないことが少なくない。というより、それがわりとふつうで、結局私は説得を諦める。それでも語りつづけるのは何故なのか。

神の真理のように、私の考えがあまねくこの世界に行き渡ることを私は夢見ているのか。あるいは逆に、私は自分の考えが行き渡らないことを承知で、むしろ行き渡らないことを願いつつ語って、自分の考えの独自性を確認して喜びたいのか。このどちらも間違っている。私の中にいる「わかろうという気のない人」は、昨日まで、比喩的な意味での昨日までの私であって、この人を説得する手間が後退することであるということは、今日の私は昨日の私より前へ進んだ、というそれを私は確認しようとしている……しかし、これも違う。

ひとつ、ありそうなのは、最も単純な書くことの持続、考えることの持続なのではないか。「わかろうという気のない（私の心にいる）人」に向かって書き、しゃべっているあいだ、私の言葉は途切れない。これもまたしかし、フロイトが言った「夢は眠りの番人である」、人は夢を見ているあいだ眠りを引き延ばすことができるという考えに近いが、夢は眠りを夢ゆえに中絶させもする。

小説家の言い分がどうであれ、読者は勝手に読めばいい——という考えに理がないのは、そうは言いながら読者は、小説が何を言わんとしているのか、作者が何を言わんとしているのか、題名にはどういう意味があるのか、等々を考えない人はいないからで、それを考えておいてあっちに耳を貸さない、というのはおかしい。が、それもまた仕方ない。小説という形などないものとして書いた小説家など、カフカと小島信夫くらいしかいないからだ。となると、私の言っていることこそ理のないことになるだろうか。私の小説観があまりに特殊であるということになるだろうか。

ある客観性を想定した考え方ではそういうことになるだろうが、カフカを読んで別次元といってもいい運動を感じたり、小島信夫の小説を読んでアナーキーと感じたりするなら、それがどれだけ少数であっても、特殊ということにはならない。

カフカは自分の書いた原稿やノートの類をすべて燃やしてくれと、自分の小説をよく理解してくれている友人のマックス・ブロートに頼んだ。もちろんブロートはそれを実行しなかったから私はカフカの書いたものを読めるわけだし、小島信夫もまたカフカを読んだことであのようなアナーキーな瞬間が訪れる小説を書くことができたはずだ。しかしそんなことは今は関係ないし、いつまでも関係ないことはきっといずれ私自身がわかるはずだ。カフカがブロートにそう言った真意を人はあれこれと忖度し、たいていは、本心ではなかったとか、一時的な気紛れのようなものだったと解釈する。

しかし、カフカが何よりも、ミレナやフェリーツェにあれだけの量の手紙を毎晩毎晩書いた、そのカフカの内側の衝動を考えればわかる。カフカは本心から「燃やしてくれ」と言った。ブロートはむしろ、「いや、やっぱり、燃やすのは……」という、ためらいの方こそ一時的に訪れる気紛れであった、その気紛れと、ブロートが信じたカフカの書いたものの文学的価値を口実にして、カフカの頼みを裏切った。カフカにとって「燃やしてくれ」という願いこそが本心であり、それに対するためらいの様子を見せることがあったとしたら、そっちの方こそが気紛れだった。

カフカが書いた原稿はミレナやフェリーツェに書いた手紙と同等のものなのだから、手紙と同じように一度相手の目にふれさえすれば、もう消滅する。小説だって書き上げてブロートならブロートひとりの目にふれたり、何人かの前で朗読されればそれでじゅうぶんだ。即興演奏と同じことだ。カフカの内側には大きな衝動があり、それがある晩にはミレナ宛ての手紙となり、ある晩には『判決』となり、ある晩には『城』と呼ばれる小説の一部分となり、数知れない断片となった。実際カフカは自分自身で原稿や日記を燃やしてもいる。

このことを繰り返し考え、イメージし、自分の中に確固としたものとするべきだ。小説とか、作品とか、形ある何かに囚われるべきではない。私は雑に〝衝動〟と言った。それは〝力の流れ〟であり、〝思考の搏動〟か〝生の搏動〟であり、〝光〟であり、〝植物〟であるかもしれない。カフカの文章にふれることによって、人はそれまでと違った回路を開くようになって、言葉や文章との関係がまったく違ったものになる。人は自分の中に果てもない言葉の流れや搏動があることを知る。

だからみんながいっせいに語り出す。語り出すとは歌い出すことでもあり、演奏をはじめることでもあり、踊り出すことでもあり、絵を描き出すことでもあり、粘土をこね出すことでもある。私は評伝という形式の本でおもしろいと思ったことがなく、その理由は書き手が残された証拠にこだわること、そういうものを根拠と信じて疑わないこと、その結果、評伝の対象となった人物が書き手のサイズに押し込まれることだと、以前別の場所で書いた。それと結局は同じことだが、評伝として形あるものにすれば評伝の対象者が歴史の中に残ると安易に考えていること、歴史の中に残っても時間の中では残るものなどないということを考えもしないこと、残そうとすること、形をあらしめようとすることの中には運動がまったくないこと、評伝の書き手がまず何より書くということが運動であることを考えもしていない。

4　書き手の時間・揺れ

中学・高校の十代の騒がしさの中に今の自分がいるという思い。今の自分の中にあの騒がしさが持続しているのか、今の自分がまさにあの騒がしさの中にいるのか、時間の前後関係あるいは関係の主－従はどうでもいい。

男子校はエネルギーが充満し、休み時間になると体の大きい四、五人が突然、体の小さい一人を押さえつけ、暴れる手足を摑んで持ち上げ、体を丸ごと三階の窓から出す。出された体はせいぜい三人の手だけで支えられて宙に出る。支えてる方も不自然な姿勢だから落とさないように必死だ。次の日にはそれが特高ごっことなり、押さえられたヤツの指の股にエンピツがはさまれ、ぐりぐり拷問される。

しかし騒がしいのはそういう誰が何をしたということでなく、教室全体が休み時間になるとざわざわがやがやして、教師が入ってくるまでつづき、教師が入ってきてもがやがやざわざわの余韻はしばらくつづく。

こんな風に書けば不思議なことのようにも思えるが、高校生は荒っぽい遊びをしつつも倦怠もしていた。小学生の頃のように廊下を走ったりすることはめったにない。走ったとしたらそのときは楽しい。放課後には裏の山にのぼり、二人か三人でいつまでもしゃべる。部活はとっくにやめた。ある日は野球をしたりサッカーをしたりする。本はたまに誰か一人が読み、それがおもしろかったら友達にしゃべる。一人はあるとき突然『人生劇場』新潮文庫、全十一巻を読み出した。

ここにいわゆる〝文学〟はない。まあふつうに健全でテキトーな高校生は文学を必要としていないが、文学かどうかは保留されるとしても言葉や文章はここから生まれてくるそれが一番自然だ。文学から文学は生まれない。昔の人たちは蛆は腐った食べ物や死体から自然に発生するものだと思っていたという意味で、文学は文学からでなくこういう騒がしさから自然に生まれる。

今日久しぶりに見た川島雄三『わが町』は大阪の貧乏長屋とそれがある町が舞台だ。長屋の中も町も、画面は物があふれている。貧乏長屋にはさまれた狭い路地はリヤカー一台しか通れない。路地の両側から庇が人の頭に当たりそうに低く出ている。長屋の板の引き戸や板壁が両側に何枚も何枚も並んでつづいていく。細い角材の柱も何本も立っている。長屋の壁のつっかえ棒なのか路地の上に横に棒が通っている。表面がぼこぼこの石畳もある。路地の先は入口の門なのだろうが瓦屋根が二段になっている。門らしきものの両脇は二階建てでこれまた瓦屋根がうっとうしい。という物、物、物の騒がしさに目が奪われる。と思っていたら、今度はテレビで井上有一の書が映り、それは「貧」や「花」などの一字書でない、紙いっぱいに字が書かれた書で、私は同じ力の違ったあらわれではないかと思った。『噫横川国民学校』までの強烈さはないが、紙いっぱいに字が埋め尽くすそれはそれだけで目を奪われる。

小説をたちまち解釈する人がいる。そういう人はけっこう多く、明晰だとか頭がいいとか思われているが、そんなことはない。小説が解釈されて、その解釈で足りるなら、小説はその言葉の連なりである必要はなく、解釈されたその言葉でいい。

小説を解釈すること・小説を理解することは、私にはとても防衛的な態度に見える。こういうときに私は決まって小島信夫の小説を思い浮かべているのだが、小島信夫の小説は読んでいると予想もつかないどこかに連れていかれる感じがする。「持ってかれる」という言い方ならもっといい。小島信夫は今ここで何を言おうとしているのか、そんなことはろくにわからない、わからないがとにかくなんだかおもしろいから読むしかない、自分がなんでこんなことを読んでいるのかわからなくなっている、そんなことはふつう小説を読んでいて経験しない。

ところがその小説をある評論家は三十枚ほどの評論にていよくまとめた。ていよくまとめたと思っているのは評論家本人だけで、その評論はまとめにも何もなっていない。小説のはじまって五分の一くらいのところにある二段落か三段落くらいを取り上げて、あたかもそこに書かれた場面がこの小説の象徴的シーンであり、この小説のすべてはこの場面から生まれたと言いたげであり、それがこの小説のテーマであるかのように書く、その書き方が、いちおうは評論家だから、小説を読んでいない人には評論になっているような書き方になっている。つまり（「つまり」でも何でもないが、まあ、つまり）彼はせっかく小島信夫のそれを読んだのに全然持ってかれてない。そのような防衛的態度をとって持ってかれる共振を拒んだ。

読むとはどういうことか。読むとは読むのにかかった時間のあいだに、読者であった自分が進んだりどこかにズレたりすることで、その時間の響きが読んだ人に起こらなかったら読んだことにならない。

と、考えると、小説を書いた方も当然、その小説を書くのに要した時間の分だけ、前に進んだりどこかにズレたりしたはずだ。かりに小説が三〇〇ページあるとして、一ページ目と三〇〇ページ目では作者は文章が上手くなったかもしれない。

しかし一般にはそうは考えられていない。作者はいま書いている小説の外にいるという了解がきっと広く行き渡っている。作者はいま書いている小説の外にいるということは作者はいま書いている小説に影響されない。その小説の執筆に一年かかったとして、その情報は当然のことと受け入れるとしても、その一年で作者が成長したり変化したりすることはイメージされない。しかし作者は自分がいま書いている小説に影響される。その小説と最も深くつき合っているのは作者なのだから、作者こそが最も強くいま書いている小説の影響を被《こうむ》る。そうでないはずがないのだが、これはものすごく複雑な作業となる。

作者はいま書いている小説の外にいて、小説の影響を受けていないように振る舞う方がずっと易しい。ここで〝超越〟という立場が生まれる。と考えると、〝超越〟というのは書くことに内在する機能なのではないか。物語は書く以前からある。これを考えに入れると私の論旨がこの先、破綻とまではいかなくてもガタガタになるのは明らかだが、そんなことはかまわない。結局、投げ出す袋小路に陥るただの思いつきでも、休まず書くことに何か意味がある。袋小路にはまったとしても、袋小路にはまる行程それ自体が書くことだ。

口承による物語を書く物語のひな型としたために、作者が口承による物語が過去形である、過去の出来事の報告である体裁をとった、それゆえ語り手であったものが書き手となった作者もまた物語の影響を受けないことになった。——しかし、それでは『源氏物語』はどうなんだろう。私はあいにく『源氏物語』を読んでない。最近も読み出したら「雨夜の品定め」と呼ばれる第二帖「帚木」で挫折した。男が集まって、自分が経験した女たちの話を得意気にするというそれが私は下品で我慢ならない。エロとかスケベとかはいろいろな欲望の形態があるが、裸を見るとか挿入するとかの即物的な次元以外は私には下品で汚ならしい。経験を語ること、セックスにまつわるあれやこれやを遠回しに語ること、仄めかすこと、それらは私にはすべて女を囲っていた旦那衆の趣味としか感じられない。私の性的なものとの関わり方は経験していない中学高校生の域を一歩も出ないだろうが、私はそれしか清潔ではない。ではなぜ、性が不潔であってはいけないのか。なぜ、性は清潔でなければならないのか。そんなことは自分ではわからない。ただ、自作についてのインタビューでルイス・ブニュエルが、ある場面で少女が全裸でなく服を身につけていた理由を訊かれて、

「私はエロスを撮りたかったんだ。全裸だったらそれは美だ。」

と答えたのが忘れられない。私はこのときブニュエルに近しさを感じたのだが、いま思うとこれは完全に私の思い違いらしい。このブニュエルの答えさえも私はたんに「裸」という言葉にしか反応していないではないか。

どうも私は、ある文化を共有することができないらしい。と考えると、自分が『源氏物語』を読まない説明になるかもしれない。私の友人は『源氏物語』のある場面を指して、文化の洗練の極致だ、その後の日本文学はどれひとつとしてあの場面の強度に達していない、と言った。私にとって文学はそういうものではない。

書くことそれ自体に〝超越〟がある。書くことすべてに〝超越〟があるのでなく、ある種の書き方には〝超越〟が内在している。平たく言うと、といってもそれは一面だが、いわゆる〝上から目線〟になる。日記、と簡単に分けられるものではないが、自分のあり方を問う

ような書き方は上から目線にはならない（なる場合もある）が、その書き方は書いている自分が巻き込まれていってドツボにはまる。だからそれに陥らないために、またここで〝超越〟が必要になる。書く対象と書き手である自分との距離が必要になる。

多くの人はこんな話を聞きたくないだろう。多くの人は「よく書くにはどうすればいいのか。」ということを読みたいだろう。しかし私のいまの関心はそこにはない。そうでなければカフカと小島信夫は別のものになってしまう。ということもあるが、これは試行錯誤の問題だ。小説を固定した完成品でなく動きをやめない運動状態にさせるにはどうすればいいか。と、言いながら言っている私自身がふらふらしているのは、それがカフカと小島信夫を拠り所としつつも、いまだ完全には実現したことのない夢見られた小説だからだ。というのは本当か。私は間違いなく、カフカと小島信夫からはある瞬間、というよりずっとひんぱんに、固定しない運動状態を聞き取る。

きっとこれは制度に関わることだ。社会はそれぞれの個人を、不定形なものでなく、固定した同定可能な構成員としたがる。その人がその人である動かぬ証拠は、指紋による同定からDNAによる同定へと精密さの度を増し、生きているこっちも、「そうなんだろうな。」と、さして疑問に思わずそれら同定するものを受け入れてゆく。平たいレベルでは血液型判断もその人がその人である同定に作用する。血液型判断は実際には、その人自身を見ずにその人をあるタイプに分類するという別のことをしているのだが、信じる人たちは、「××さんは外見は豪放磊落だけど、本当は小心者なんだ。」という風にその人を見分け（たつもりにな）る。

小説の登場人物は一貫性を持っていなければならないとされている。もしその人物が一貫性を欠くのであれば、それについての説明がなければならない。そうでなければ不出来な小説とされる。小説家はそうすることで個人を同定する社会の制度を無意識に容認している。私は登場人物に一貫性を持たせること自体をいま批判しているのでなく、そういう風に書いているときに書き手がまったく感じていないはずはない窮屈さ・不自然さ・息苦しさ（の予感）のようなもののことを言っている。

書き手は書き手で、作品のはじまりから終わりまで一貫した意図を持って作品を書く、という了解に従うかぎり、書き手は一つの作品を作り上げた揺れがない人格となるだろう。これは絶対におかしい。何よりここがおかしい。

5　小説という空間

シュトックハウゼンという作曲家のことは名前しか知らなかったが、『シュトックハウゼン音楽論集』（清水穣訳、現代思潮社）という本がとっくの昔に出ていることをついこのあいだ知り読みたくなって読んだらやっぱり面白い。いわゆる現代音楽の作曲家の文章はだいたいどれも私は面白いから面白いのはまったく不思議ではないが、ブーレーズもメシアンも文章は面白いが作曲した音楽の方は面白いとは思えないが、シュトックハウゼンはこれは驚くほどYouTubeにいっぱい入っていて聴くとそれは日本語のウィキペディアにも書いてあるようにノイズ系の音楽みたいな音楽で私は聞きやすく面白い。

日本語のウィキペディアを読んでいると『ヘリコプター弦楽四重奏曲』というのがあり、それはまさに弦楽四重奏団がヘリコプターに乗って演奏する曲であり、YouTubeでstockhausenからhelicopterと入れると、本当にヘリコプターに乗った人がそれぞれバイオリンを持ったりチェロを抱いたりしてそれを弾いているのが映る。これはもう、いい悪いを超えて感動する。シュトックハウゼンはウィキペディアによれば「ある日、ヘリコプターに弦楽器奏者が乗って演奏し、それが四つ輪になって旋回する「奇妙な」夢を見た」という、夢でしか起こらないようなことが実際に起こっている。CGによっていろいろなことができると思っている、少しも面白くない最近の映画に欠けているものが凝縮されてそこにある。

そういえばシュトックハウゼンは九・一一のテロについて、

「あれはアートの最大の作品」「ルツィファーの行う戦争のアート」

と発言したために激しいバッシングにあったのだった。

バッシングはよくある、発言全体の文脈を無視した、問題の箇所だけを抜き出したもので、しかしうっかりこの言葉だけが口を突いて出てきてしまったものだとしても、あの世界貿易センタービルが崩れ落ちる瞬間に興奮をまったく感じずただただ悲嘆だけをあの瞬間に感じていたという人の方が少ないはずなのだから、あのような惨事に対して自分が一瞬たりといえども気持ちが高ぶったことの罪悪感を、具体的に発言した人に魔女狩りのように押しつけたというのがバッシングの心理だったと私は思うが、私が今書いた「興奮」とか「気持ちが高ぶった」というのがそもそも、サッカーや野球の贔屓チームが得点した瞬間の、「よっし！やった！」という興奮と全然別のもので、三・一一の津波が街を飲み込む映像を見ているときに感じた興奮と同じで、その興奮は、危険から逃げるために必要な動物に内蔵されたスイッチ、非常ベルやサイレンのようなものなのではないか。

『ヘリコプター弦楽四重奏曲』を見る高ぶりはやっぱりどこか九・一一のビルの崩落の瞬間に近い。そのシュトックハウゼンが『音楽論集』の中で、少なくとも二回、ベケットの『名づけえぬもの』から引用している。ベケットはこのような大仕掛けとは正反対の方を向いているように思える。そのベケットをシュトックハウゼンが引用するのが私はなんといえばいいか、私はずうっとベケットだから勇気づけられる。

「これからは、すべてのことについてこう考えておこう、言われたことと聞かれたことは同じ起源を持つのだと、ただ何かを考えておくという可能性だけはできるだけ疑わずに。この起源を私の中に据える、どこになんてはっきりと言えない、細かいことはいらない、だってすべては、ある第三者の良心だとか、もう少し一般的な言い方をすれば、ある外部の世界に比べれば優先されるべきなのだから。」

『名づけえぬもの』は、全体にベケットの小説のすべての文章は、このように引用するとキリがない。すべての文章は深遠な意味があるように見える。しかし何も意味なんかないようにも思える。ベケットの小説はずうっと長いこと私にとって「なぜ」「なぜ」、「これは何か」「これは何か」のかたまりで、そのような構えで読んでいると気持ちが飽和して私は投げ出すしかなく、しばらく月日が経つとまた戻る。

現状では小説家とは職業だから小説を書くためにあまり深入りしてはまずい作品というのがあってそれが私だけでなく誰にとってもベケットだ。ベケットの言いよどみ、言い直しはあまりに心地よい。私は大学四年生の頃にベケットをまったく知らない状態で古本屋で『モロイ』（三輪秀彦訳）に出遭ったとき、語り口のあまりの心地よさに驚いた。

私は現代文学や海外文学にくわしい学生ではなかったので、ベケットのような語り口にそのときはじめて出遭ったのだと思うが、ベケットの語り口は私の内側にあった言葉あるいは文の生成そのものだった。私はその日以来、それ以前に自分の内側にあった文や自分が書いた文がベケットと同じように言いよどみや言い直しばかりだったのかそうでなかったのかわからない。

「玄関前の石段は高くなかった。わたしは昇るときも降りるときも、幾度となくそれをかぞえたはずなのに、もういまではその数字を思いだせない。歩道に置いた足を一つと呼び、第一段目にかけた次の足を二つと呼ぶべきだったのか、それとも歩道は数に入れてはいけないのかどうにも見当がつかなかったのだ。」（『追放された者』三輪秀彦訳）

私は『モロイ』のモロイがだんだん歩けなくなることと、『マロウンは死ぬ』のマロウンがベッドに横たわっているだけであることと、『名づけえぬもの』の語り手がかめの中にいることの意味をずうっと考えたりした。ベケットの語り口はあまりに心地よく私はこのような文章ならいくらでも、もう本当にとめどなく書ける確信があった。ある人は言う、「ベケットの文章は詩のようだ」と。しかし言葉の響きによってベケットがベケットであるのではない。

おそらくベケットの語り手が『名づけえぬもの』のように晩年の『伴侶』に至るまで自由に動けないことに、あの頃私が考えていたような意味での意味はない。『名づけえぬもの』の語り手がかめの中にいるそのポーズは胎児の姿勢なのだ、と解釈する評論も読んだが（読み通しはたぶんしなかった）、そのような解釈には何の意味もない。一歩進んで、胎児ゆえの未生の時（の思惟）なのだ、と言ってみても意味はない。『名づけえぬもの』の語り手がかめの中にいて動かないのは、『モロイ』『マロウンは死ぬ』ときて、だんだん動きを奪われたその結果だ。ただそれだけだ。小説はどれだけ要素をなくしていくことが可能なのか？どれだけ少ない要素で小説が小説たりうるのか？　それを知りたくて、動けない、まわりが見えない、という条件（縛り）を作っていった。

ベケットを読むのは、このような、小説を成立させている空間そのものを読むことだ。シュトックハウゼンのように引用してくれれば長年のベケット・ファンとしてはうれしいことは確かだし、読んでいれば意味深い箇所に出会いそこに線を引きたくなるのは自然なことだが、ベケットがしたことはあのような言葉ないし文の持続を作ったことだ。

自分もさかんに使っている、その便利さをどうにも否定しがたいウィキペディアが、世界の言葉や文や思惟を蝕んでいる、なんとも嫌な感じが私はどんどん大きくなっている。ウィキペディアはインターネットというのかコンピュータというのか、今まさに活動しているこの知の空間の一部分でなく、相互に溶け合っている知の活動であり、そこでは息苦しいほどに正しさが書く者の背景にある。

根拠がはっきりしない発言に向かって数値的正しさや文献的正しさで攻める。論理的な正しさや政治的正しさも同じことなのだが、〝正しさ〟を後ろ盾にして曖昧な発言を攻めるのは、そのいびつさに気づいていない人にとってはまったく正しく自然なことだが、その全体がおかしい。

彼らはその〝正しさ〟をもって根拠の曖昧な発言を攻めることで何に仕えているのか？ということだ。共産主義（社会主義もマルクス主義も私は区別がわからないが）が失敗したのは、〝正しさ〟を疑わなかったからだ。〝正しさ〟を知っている者たちによる一党支配によって歴史は〝正しさ〟に向かって進んでゆく、という大きな誤解。

（こんな書き方をすればネット的には山ほど批判がくるだろう。「何をもって〝失敗〟と断定するのか」「〝正しさ〟という言葉が曖昧すぎて意味不明」「「〝正しさ〟を知っている者たちによる……」の一文はもう意味朦朧。文法的に日本語であるというだけ」——このような〝正しさ〟、厳密さ、根拠を盾にした批判が書くだけでなく、一人の中で考えるときにもたぶん、そのつどそのつど迫ってくる（「そんなことを感じているのはおまえだけだ（結局おまえは自分の論証のあやふやさに対する後ろめたさを、〝ネット的〟などと外部化しているだけだ）」））

彼らは、〝正しさ〟によって、何に仕えているのか？

いや、このような言い方は攻撃になってしまう。私は攻撃しようと思っていない。ただ、「その〝正しさ〟へのこだわりもまた何かに仕えている」のだということだけを、彼らに向かってでなく、彼らでない人たちに向かって指摘しておきたい。彼らにつき合っていてもキリがない（「おまえが勝手に言ってるだけじゃないか」と彼らは言うだろう）。

ベケットを読み、というかベケットが読め、ベケットのような書き方が生まれるのを妨げないこと。などと言って、私は何の気なしに買っただけで全然読んでいない『ノヴァーリス作品集Ⅰ』（今泉文子訳、ちくま文庫）を手にとると、私はページにすでに線を引いてある。

「そもそも語る・書くということには、奇妙なところがある――ほんとうの会話というのは、単なる言葉の遊戯なのだ。人びとは事物そのもののために語っていると思い込んでいるが、この滑稽な思い違いにはあきれるほかはない。誰も知らずにいるが、自分自身のことにしかかまけないというのが、まさしく言葉本来の性質なのだ。だからこそ言葉は、不思議で実り豊かな秘密となり、それゆえに、もし、ただ語るがために語るならば、最高にすばらしい独創的な真理を述べることになる。だが、なにか特定の事柄について語ろうとすると、言葉の気まぐれに弄ばれ、ひどく滑稽で頓珍漢なことを言ってしまう。そのせいで、言葉に対して憎しみを抱く生まじめな者がけっこういたりするのだ。かれらは、言葉のむら気には気づいても、くだらないお喋りが、実は言葉のかぎりなくまじめな側面だということには気がつかない。言葉は数式と同じようなものだということが、この連中に分かってもらえさえすればいいのだが。」

「対話・独白」となっている作品（?）の「独白」の項にこういうことが書かれていて、引用の傍線は私が引いた傍線だ。これがベケットの語り手のとめどなく流れる言葉へと通じていないか。そしてウィキペディアのような「×××について語る」ということへの遠い批判になっていないか。

私はパソコンやワープロを使わずに手書きで文章を書く。ワープロを八七年頃から使いはじめ、小説家になって最初の十年は第一稿を手で書き、第二稿〜決定稿をワープロで書くというそれをやめたのは肩が凝るからと漢字変換が思いどおりにいかないのがうっとうしかったからだが、手書きだけにして以来も、ウィキペディアのようなものを使う頻度が増し、他にもいろいろで結局はパソコンをいじっている時間は一日の中で増す一方だとはいえ、向いている関心はパソコン以前にどんどん向かっている。

『シュトックハウゼン音楽論集』に収められている文章の初出は一九五三年から六一年だ。シュトックハウゼンの著作集は予定も含めて十巻まで出版されるそうだが、日本語ではこの一冊しか出そうもないが、五三年から六一年までの音楽論で私にはじゅうぶん刺激になる。ノヴァーリスが生きたのは一七七二年―一八〇一年だ。

文章や思索には古いとか新しいとかない。古びるものはいっぱいあるが「古びる」という言葉がカン違いなのではないか。十年二十年で古びる文章は、最初から古びていた。あるいは、二十世紀から二十一世紀の人間は、十八世紀からひとつながりの思考様式を生きているということなのかもしれない。十八世紀どころか古代ギリシアや古代中国とひとつながりの思考様式なのかもしれない。

ずいぶん大ざっぱな言い方だが、人類はこれから一万年くらいはどうしたって生きるのだろうから、いつか大きな思考様式の切断があるとしたら、それ以前はひとつながりのものと見られるだろう。古代ギリシアの哲学者たちや聖書を書いた人たちや孔子や老子たちは自分の言葉がいつまで読まれるのか？　という風に少しでも考えてみたことがあったのか。楽器奏者や踊りや舞いを舞った人たちはそういうことを考えることがあったのか。

6　未整理・未発表と形

『カフカ式練習帳』（文藝春秋）について古谷利裕氏が書いた書評を読んで、私は自分が、文学をやりたいのではなく、小説を書きたいのだということがあらためてわかった。

古谷氏の書評（「文藝」二〇一二年秋号）はどういうことを言っているのか。ドゥルーズが『シネマ』の中で使っているらしい「総体」と「全体」という言葉を使って、「総体は限定されたもので、かつ部分（下位の総体）に分割される。しかし全体は決して閉じられることがなく常に全体であって部分を持たないとされる。」「全体は、全総体を包括する風呂敷のようなものではなく、あらゆる総体を相互に結びつける糸＝ネットワークのようなものだ、」「下位の総体にとって上位の総体は地（文脈）として機能し、その関係はメンバーとクラスである。しかし全体＝糸である「画面外」は階層中の各総体をフラットなネットワークに均す。」「本作の断片は、それを取り囲む空隙を通じて、文脈も階層構造も飛び越えいきなり宇宙と響き合う」というようなことを言った。

私は古谷氏が書いているように、まさに文脈とか意味が嫌いだ。それは学校教育の中の国語の授業を通じてさんざん教え込まれたもので、学校の国語の授業と文学は、不即不離の関係にあり、国語の授業で教わったことは生涯を通じてフーコーが言ったパノプティコン（一望監視方式）のように人の文章との関係を縛る。文学が内面の吐露だったり訴えだったり叫びだったりする場合、意味は欠かせない。そこには首尾一貫したもの＝作者という像がある。作者によってきちんと構築された作品であれば、フィクションであるかないかを問わず、文脈と意味はないわけがない。

そのような文学作品に対して私は無関心か嫌悪感にちかいような気持ちしか持たなかった。ベケットのように「全体として何が言いたいのかわからない」小説に私が激しく惹き寄せられたのは、「全体として何が言いたいのかわからない」ということを私はわかったからだったのかもしれない。私はベケットを読んでも全体として何が言いたいのかわからなかったが、それは私だけでなく、みんながそうだということを、ベケットを知ったかなり早い段階で私は察したのではないか。情報収集と呼べるほどの情報がベケットに関してなかったのだから、私はベケットを読むときのわからなさを他の文学作品と異質のものと感じることによって察していったに違いない。

というか、他の文学作品について、私は「何が言いたいのか言え」と言われると答えることはできないが、そこにかなり明白に何か言いたいことがあることはわかる。あることはわかるが私はそれはなんだか込み入っているというか手数がややっこしいというか、とにかく面倒くさい。『白鯨』とか『怒りの葡萄』とかまして『夜の果てへの旅』とか、そういうことを言いたくて読んだわけじゃない。

私は大学の終わり頃の一時期、古本屋の店頭のワゴンに世界文学全集が一冊百円ぐらいで並べて売られているのを読むのが好きで、定番化されている長篇小説をだらだらとりとめもなくけっこう読んだが（といってもきっと十冊とかそんなものだっただろうが）、そのような経験を経てもなお、一番読みにくかったのがカフカの『城』だったその理由は、だらだらとりとめなく読みながらも私は、「全体として何が言いたいのか」ということを、考えないと言いつつ気にしていたということだったのだろう。「全体」（古谷氏のこの文では「総体」）ということを気にしていたから、私はカフカの『城』をあの頃は、三十代後半ぐらいから楽しんで何度も読むようには、全然読めなかったのだろう。

私にとって小説は文学ではない。一番大ざっぱな言い方をするとそういうことだ。文学というのが、総体として意味を語る（創る）ものだとしたら、私が小説というときの小説は、行為とか手の動きとかにちかい。そのつど何かを考える。当然「そのつど」の意味はあるが、全体としてまとまりのある意味を構成する必要はない。日記がそういうものだ。その日その日に何かを感じたり考えたりするが、全体として一つの意味を構成するわけではない。

人は頭の中だけで考えるが、字にして書きながら考えるのは頭の中だけで考えるのとは違う。まず思うのは自分が書いた字によって自分の考えが書く前には考えていなかったずっと先の方に引っぱられる。が、これは本当のところ書く効用のようなものの中心ではないのではないか。一般には書いた文が書くその人を牽引する、書くその人の考えをまとめる、と考えられているが、そうではなくて、人は書きつつ、書いた字や書くために考えたその考えに誘発されて、いろいろなことが拡散的に頭に去来する。

書くことはその去来したものを適宜挿入したりしながら、基本的には一本の流れにまとめあげることだが、書くという経験は結局は書かれなかったいろいろな去来した考えを経験することなのではないか。私はニーチェについてハイデガーが書いた、ニーチェは若い頃から膨大なノートを書きつづけ、それがニーチェという特異な哲学者の思索を練り上げていったというような文章がどこに書かれていたか、それを捜したが見つからなかったが、とにかくハイデガーはニーチェの思索を練り上げたのは、ニーチェがノートを書きつづけたその行為（時間）だということを言ったそれ自体は、ニーチェでなくとも誰にでもありうることで、だから私はそれを何の難解さも感じずに受け入れた。私がハイデガーの本をぱらぱらめくってチェックを入れた箇所を捜しても見つけられなかったのは、私はあたり前と思いすぎて何もチェックを入れていなかったからかもしれない。その誰もが同意するであろう、ノートを書くことで自分の考えが練り上げられるというそれは、しかし、書くことによって小論文的な論述方法が上達するというようなテクニックの問題ではなく、書くその時間、書きながらその文に誘発されていろいろな考えが頭を過《よぎ》る、いろいろな考えが池に投げた小石の波紋のように複数同時にパーッと広がる、その経験こそが重要なのではないか。

こんなことは、経験とそれによる思考や人格の練り上がりみたいな関係は、人それぞれになるだろうし、こんなことに証拠をあげるのも自分自身の考え方を裏切るようなことでもあるが、そのような書くことによって複数の考えが同時に誘発された経験を積み重ねたことが、ニーチェの思索を論文の形式でなく、断章の形式にさせたのではなかったか。ニーチェの考えが断章であって論文形式にならなかったことの重要性もまたハイデガーが書いた。――そうか、私は『カフカ式練習帳』という断片を書くことを考えたのはカフカのノートだけでなく、それ以前から読んでいたニーチェもあったのか、ということにいま思いあたった。

私は今回の回を最初、ギタリストのジミ・ヘンドリックスのことから書きはじめた。しかし、ジミヘンについて、読者と私とでどこまで知識が共有されているかわからないことと同時に、私自身が一九七〇年のジミヘンの突然の死以後の膨大な録音テープの権利関係がよくわかっていないこととで、ウィキペディア（またウィキペディアだ！）とか他のジミヘン関連のサイトを調べているうちに話が全然関係ない方に行ってしまったので、その原稿は反故にした。この連載は反故も使う方針ではじめたが、もう全然つまらない！　ウィキペディアがあるために書く私は、ジミヘンについて私よりずっと知識がない人のために、必要以上に事実に拘泥してしまう。しかし事実なんか大筋だけでじゅうぶんだ。私はジミヘンの評伝を書こうと思ったわけではないし、だいいち評伝で興奮するほどおもしろいものには二つか三つしか出会ったことがない。

つまりジミヘンは短い活動期間に膨大な録音テープを残し、それが未発表のままになっている。死後すぐの十年間ぐらいはスタジオ録音に関わったエンジニアかプロデューサーがその人の解釈で勝手に編集してアルバムを何枚か出した。その後、ジミヘンの音源の権利は完全に（？）遺族のものとなり、九〇年代くらいから音源が整理されて、ジミヘンが最もそうしたかったであろう形のアルバムとして発売されるようになった。

これはカフカに似てないか？ そして今日、気がついたのだが、ニーチェとも似ている。カフカはまず友人マックス・ブロートによって編集・出版され、ニーチェは妹エリザベートによって編集・出版された。どちらも後年、遺稿の権利が最初の人から離れ、膨大な遺稿が閲覧可能になると、死後はじめに編集・出版に関わった人はケチョンケチョンに批判されることになった。——これもジミヘンとだいたい同じだ。

しかし話はそれるが、私はそのジミヘンの死後の第三者の手による編集について書こうとしたがうまくいかず、全然別の話にしたら、書くこと→頭を去来する考え→ニーチェのノートと、話の流れに任せて書いたら、未整理の遺稿ということでニーチェからジミヘンにつながった。つながればいいという話ではないが、考えというのは違う話題（題材）に行ったかのように見えても、きっと同じ時期であれば何らかの形でつながり合うようなことを考えている。

この未発表の原稿（録音）なのだが、マックス・ブロートたちは「勝手に編集した（手を入れた）」とその後批判される。この批判がまったく不当であるというか、カフカの歴史的批判版と言われる手書きの原稿をそのまま出版するという考えによって出版された遺稿によって、カフカの未発表短篇が書かれた時期が、Aという短篇は『審判』より前だと言われていたが『審判』の後だった、というような研究が、マックス・ブロートの編集（解釈）よりマシかといえば、むしろなお悪い。

正しい時期を確定する、という考え方は作品を完成されたものであるとする考え方とまったく同じものでしかない。作者とは、ぶよぶよした不定形な考え方をずっと持ちつづけている人であるのだから、時期を確定しても意味がない。未発表・未整理の原稿（録音）が膨大に残されたのならそれは時期未確定と同じことだ。それらは頭の中の未整理と同じ状態であり、書いては消し、書いては破き、書いては保留として脇に残しておく試行錯誤と同じ状態だ。

研究者や版権所有者たちは、その未発表・未整理原稿に対して、作者が優位の立場にいると思い込んでいる。作者は未整理原稿に対して能動的にふるまいうる、と。しかし、能動的にふるまうことができなかったから、作者はそれを未整理状態にしておく結果となった。後から来た研究者たちは、最初のマックス・ブロートについて「勝手に手を入れた」とか

「歪めた」とか批判するとき、自分の方が正解（本来の形、つまりあるいは正典）に近い地点にいると思っているだろうが、そういうものこそがない。

マックス・ブロートたちは未整理・未発表原稿を公表しなかった。読者はそれが形であると思った。しかしそれらが未整理・未発表であり、そういうものが膨大にあることを知り、形になっていないものに出会った。形になっていないものの群れは、作者がもっと生きていたら、全然別の形となって発表されたか、そうでなければそのまま放っておかれた。放っておかれたにしてもそれらは忘れ去られるわけでなく、その人の中では鼓動しつづけた。いまは私にはここまでしか言えない。私もまた、まだ、作品・形と接することに馴れすぎているために、未発表・未整理について、言葉や考えがうまく出てこない。

7　ランボーのぶつくさ

『ランボー全集　個人新訳』（鈴村和成訳、みすず書房）にアフリカ時代のランボーの手紙がほとんど全部訳出されているそのランボーの手紙はなんかバカバカしい。私はそのバカバカしさが好きなのだが、ランボーはフランスにいる家族に宛てた手紙を誰に書いたのか？　家族に宛てたのだから宛て先は家族に決まってる。なかでも母と妹だ。しかし後世の研究者や評伝作者たちは、「後世の人々に書いた」と言うだろう。

「ここでなら僕はいまでは知られていますし、いつだって仕事がありますが、フランスではよそ者で、なにもすることが見つかりません。」（アデン、一八八四年五月五日）

「いまでは僕はここで知られていますし、生活の糧をみつけることもできます。ところが、他の土地ではまちがいなく空腹でくたばるほかないんですからね。」（アデン、一八八四年五月二九日）

と、ぶつくさ言ってるその手紙まで後世には出版されて資料になるわけだが、ランボーは後世の人々に宛てて書いたのでなく、まさに家族に向かってぶつくさ書いた。

このぶつくさぶりが際立ってるわけだが、いまを生きる私はこれがあまり奇異と感じない理由は後回しにするとして、手紙というのはもっとロマンチックなもののはずではないか。たとえば同じように家族に宛てた手紙でも、太平洋戦争中に戦地から日本の家族に宛てた手紙などは、両親にも兄弟姉妹にも感謝や願いが手紙全体に満ち満ちている。

私は父が外国航路の船員だったので母は次の入港地に宛てて手紙を書き、父からも手紙が届いた。そうでなくても一九五六年生まれの私はまだ手紙文化の中にいて、ラブレターも書いたし、北大に行った友達と手紙のやりとりもした。それで思い出すのは私の書くラブレターはぶつくさではないがテンションが低くロマンチックでなく、だってラブレターというのは郵便局員の手も郵便配達の手も介在して、家に届いたら届いたで、間違いなくお母さんの目にふれる。そのときお母さんが差出人の名前を見ないはずがない。

「あら、また保坂君から手紙が来たわ。ずいぶん熱心ね。」

というわけで、私は会ったことがないお母さんにじゅうぶん知られている。だから私は、

「郵便配達さんへ　いつもありがとうございます。」とか、

「お母さんへ　開封しないで○○子さんに渡してください。よろしくお願いします。」とか、

「いつかお母さんにも手紙を書きたいと思います。」

などとくだらない一文を、封筒の裏や表に書いたのは、手紙というものの持つロマンチシ

ズムがテレ臭かったからに違いない。向かいの家の五歳年上のショウちゃんがロンドンに住むことになり、筆マメな母は私にも手紙を書けと言うが、ショウちゃんと私の関係は身体を動かして遊んでもらっただけの関係で言葉ではない。当時中学三年の私は困って、その日一日のことをひらがなだけで書いた。

ランボーのぶつくさはこれとは違う。いま、いまを生きる私がこれを奇異と感じないのは、ツイッターに似ていると感じるからだ。ではなぜツイッターがあるのか。これが問題で、ツイッターというのは本当に不特定多数の人に向かってつぶやいているのだろうか。ちょっとした思いつきや今日一日のちょっとした報告を書く相手というのは恋人なのではないか。あるいは神なのではないか。この違いは、あるようなないような、ないようなあるようなビミョーなものだ。

好きな人がいるとき人は誰でも、目に映るものや自分が今していることをその人に向かって、逐一ツイートしてないか。ツイートする宛て先がいるから、目に映る風景も自分が今していることも光度を増したり新鮮になったりする。風景が神に祝福されて光り輝く。ツイッターというのは好きな人に宛てたツイートの代償行為、というのは大げさというより明確すぎるが、なんかその辺の、好きな人へともちょっと違うし、自分の存在を包み込み全肯定してくれる神のようなものともちょっと違うけれど、なんかそのあたりに向けてなされた発話あるいは心内会話なのではないか。

その発話あるいは心内会話の内容は、ツイッターの内容が千差万別であるように、ピンからキリまで、硬軟とりまぜてあり、その千差万別ぶりは恋人同士の語らいが千差万別であるのと同じだ。私は恋人相手にもっともらしい真面目くさった話をするヤツは信じられない――「信じられない」というのは、その内容のことでなく、そのような話をするヤツが実在するということが、私のリアリティとして信じられないということだ――が、私のように恋人相手にくだらない話しかしないヤツがいることを真面目くさった話をするヤツもまた信じられないだろうし、何よりも私がそういう話しかしないことを恋人（というか恋人の手前の女性は信じられないらしくて、「どういう人……？」みたいな感じで私はフラれつづけ、フラれる手前というかその過程で私はいきなり思いあまった泣きごとを書くがもう遅い。というかそれはそれでうっとうしい。

いまはきっと私たちの世代がした恋人との長電話の半分とかそれ以上はメールのやりとりになるんだろうが、だいたい考えてみれば、どうして恋人同士はあんなに長電話するのか。直接会っているとしゃべるよりも別のことをしてしまう……という、別れたときに一番の反省点となる、なんというか、その、男の性？　色欲？　愛欲？　みたいなことはあるにせよ、会話は相手がそこにいない方が成り立つ。恋人同士の長電話というのは電話以前にはなかった愛の語らいの形態だろう。電話によってなくなったものはひんぱんな手紙のやりとりとか、一晩かけて夜明けまで書いた長い長い手紙など、それはそれでいろいろあり、形態が変われば中身も変わるだろうが、とにかく恋人同士の長電話というのは独特の愛の語らいの形態で、長電話する恋人同士にとって相手は、たぶん、現前とも不在とも違う別の在り方で私の前にいる（いない）。

ランボーがアフリカから家族に宛てて書いたバカバカしいぶつくさ言ってる手紙のこのぶつくさが、恋人を前にして、真面目くさったことを話す人とくだらないことを話す人では捉え方というか、響き方が違うんじゃないか。

「皆さん、

長いことお便りをいただいておりません。

僕のほうでは、商売はあい変わらずです。以前よりも、以後よりも、よくもなければ、悪くもありません。ですから今回はお伝えするおもしろいことはなにもありません。

ただ健康と繁栄をお祈りします。

よろしく。」（アデン、一八八四年十月二日）

全体でたったこれだけの手紙が、くだらないことばっかりしゃべる自分とかツイッターとかを考えに入れて読む、というか響きを聴くと、この手紙の宛て先である家族というのが、前後の日々を含めたこの手紙の時期、ランボーにとってどういうものだったのかと思う。ランボーがアフリカ時代に書いた手紙はいまはもうすべてフランス語の全集に収められているのだろうが、ランボーはアフリカにいるランボー以外は知らないランボーが誰かを知らない誰かにも手紙を書いていたんじゃないか。

一八五四年十月二十日に生まれた三十歳を目前にした男が、相手の性別はともかく、一八八〇年から住んでいるアフリカにまったく全然恋人あるいは手紙を書いて送る相手がいなかったとは私には考えにくく、もしそうなら、家族に宛てた手紙のバカバカしさは、恋人との語らいでするバカバカしいくだらない話や恋人に書く手紙のバカバカしいくだらない感じのそのまま——というのは、あまりに私自身に引き寄せた想像だろうか。

この全集の家族宛、アデン、一八八四年九月十日の手紙を読み出すと、「皆さん、（改行）長いこと、お便りをもらっておりません。万事好調なん」までで、四一一ページの二段組の下段が終わり、ページをめくると、「でしょうね。」につづいて、

「実りゆたかな秋を祈ります。」

という一文が、あざやかに私の目に飛び込み、私は、一九九三年九月二十三日、秋分の日の昼前、もうすぐ遊びにくる妻の昔からの友達とそのダンナを迎える準備で、家の前の坂をおりて遊歩道を二分ばかり行ったところにあるセブンイレブンにビールを買いに行って、そのとき買ったのがはじめて買ってみたキリン秋味だったのを思い出した。

私とそのダンナは二人ともキリン秋味を飲むのがはじめてで、「これ旨いね。」と言い合った。二人がうちに入ってきて、二人のすわる場所を決め、畳の部屋だったから二人は座布団で畳にすわり、ようやく落ち着いた頃、チャーちゃんがダンナがいるすぐ脇に置いてあった

爪トギに乗って、ガリガリとカリカリの中間ぐらいの音を立て爪をといで隣りの座敷に行くと、ダンナが、

「みんな、ここを通るとき、爪トギしていく。」

と、彼は猫を飼ったことがないからおもしろそうにこんなことを言い、「ああ、そうなの?」みたいに、こっちはあたり前すぎていて気がつかないでいたことに注意を向けてくれたことを楽しみ、キリンの秋味を飲んだのはそのあとのことだが、九三年というのは翌年コメがなくなって急遽タイとかからインディカ米を輸入することになるほどの不作になった記録的冷夏で雨の多かった夏で、九月二十三日のその日も朝からずうっと雨模様だったがはっきり降っているわけでもなかったので、昼食を食べ、ビールを飲んだりお茶を飲んだりして一段落したところで私たちは近所にちょっと長い散歩に出た。

傘は手に持っていたが雨粒は落ちてこなかった。住宅街を特にあてもなくぶらぶら歩いていくと、小田急線の一駅向こうの国士舘大学がある一帯になり、それを過ぎると国士舘大の隣りにある都立明正高校が文化祭をしていた。そこは偶然にも妻の友人の出身校で、彼女はとても懐しがり、私たちは文化祭を見に入っていった。

などという記憶が、四一二ページ上段一行目の、

「実りゆたかな秋を祈ります。」

の一文で、ふわっと出てきて、布団に寝て眠る前のだいたいは三分とつづかない読書をし

ていた私は幸福感に包まれた。

ただ、この一日は私にとってありふれた一日というわけでも、忘却の彼方にあった一日というわけでもなく、たぶん私は年に一度はこの日のことを、これほど丁寧ではないとしても思い出している。たいていは暑い夏が終わり、「ああ、秋だなあ……。」と、思いがけず早くなっていた夕暮れにメランコリックな気分になりながら思い出す、というか記憶をよぎっていく、その程度には私にとっては忘れがたい一日で、何よりもそこには爪をとぐチャーちゃんが登場している。その日、ペチャ六歳、ジジ四歳、チャーちゃん一歳。私の日々に死の影はどこにもなかった。

もちろんそんな日は歴史のどこにも記録されないというそういう日がランボーの手紙の一節と響き合うのだが、ランボーのアフリカからの手紙が私にこんなに喜びを与えてくれる理由はきっとそれだけでは全然ない。

8 一字一句忘れない

今はまだこの号の締切りよりずっと前だが私は中井久夫『徴候・記憶・外傷』（みすず書房、二〇〇四年）に収められた二つの論文にあまりに激しく感動したために、その余韻が消えないうちに書いてしまおう。だから今はまだロンドン五輪の開催中で、私は男子体操競技の演技を見ながら感じた、

「どうしてこの人たちはこんなことまでしなければならないのか？　こんな動きはスポーツというよりもはやアクロバットであり、驚きはあるにしても、身体本来の動きの喜びがもはやここにはない！　ある方向に動き出したものは、こうして起源と乖離して、ただその内部で勝手にランナウェイしてゆく。

こういう体操競技のあり方に疑問を感じて、鉄棒をクルクル回る純粋な喜びを体現する選手がもしいたとしても、そういう選手は早々に淘汰され、動きの喜びを奪ったこの不自然さに疑問を感じない人だけが選手になっていくのだから、体操競技の内側からはもう本来のあ

り方に流れを戻す人は出てこないんだろう。」

といういうことを唐突といえば唐突に書き、しかし私の中ではこれは、「これまで私が法廷に立った回数は多くないが、判決文という語り narrative の成立に向かって、すべてが動いているように感じた。人間の行為の動機は、犯罪であれ、恋愛であれ、職業選択であれ、根底の根底までゆけば言葉にならないものであろう。それを言葉にし、一つの語りとして、被告の人生の語りに統合させるのが判決文であるとすれば、副弁護士の「納得する判決文をかちとろう」とする意図も、深い意味を持つのではないかと思う。」という、『徴候・記憶・外傷』所収の「高学歴初犯の二例」という文章を締め括る段落の一節とも響き合う。

引用した箇所は「副弁護士の「納得する判決文をかちとろう」と……ないかと思う」(B)の部分に収斂する文脈になっているので、文脈を最優先させる読み方をする人は、もしかしたら「判決文という語り……人生の語りに統合させるのが判決文である」(A)の部分を副次的なものと読むかもしれないが、意味の重さとしてまったく副次的でないことは言うまでもない。私は(A)の部分だけを書き抜いた方がよかったのかもしれない。しかしそれをすると、そういう恣意的な引用を行為の実践において私は容認したことになり、連載5回目のシュトックハウゼンの「アートの最大の作品」という言葉だけを抜き出したバッシングへとつながってゆくことになる。

だいたい引用というか文章というものは面倒くさいもので、一つのセンテンスでもいろいろな他の箇所と響き合い、それを引きずり歩く。文章のそういう特性を最大限に発揮したのが私の知るかぎりでは小島信夫の長篇小説『寓話』の文章で、読む私は泥に足を取られながら前に進んでゆくような気持ちに捕われた。

文章からそれを削ぎ落とせば、読むという行為はどれだけラクになるか！　ベストセラーになった『カラマーゾフの兄弟』の新訳はどうもそういう削ぎ落とした、よく言えば「軽快な」文章でできていると、何ページか読んだかぎりで感じたが、何ページしか読んでないからこれ以上は言葉を控えよう。

その文脈上は主となる（B）部分は、この文章（いや、私は「論文」と書くべきだった）前半部を締め括る段落にある、

「判決文は、おそらく、被告が一字一句忘れないで、何度も繰り返し、刑務所の中で想い浮かべる文章だからだ。」

という一文と、響き合うどころか直結する。

判決文は、被告が一字一句忘れず、何度も繰り返し思い浮かべる文章だから、判決文は被告が納得するものでなければならない。

「高学歴初犯の二例」で読者として忘れがたいこの記述が、つづく論文「「踏み越え」につ

いて」で発展する。

話はもどるが、判決文を被告が一字一句忘れないとは、私は想像したこともなかった。だって判決文というのは新聞にたまに載る重大事件の判決文はもう、やたらと長い。

しかし一字一句忘れないと言われれば、そうなんだろうと思う。「人生を決める」という定形句があるが、裁判の判決といったらその定形句の起源といってもいい事だ。喩えや比較になっているかわからないが、どんなに長い判決文であってもすべての人はそれより総量として多い言葉を暗記している。短歌・俳句・ことわざ・挨拶・歌詞、それらだけで優に新聞の一面ぐらいは埋めつくせるのだから、特別な心理状態にある人がそれを一字一句忘れなくても不思議ではない。

これは最近私が思っている、「結局カフカの小説は丸暗記するしかないんじゃないか」という考えとも響き合う。

恋人から（別れの時に）言われた言葉を考えてみよう。その言葉はそのまま記憶されて、意味を変えてゆく。言葉とは意味に変換して記憶したらいけないものなのだ。言葉とは言われたそのままで憶える。そのままで憶えるから、こちらの状態によってそのつど意味を変える。仏教の経典も聖書も、僧は丸暗記しているのだし、中井久夫自身も「私はしばしば好みの文章の暗誦を好む」と二四ページの欄外に書いている。

だから私はこんなに激しく感動したのだから、「高学歴初犯の二例」と「「踏み越え」について」の二論文は、暗記するほど読もうと思った。少なくとも、書いた本人が記憶しているだろう程度には読もうと思った。

しかし今はまだ、あらっ、、、「高学歴初犯の二例」というタイトルすら、いちいち確認し直さなければならない。

私はおとといの夜、「高学歴初犯の二例」を途中まで読み、さあ寝ようと、布団の上で横になってつづきを読んだら、後半部の殺人事件についての中井氏の記述の被害者・加害者を見る目の本当の意味での愛、それはごく自然に判決文という語りに収斂されることを強く拒むであろうと読みながら予感される愛が正義となってゆくそういう感じに私は激しく感動して、目がどんどん冴えて、そのまま次の「「踏み越え」について」を読み出したらいっそう気持ちが高ぶった、やはりそれを再現というか移入、この原稿にそれを移入しなければしょうがないんじゃないか、私は二論文の内容を冷静にここにまとめたとして何も意味がないんじゃないか、もともと私はそういうことはできない、そして私の書き方があまりに感情的だ、わからない、という人がいるとしたらその人は矛盾している。今風の言葉で言えば自爆している。よくいるが、そうなのだ。だって私の文章ではわからなくて「もどかしい」ともし言うのなら、『徴候・記憶・外傷』を買うなり借りるなりして、当の論文を自分で読めばいい。そういうこと。

文章を書くのには波があり、私はずっとこの連載の態勢が手さぐりで、ようやく六回目で感触がつかめたその勢いで七回目を締め切りより一カ月ちかく早く書き上げ、その状態で二論文を読んだという背景があり、だから私は高揚のスイッチが入りやすく、というより入ったままで読み、私はなんとかそれをここに移入したい。

受け止める側は冷静であることが望ましいというのがだいたいにおいて学校教育で教えられてきたことで、私はいまやはり、学校というシステム全体の見直しの時代なのではないか、このままでは学校教育は役人のような人間しか生み出さない、小説も芸術もただの消費の対象にしかならない、その面から見れば小説は売り上げを伸ばしているがそれこそが衰退の徴候である、冷静であるからよく見えるということはなく、激しく高揚している状態の方が細部も全体もよく見えるのは私は横浜スタジアムのライトスタンドで応援歌を歌いながら観戦していた頃に確実に経験した。

意識化、イメージ化、言語化のあいだにはそれぞれ断絶がある。そして、これら「内面」に明滅する事柄と行動のあいだにも断絶がある。断絶の態様はそれぞれ独自である。(「「踏み越え」について」三〇五ページ)

私たちは、イデアからイメージ、言語化を経て行動というコースを普通であると思い込みやすい。それは心理テストなどの場合に暗黙の前提としているコースであるけれども、果たしてそれは妥当であろうか。一つの理想型にすぎないのではなかろうか。現実には、あるコースから別のコースへの移動に順序はない。行動化が先行して後に、イメージ、言語化コースに移ることもある。例えば、行動の追想であり、後悔であり、合理化である。審判や裁判はこの過程に社会的に通用する形式を与えるものである。裁判はそのために存在するとさえいってよい。行為はすべて因果論的・整合的な成人型のナラティヴ（語り）で終わらなければならないという社会的合意が裁判の前提である。でなければ、何か修復されない穴が社会的に残るのである。

この過程は、強引に言語化する過程であり、させる過程である。その過程の無理は公衆が鑑定や判決文に抱く不満の本当の源である。「心の闇」を明らかにせよと人はいうが、明らかにしたものはもはや心の闇ではない。（同三〇九ページ、傍線引用者）

私がこうして気持ちが高ぶった状態の中で書くのは、いかにも一線の「踏み越え」と人には映るだろう。学校教育批判など大阪の橋下市長と同列と見えるかもしれない。しかし私の連載を通して読めばわかる（と私は勝手に期待する）。

整除された、論理的な文章こそに、人間を一方向へとまとめあげ向かわせる暴力が内包されている。気持ちの高ぶりを言葉でトレースし直さないこと。気持ちの高ぶりを次の次元に引き上げないこと。無駄に気持ちを高ぶらせておくこと。

「だから？」とか、

「それで？」

とか言われたときに、応答せず、

「それだけ！」

と答えること。

9　読者の注意力で

カフカの未完の小説『万里の長城が築かれたとき』は、こうはじまる。（翻訳は『カフカ・セレクションⅠ』平野嘉彦訳、ちくま文庫）

「万里の長城は、その北端において終了した。南東と南西から工事がすすめられて、ここにいたって統合されたのである。この分割工事のシステムは、規模を小さくして、東部隊と西部隊の二つの大きな労働隊の内部においても遵守された。それは、こうした具合であった、」

約二十人の小隊が城壁を約五百メートルずつ、（たぶん）両側から築いていって一千メートルの城壁が完成する。一千メートルが完成すると工事は、その城壁の端からつづけられるわけでなく、小隊は離れた別の場所に派遣されて、うんぬんかんぬん……。

私はつい最近まで気がつかなかったのだが、南東と南西から進められた工事が「北端において終了」する、というのはどういうイメージなのか。北を上にして膨んだ半円または弓形があり、その半円の両端から内に向かって進んでいけば「北端において終了」することは確かに考えられる。しかし、ではそのような場所が中国の国土のどこにあるか？

現在の中華人民共和国ではモンゴルの部分が内側（南）に向かって凹んでいる。が、これはカフカが見た西暦一九〇〇年前後の中国の版図《はんと》ではない。カフカが見たのは清国の地図だとすると、大清帝国の版図には確かに、半円どころか三角形のように北に向かって突き出したところがある。

しかしそれではおかしい。なぜなら、その版図ではすでに騎馬民族が馬を疾走させていたモンゴルの草原までも含んでしまい、これでは、漢民族を騎馬民族たちから守るという、万里の長城の本来の目的がどこかに行ってしまうし、漢民族が騎馬民族を併呑《へいどん》するほど強かったら、そもそも防衛線としての長城を築く必要すらなかった。

中国歴代王朝はごく大ざっぱに言うと、漢民族による王朝と騎馬民族による王朝の交替であり、万里の長城は秦の始皇帝によってまず築かれた。その後の唐や宋が建設をつづけたかどうかちょっと調べたかぎりではわからないが、清の前の明が現存する城壁の大半を築いたとされている（らしい）。秦も明も漢民族の国家だから、騎馬民族による国家である元・清の版図よりずっと狭い。（と書いたら、その後、秦以前の戦国時代に原形が築かれていたらしいことを知った。）

万里の長城はその狭い方の国土を囲むように作られたと想像されるわけだが、調べてみると、長城は西側の境界には築かれておらず、現在のロシアからモンゴルへと至る北側に、Sの字の湾曲をひじょうに小さくし（つまりだいぶ直線にちかづけ）て横に寝かせたようになっている（これもまた、別の資料を見たら、北西にも長城が築かれていた）。と、まあ、私の調べ方もかなりいい加減だが、とにかくカフカが書いているような「北端において終了」する半円ないし弓形、まして三角形の二辺は地図からは見つけることができない。

さらに『万里の長城』を読んでいくと、

「ちなみに私は、中国の南東部の出身である。」（一五三ページ）

とある。この「私」とは、「二十歳でもっとも下級の学校の最上級の試験を終えたあとに、ちょうど長城の建設が開始された」（一四四ページ）ために運よく城壁建設の責任者として工事に携わることになった。

話は城壁建設のプロセスの話などを経て、長城建設の指令を出した「最高指導部」（一五〇ページ）に関する考察を経て、帝国と北京にいる皇帝に関する考察になるのだが、そこでもう一度、

「しかし、どうしてわれわれがそれについて知ろうか――一千マイルも離れた南方にあって――何しろわれわれは、もうほとんどチベットの高地に隣接しているのだから。」（一五八ページ）

と、「私」の住む（生まれた）土地のことが書いてあるが、これがもう完全におかしい。

北京は中国の国土のだいぶ東の端に近く、南へ下っていくと、香港、もう少し西へ行ったところでベトナムだ。それにさっきは「中国の南東部の出身」と書いてあった。とにかく、どう広く解釈しても「私」の出身地は「チベットの高地」とは隣接しない。なんて、こんなつまらないことをなぜわざわざ書いたのか？　作品を読んで、そこに書かれた土地を地図上で辿るのは案外楽しい。やっているこっちはやりながらどんどん正確に知りたくなって、最初はウィキペディアだがそのうちに、本棚の取り出しにくいところにある世界地図帳と『図説世界史』という、高校の授業のサブテキストなどに採用される、ローマ帝国の版図やヨーロッパの人口の時代ごとの推移のグラフなどが載っている本で清の版図を調べ直したりしている。

ではなぜ私は、その「案外楽しい」ことを「つまらない」と傍点つきで言ったのか？　カフカを読むのには「つまらない」という意味だ。「不向き」だと言う方がいいかもしれない。だいたい『万里の長城』は、地理がおかしいだけではない。長城建設は「私」が二十歳のときにはじまった。ということは、それは秦の始皇帝の時代だ。秦王朝の帝都は北京ではない。北京を都にしたのは元王朝のことで、それ以前は長安、いまの西安だ。皇帝の居城の広大さについて書かれると私は紫禁城をイメージする。きっとカフカも清の皇帝が住む紫禁城の絵や図を見るなり、それについての記事を読むなりしたのだろうが、中国歴代皇帝が暮らした城はどこも狭いはずがないのだからそれはいい。そのような、作品の外の事実との食い違いはどうでもいい。ではこれはどうか？

「こうした世界のただなかに、長城建設の知らせが舞いこんできた。それにしても、告知されてからほぼ三十年遅れてのことである。それは、ある夏の夕べのことだった。私は、当時、十歳だったが、父と一緒に川べりに立っていた。」（一六五—一六六ページ）

「こうした世界」というのは、帝国の国土が広大すぎて皇帝のいる都から「われわれ」が住む村にまで情報が届くのにとてつもなく大きな時間差があり、「村人たちは、数千年前の皇后が夫の血をなみなみと飲み干したと聞かされて、けたたましい悲鳴をあげることにな」（一六一ページ）って、「北京そのものが、村人たちにとっては来世よりもはるかに縁遠い」（一六三ページ）ような世界のことだ。

と、説明的なことを書いていると、とてもバカバカしい気分になってくる。このような説明的なことをすればするほど、カフカが書いたこの文章の連なりを読む呼吸から離れ、というよりも見放され、私はただわからなくするために書いているような感じがしてくる。

が、しかし、書けば書くほど混乱を招くという意味においては、私は少しはカフカのようなことをしているのかもしれない。私はすでに最初に書くつもりだったことと違うことを書いているのだが、最初にどうして冒頭の部分を引用したのかと言うと、「その北端において終了した。南東と南西から工事がすすめられて」のくだりを読む読者は、何も変だと思わない、たぶん少しも引っかかったりしないだろう、と私は言いたかったのだった。

このくだりを読んで、読者は半円とか弓形とか、いちいちイメージしたりしない。終了した「北端」に対応するように「南」という言葉が書かれているから、たぶん、北－南ということでなんとなく通りすぎる。

しかし、もし私が書き手なら、というか、たぶんほとんどの書き手は、自分が冒頭でこのような一節を書くときに、それがどういう地理的関係（形状）になるか、考えないはずがない。そういうことをつい考えてしまう。しかしカフカは考えなかった。あるいは気にせずに書いた。――ちょっと飛躍して言うと、カフカは読者の注意力をもって書いた。

私はここに驚く。ある話なり、ある情景なり、ある会話なり、何でもかまわないがとにかくこれから書こうと思うことが頭に浮かぶ。しかしそれはまだイメージ段階のラフだから、整合性を考えるといろいろに足りないところ・おかしいところがあることに、書きはじめて気づく。しかし、カフカは気がつかない。あるいは気にしないで書いてゆく。

何年か前、海外のテレビ局が作ったヒッチコックのドキュメンタリーで、ヒッチコックは映画を実際に撮る前に、すべてのシーンが頭の中で完璧にできあがっていると言っていた。カット割りもカメラの位置も、現場に入って迷うことはいっさいなかった、と。

これは確かに驚くべきことではあるけれど、カフカのこういうところと比べると、旧時代の驚きと感じる。新しいとか古いとか、そういう評価に意味はない、何しろこのあいだまで「古い」と言われていたものがある人が別の視点から評価することで息を吹き込まれて同じそれがまた新しく見えたりするのだから評価の軸としての「新しい」「古い」というのがすでにおかしいんだと思うが、ヒッチコックの天才を賞賛する基準をもってしてはカフカを褒めたり驚いたりすることはできない。

私にはカフカは「新しい」のでなく、カフカを褒めたら同じ口で他の小説を褒められない。ただし小島信夫だけは別で、小島信夫だけはカフカと同じことをした。私にとってカフカは小島信夫を経由したカフカであり、カフカを経由した小島信夫だから、結局小島信夫がちゃんと読まれない現状はカフカがそうは読まれていないということで、私の読むカフカとは違うカフカのことを人は言ってるんだと感じる。

カフカ自身は『万里の長城』を最後まで書ききらなかった。そして『カフカ・セレクションI』の一五九ページ三行目から一六〇ページ最終行までの一段落を『皇帝の使者』として『田舎医者』に収録した。

カフカは『万里の長城』の全体を助走のようなものとして書いて、その中の特別いいところだけを掌篇として抜き出したのだろうか。

そういう考え方もまあ、ありえなくはない。全体をザーッと書いて、「ここは！」と思ったところだけ発表する。同じ二ページの掌篇でも、最初から二ページのものとして思い描いたものと、前も後もある長い流れの中でフワッと浮かび上がってきたものとでは感触が違う。これは確かに一つのやり方ではある。

しかし同じ『田舎医者』の中にはこれも結局は書ききらなかった『審判』の一部分が『掟の門前』と『夢』として二つ収録されている。「しかし」でなく「だから」と、この段落はつなぐところなのかもしれないが、「ここは！」と思ったところに出会うために『審判』まで書いたのだとしたら、ロスが多すぎるではないか。

ロスという言葉は効率を連想させるから、小説ましてカフカにはあまりに不適当だが、とにかく書いたものの採用・不採用という考え方がすでにカフカをわからなくさせる。カフカはとにかく書いた。それだけだ。楽器奏者が一日中楽器を鳴らしているように、できることなら目が覚めているかぎりずうっと書いていたかった。

それは読まれることを最初から意識した書き物とはまったく別の様相を呈することになる。二十歳のときに長城建設が開始された「私」と、三十年遅れの長城建設の知らせを受け取った村に住む十歳の「私」は、激しく食い違うわけだが、小説の流れの中ではそれが一番ふさわしい。読者はこんなところで、

「さっきは二十歳だったじゃないか！」

とは思わない。そんな読み方をする読者は小説を読むために必要なある解除ができていない。それを持って読むのでなく、それを持つのをやめて読むそれの解除。

ガルシア＝マルケスもまたカフカによってある束縛から自由になったと言ったが、それを「魔術的リアリズム」と呼ぶことは束縛をもう一度受け入れることになる。ガルシア＝マル

ケス自身が「魔術的リアリズム」と言ったわけではないし、ラテン・アメリカという土地にとって突飛な出来事は珍しくないから、今ここで急にガルシア＝マルケスの名を持ち出した私もどうかしてるが、カフカを「不条理」と呼ぶのもガルシア＝マルケスを「魔術的リアリズム」と呼ぶのもどっちも読むための解除のなさだが、カフカとガルシア＝マルケスには決定的に違いがあり、それは書き手が小説をコントロールしているかいないかの違いで、それについては次になるが、私はそれについてひと言でしか言えないのではないか。

読書アンケート　２０１２「みすず」（２０１３年１・２月合併号）収載

カフカ→ベケット→小島信夫という流れがあり、それは書き手としての主体性・能動性の放棄・書く文章（作品とか小説）の意味への無関心、つまりどういうことかというと、「この小説は何を言わんとしているのか？」と問われても、作者と言われる本人がそれに答えられない。これはものすごいふざけたというか冒瀆的な話だから、私がそんなことを言っても真面目に耳を傾ける人はほとんどいない。しかしそれは本当なのだ。

ある時期から能動性を持たない主人公が登場する小説が書かれるようになったように、作品に対して主体性を持たない作者があらわれた。能動性を持たない主人公による小説について、ものすごい苛立ちや怒りを表明する人たちがいるように、作品に対して主体性を持たない作者に対して多くの人が不快感を示す。あるいは、その創作態度を「作品の主体の意匠のひとつ」として矮小化する。

作者は読者に歓迎されるように書く。これはしかしおかしいのではないか。作者と読者に共通の一望監視方式が働いているのではないか？　という言い方が大袈裟なら、教室の中で先生に褒められたいという生徒根性の延長なんじゃないか。作者は自分にかすかに聞こえてくる声や音に呼応して書くのが、書く態度として最も誠実なのではないか。昨年秋からベケットの『事の次第』を読みながら、私はその気持ちを強くした。小説家というのは、もともと何が書きたいか、はっきりとしたものを持っていたわけでなく、ただ書きたかっただけで、しかしそれでは何も書けないから、キャリアのスタートにおいて、何かわりとはっきりしたことを書くわけだが、そのうちに書きたいこともなくなり、ただ「書きたい」という気持ちだけが残る。ベケットは『モロイ』『マロウンは死ぬ』『名づけえぬもの』の三部作を経て、その境地に至り、そこからいよいよ本当のベケットになった。と、私は『事の次第』とそれを一種補完するみたいな気持ちで『また終わるために』を併せて読みながら考えるようになった。

1　山下澄人『緑のさる』平凡社
2　酒井隆史『通天閣』青土社
3　柴山雅俊『解離性障害』ちくま新書
4　佐々木敦『批評時空間』新潮社
5　ベケット『事の次第』（白水社）と『また終わるために』（書肆山田）

1はその実践と私は思った。「文学界」12月号掲載の「トゥンブクトゥ」もそうだが山下澄人の小説は出来をうんぬんしたり、書かれていることの整合性を考えたりする人は、一番大切なことから見放される。

2はなんといっても、第四章「無政府的新世界」が凄い。七〇〇ページという分厚い本の二〇〇ページを「無政府的新世界」の章が占めるのだが、アナーキズムについて、著者の書き方がどんどんアナーキーになっていく。論文をこういう風に書く人が現実にいることが人に勇気をもたらす。正確さ緻密さを根拠にしているこの社会を批判するために、正確・緻密な論理を元にしたら、この社会を大本《おおもと》において認めることになってしまう。

3　F・W・パトナム『解離』（みすず書房）かな？　とも思ったが、『解離性障害』の方が私にはリアルで、安永浩『精神の幾何学』（岩波書店）→O・S・ウォーコップ『ものの考え方』という思いがけない広がりもあった。

4　批評は客観性や冷静さでなく、観たもの・読んだもの・聴いたものへの熱狂が出発になければ面白くない。という、ものすごくあたり前であるはずのことが実践されている。自分が大学生のときに芝居や音楽に人生の一大事として接していたということを思い出した。

5『事の次第』は一九七二年出版の片山昇訳で当然、現在絶版。『また終わるために』は、高橋康成・宇野邦一訳で九七年出版でかろうじて絶版ではない。英語版だとベケットはA5サイズのペーパーバックがたくさん出ている。日本でも造本などはどうでもいいから、とりあえず読める形にして、細く長く流通させる方法はないものだろうか。

　去年もやっぱり基本はカフカの文章を読んで、それから中井久夫『徴候・記憶・外傷』に激しく感動したが、どちらも本誌に連載中の「試行錯誤に漂う」で触れたので、ここでは取り上げなかった。

10　作者の位置から落ちる

この連載の今回は前回というより「みすず」の前号の読書アンケートに書いたことにつづく（と思う）。と、そのように私は書いても本当にそうなるのかわからない。

なんだか私はずうっとこの問題を考えている。「問題」というともっともらしいが、私の中では問題という風に外に出せるほどにも整理されていないし、整理すると問題が問題でなくなる。あるいは事が事でなくなる。

カフカは単行本として発表した小説（または文章）以外のものは発表しなかった。そのへんの基準がどうとかいうことでなく、カフカは基本的には、ただ書くために書いた。読まれるためでなく書くために書いた。だから本人が面白くなくなったり本人の関心とか意欲が持続しなくなったところで小説を中断したり置き去りにしたりした。

よく作家は言うのが、「私は子どもの頃からお話を作るのが好きで、それを友達や家族に聞かせるとみんなが面白がってくれた。私がいまこうして小説を書いているのはその延長みたいなものです。」というこれはしかし、単純にそんなことが延長になるはずはなく（ごく稀にそういう人もいるだろうが）、今にいたるまでには断絶とか飛躍とか、もっと簡単に言えば階段をふつうに上っていたら途中で、「どっこいしょ！」とすごく足を上げなければならない大きな段があって、それを単純に延長とは言えず、そこでその人は小説観を自分の中に作る。

カフカは書くことの喜びと病いに取り憑かれていた。作家となった人で子どもの頃から何かを書かずにきた人はいないのではないか？　いや、そうでもないか。ワープロができたことではじめて書くようになったという作家もいる。メールができたことで書くようになったという作家もいる。その人たちは例外といえるほど少ないわけではなさそうだ。

作家となった人の中には子どもの頃から何らかの形でいろいろ書きつづけてきたタイプの人がいる、カフカはそういう人の一人だ、という風に言い方を換えておこう。

書くことが習慣化している人にとって書くことは喜びであり病いであり、それは失敗を繰り返す恋愛から抜け出せないのと同じことだと言えば書くことには関心がない人にもわかるだろう。自分自身はそうではなくても失敗を繰り返す恋愛をしつづける人はまわりにたいていいる。それは病いであると同時に喜びであり、病いでまったくないとしたら喜びもないだろう。

私たちは行為と職業を結びつける社会に生きているから、十代の後半から二十代の前半あたりにかけて、好きでやりつづけていることを職業とするかどうかの決断を強いられる、そして職業にできないなら趣味としてこの先もずっとつづけられるか漠然と考える、いずれにしても好きでやりつづけていること、子どもの頃からずっとやっていることを、ただの行為としてつづけることはなかなか叶わず、行為は、職業か趣味に分別される、しかしたとえば日記を書くということは職業でも趣味でもなく本人からすればただの行為だ。

カフカの書いたものを読むときに、カフカにとって、書くことは職業でも趣味でもない、ただの行為だったということを読みながら並行して頭の一角においておく必要がある。

カフカにとって書くということは、読まれることと対になっているわけでなく、書くことは書くことだけで完結する、というよりも放り出される。ふつうの人にとって一番イメージしやすいのは日記だろう。日記にしても、誰に読ませるわけではなくても「今日はなかなかいいことを書いた」と自分一人で喜んだりする。

書くことを職業にしてしまうと、書くことをただの行為のままにしておくことは難しい。作家にかぎらず研究者でも書くことが発表することと結びついた生活を何年もつづけている人は、書くことは読まれることと対になっているわけではないということを忘れてしまう。

カフカはただ書いた。ここで、作品と読者の関係において破壊的なことが起こった。これは誇張でなく、その証拠にみんなそこを見ないようにして、カフカの書いたものをテーマや題材で読む。

どう読もうが読者の勝手だ——という意見は二つの意味で間違っている。一つ目は好き勝手に読むのであれば本を読む必要がないということ。本を読むというのは何という用語が正しいのかよくは知らないが教養主義とかそういうものの産物であって、全然好き勝手に読むというのは、読書という行為の根本に反する。ただ、レヴィ＝ストロースのように『源氏物語』の中の親族の基本構造のところにばかり注目するような読み方はあるが、それは別の本（体系）の補完ということだ。

二つ目は、一つ目ゆえに、読者は作者がその作品を通して言わんとすることは何かと考えるようになっているということ。作者は何か言いたいことがあったからそれを書いたのだ——という暗黙の了解がある。

芸術・作品・表現には、調和・統合という暗黙の了解がある。

しかしこの全体が、人間が世界に向かって為した悪だとしたらどうなるか？

人間が世界に対して能動的・主体的に振る舞うこと、それを否定する文学はすでにある。ベケットの『ゴドーを待ちながら』がまずそうだろう。

しかしその作品を書いたベケットが、観客や読者の質問に答えて、「人間が世界に対して能動的・主体的に振る舞うことが悪だから、私は主体的に振る舞わない人物だけが登場する芝居を書いた。」と言ったら、ベケットその人は作品に対して能動的・主体的に振る舞ったことになってしまう。

作者が作品を掌握するという了解への不信——というより、作品を掌握する（作品を十全にコントロールする）作者の位置から落ちる。

カフカは発表するしないは二の次にただ書きつづけたものが、カフカの意志と関わりなく世に出たことによって、偶然にも作品を掌握する作者の位置から落ちた。と言っても、出来事には大きな出来事と取るに足りない出来事という違いはあっても、偶然・必然という区別はない。それもまた「世界に能動的・主体的に関わりたい（関わらねばならない）」という発想の産物だろう。

作り手と受け手、今は作者と読者という関係に限定するが、受け手というのは観客も聴衆も展覧会の客もみんなそうだ、作者と読者というのはどういう関係にあるか？

作者が読者にテーマとか主張とか動機とかを理解されたいと思うなら作者は読者の行為を想定（先取り）することになる。この〝想定〟というのがひじょうに厄介なもので、ふつうの〈作者－読者〉関係の中に生きてその外に出ようと思わない作者にとって、この想定ほど便利なものはない。作者が読者の読む行為を想定することで二人は同じ地平に立つ。

いや、そういうもっともらしい言い方でなく、私の中にはもっと子どもっぽい教室の中でのやりとりがある。

作者という生徒が読者という先生に褒められるように書く。その一方、読者という生徒が作者という先生の意図を斟酌してそれにすすんで従う。ほとんどすべての作者と読者はこの、生徒根性の中で書いて読む。

いや、やはり、〝想定〟とかさっきの〝暗黙の了解〟とかはこれとは別物だが、両者は手を取り合っている。

読者は作者に作品の意図を訊く。

「主人公はあそこでどうして×××をした（しなかった）のですか？」

読者は作者から真理を与えられたい。実際には「真理」でなく「（作品の）正解」程度のことだが、読者が作品に入れ込めば入れ込むほど、「正解」は「真理」のように思えてくるし、その真理度が高い作品ほど一般に評価が高い。

作品に調和や統合や収束や中心や、とにかくそういうものがあれば読者は作品を理解したと思うから作者に訊くこともないが（ただしその場合は自分の理解を是認されたくて読者は作者に賞賛という形でそれを伝える）（もっと通俗には「こう読まれたいと思って書いたでしょ？　だからこう読みました。」と言わせる作者と読者の関係）、作品に理解したと思えるものがない場合、読者は作者にそれを訊くというその行為は、母親に質問していた子どもの頃の延長ではないかと私は最近思う。

その、母親に質問していた子どもの頃というのは、教師と生徒の関係の基盤となっているものであり、神父と信者、医者と患者などへとつながっていく大きなものと考えてほしい。学んだり教えを請うたりする基盤には、母親から与えられたという最初の幸福がある、と。

しかしそういう面倒見のいい立場から落ちた作者あるいはただ書く人がいる。

じゃあ、何のために書くのだ。と言うだろう。

書くとは自分の中に外からかすかに聞こえてくる音ともいえない音、声ともいえない声、あるいは頭の中の遠くにある像ともいえない像、光の筋ともいえない光の筋を少しでも近づける、またはそれに近づくためだ、という書くがある。

何のためにそんなものを読まなくてはならないのだ。と言う人がいる。しかし私はそういうものをこそ読みたい。

ベケットが何者であるかをまったく知らなかったというのもずいぶん物知らずだが、現にそうであった私は偶然手に取った『モロイ』を読み出すと、何と言えばいいんだろう……、自分の鼓動や脈搏を聞くような気持ちになった。

想定（先取り）に話を戻すと、それは〈作者－読者〉というフィクショナルな関係の中にしかない。ここで言うフィクショナルとは否定的な意味で、「閉じた関係」というような意味だ。「閉じた」「開かれた」もまた私は最近、ふつうとは逆の意味で使うことが多く、閉じた関係の方にこそ創造性があると考えることが多いが、いまは否定的な意味で使っている。（ということは、もっとよくよく考えると、きっとこの「閉じた」「開かれた」は逆転するのではないかという予感はあるが今はわからない。）

読者を想定（先取り）して書き、その期待に応える読者は現実にいる。しかしこの関係の全体がフィクションなのだ。思い込み、錯覚というような意味で、出版のマーケットはわかりやすいところではミステリー小説がこのフィクションの中で循環している。というか、マーケットそのものがフィクションだ。

書くことの起源に読者という想定はない。というか、思えば、起源とか正統にこだわる必要もない。そういうことを言っていると足元を掬われる。ただ書くこと。人を説得しようとか人から了解を得ようなどという気持ちから離れて、ただ書くこと。

11　素振りについて

これは素振りの話だ、巨人からメジャーリーグに行った松井秀喜が引退の記者会見で、「二十年間で一番に思い浮かぶシーンを聞かれると「長嶋監督と二人で素振りをした時間」と答えた。」（朝日新聞二〇一二年十二月二十八日夕刊）

その同じ面に載った長嶋茂雄のコメントも、

「個人的には、二人きりで毎日続けた素振りの音が耳に残っている」だった。

ここで素振りというのは全然比喩でなく、文字どおり野球選手がバッターボックスに入る前にバットを振る素振りのことであり、毎日試合が終わったあと一人で自宅の庭とかでする素振りのことだ。が、前者の素振りと自宅でする素振りとではひと振りひと振りの真剣さが全然違い、二人が言ったのは自宅や練習場でする素振りのことだ。

長嶋茂雄にとって素振りは絶対的なもので、阪神の掛布がスランプに陥ったとき長嶋が掛布に電話をかけてきて、

「掛布君、そこで素振りしてみて。」と言ったのは、もうほとんど伝説化している話で、私も実際掛布がそれをしゃべるのをテレビで見た（と思ってるだけで本当は見てないかもしれないけど）。

長嶋に言われたとおり掛布が受話器を置いて受話器のそばで素振りすると、何回目かの音を聞いて長嶋が、

「今のスウィングだ。」と言った。

これはもう本当でも作り話でもどっちでもよくて、長嶋と素振りを結びつける重要な話だ。選手はバットを振りながら一回一回、バットと対話し、自分の体と対話する。これもまた比喩じゃない。松井は長嶋とそうやって二人きりで、一回一回、ブンッ！　ブンッ！　とバットを振ることで対話した。

素振りというのは試合でない練習なわけだけれど、その日の試合でどれだけいい結果を出そうがそれが翌日の試合につながるわけではなく、翌日の試合の結果につながるのは練習だ。練習だけが選手としての自分の根拠になる、というとわかりやすいが精神論っぽく、精神論っぽいと退く人が多いだろうが、落合博満にしろイチローにしろ優れた選手は人一倍練習した。効率のいい練習をしたとかそういうことでなくとにかく量を自分の意志で練習した。

というそこまではまあ誰にでもわかるが、彼らにとって練習はある時期以後、試合以上のものになっていった。結果よりもプロセスの方が大事でおもしろい、という言い方をすれば

わかりやすいがその言い方もやっぱり違う。まず前提として、その中に入り込んだ人しか知らない手応えとか実感がある、それを外にいる人に外にいるままでただ言葉の意味として伝えることはできるが、そのときには中に入り込んだ人が感じた手応えや実感は消える、だから少なくともそれを伝えようとする言葉は外にいる人が、自分の想像ではそれはわからないんだな……という言葉でなければならない。

人の理解とか想像力というのは、論理的にはおかしく見えても、その人が経験してないことについては、「わかった」と思わせるものよりも、「これではまだわかったことにはならないんだろうな」と思わせる言葉の方がまだしも少しは伝わる。

そういうものを「秘教的」とか「結社的」とか批判しても外の人同士でしか通じない。だから虚しいだけだが外の人同士でしたり顔で言葉をやりとりする人はその虚しさに気づかない。というかそっちに顔を向けない。何かをすることというのは言葉で逐一トレースできるかどうか、と全然別次元のことで、そんなことはしている本人には関係ない。

私の中ではそれと素振りはほとんど同じものというか同じ領域にあることになるのだが、セザンヌがサント・ヴィクトワール山を描いたそのセザンヌが画架を立てた場所というのはサント・ヴィクトワール山が見える山の中腹かどこかで、そこはものすごく風が強く、セザンヌは体を木にロープでつなぎ止めて絵筆を使った。

セザンヌって、やっぱりすごいんだな！　と思って、多摩美の油絵の先生にそれを言うと、ゴッホが風車を描いたか糸杉を描いたかその場所も、画架を立てていられないほど強い風が吹くところだったという。

それで、これはセザンヌだけでない画家に共通の何かなのか、と思っていたら、テレビ東京の「開運！なんでも鑑定団」に出てきた足立源一郎（一八八九—一九七三）という山岳画家は、「北穂高岳南峰」「滝谷ドームの北壁」などの絵を現地に行ってだいぶ高いところまで登って、画架を立てるのもようやっとのようなところで描いた。場合によっては雪山を描くために画架の設置場所の気温も氷点下で絵の具を溶くのもままならなかった。というようなことを私の記憶では番組のナレーションが言った。

私の書き方はなんだかすごい大ざっぱだが、私は北アルプスがどこで南アルプスがどこかも知らない。この段落を書くために調べて、日本の「アルプス」には北と南だけでなく中央アルプスというのもあることもはじめて知った。だからこれらの山を描くために別の山の切り立った壁面にこの人が登っていったそれがどこか知る由もないがとにかくそういうことだということを知ったらまた、数学者の岡潔の『春宵十話』というエッセイ集に、岡潔が訪ねた奈良に住む洋画家は林ばかりを十年間描き、次に渓流ばかりを十年間描き、谷あいを縫う清流の絵があって、「この構図にどれくらいかかったかをたずねると、一週間かかった」。そして、

「描き上げるのに要した時間をさらに聞くと、三脚をすえる余地もないような水ぎわでカンバスが風に飛ばされないように手で支えながら描いたので、はっきりわからないが、まあ三時間半ぐらいだという返事だった。」

ここでも画架の設置の困難さが出てきた。

セザンヌ、ゴッホ、足立源一郎、この人と、四人とも描くためにすごい負荷をかけている。私はカフカが「書く」のではなく自分で「引っ掻く」と言っていた書くことをするために、体をとことんまで疲労させて睡眠とも闘いながら自分の意志が極限まで小さくなったところで書くと、私はこれを読んだのでなく高橋悠治さんが言ってたのだが、それを思い出した。私は岡潔の『春宵十話』だけは手元にあるからそれを律儀に書き写したがそうする必要があっただろうか。カフカの言葉を自分が読んだのでなく高橋悠治さんから聞いたと書く必要があっただろうか。

言った言葉も書いた言葉も正確に内面や世界を記述できているわけではないんだから、その言葉の正確さにこだわることにはさして意味がないとも言える、フロイトならそう言うだろう、フロイトがやったことは言った言葉、書いた言葉を媒介にして本人が記述できないでいる正確——しかしこれも「相対的に正確」「別の相の正確」ということではないのか——なところを浮かび上がらせるということだったのだろうから、言った言葉、書いた言葉の正確さを飛び越して、内面の正確さに飛びかかったっていいんじゃないか、もっともこれはやりすぎると歯止めがきかなくなるが〝悪用〟〝誤用〟を気にしていると世界はどんどんつまらなくなる。

岡潔は同じエッセイの中でこういうことも書いている。

「芸術はまた、時として非常に精神を鼓舞し勇気づけてくれる。私は研究が行き詰まるといつも、こんな難問が自分にできるだろうかと思うが、その中でも特に六番目の論文にかかっていたころは困り抜いていた。そのころ好んで読んだのはドストエフスキーの小説「白痴」や「カラマーゾフの兄弟」だったが、これらは一つページをめくると次に何が書いてあるかが全く予測できないという書物で、ある友人が「さながら深淵をのぞくようだ」と表現したとおりだった。そして、人がそういう小説を書いたという事実が、問題が解けなくてすっかり勇気を失っていた私をどれだけ鼓舞してくれたかわからない。」（傍線引用者）

書いた言葉の正確さうんぬんを言ったすぐ後にこうしてあっさり引用したのは、たんに自分でこれに代わる言葉を考えるのが面倒くさかったからだ。私は手書きだから本をコピーして貼ればよくて一番安直な方法をとったわけだが、言った言葉、書いた言葉の表面的な正確さにこだわるというのは、私はコピーして貼り付けるのに似た安直さを感じる。

読む書く、言う聞くという行為は本質的にアナログであって、デジタル的な正確さというのは、読む書く、言う聞くの持つアナログ性を裏切ることになる。きっとそうだ。

岡潔がここで言いたいのは、困難を掻き分けて力を振り絞って書いた言葉は、困難を掻き分けて進んでいる人間に勇気を与えてくれるということだ。私はそれが、野球の試合でバッターが打席に立ち、ピッチャーがバッターの胸元をえぐるような球を投げてきても腰を退いたりしないことよりも、毎晩試合が終わったあとに疲れた体で五百回とかする素振りの方がよっぽど困難を掻き分けることと感じる。試合で相手ピッチャーが投げる球なんかその素振りに当たるだけのことでわざわざ試合モードに切り替える必要もない。

素振りは単調な反復練習ではない。バットとの対話、体との対話だ。

ジャズの坂田明は休みの日は一日中サックスでスケールを吹いていると、かつて言った。つまり、ドレミファソラシドを一日中吹いている。譜面の練習をするわけではない。日野皓正は、吹奏楽部の中学生に「一日十二時間吹かなくちゃダメだ」と言った。「眠ってる時間以外はずうっと唇を鍛えろ」とも言った。中学生だと言って力を抜かない日野皓正はすごい。

私がここで書いていることは、自分にものすごい負荷をかけることと一見単調なことをひたすらやりつづけることの二つがごちゃごちゃになっているということは私は自覚しているけれど、その二つを分けて考えることができない。

人はやりたいこと表現したいことがとめどなくあふれ出てくる状態を芸術家（行為者）の幸福だと考えがちだが、芸術家（行為者）の幸福はそんなものがもう何も出てこないと思われるその先にある。

ベケットがいたのはそういう世界だった。ベケットについて、何か語るとその言葉が愚かに見える。「わかった」と思うことがすべての愚かさになる。それに気づかずにみんなベケットについて書くから愚かさの上塗りになる。

私は最近なんだかやたら、まわりの人たちが学校の教室にいた子どもたちの変奏にしか見えないのだが、たとえばクラスで飼っていたウサギがある朝学校に行くと死んでいた。先生がすかさず、

「誰か感想はありませんか？」と言うと、

「ハイ！」

と言ってすぐに手を挙げる優等生がいる、

「ピョンちゃんはきのうまで生きてました。ぼくたちはピョンちゃんが元気だとばかり思っていましたけど、ピョンは本当はどこかが痛かったのかもしれません。ピョンちゃんの痛さや苦しさをわかってあげられなくて残念です。」

と答えるバカ。

ベケットによって、書くということがそういうものになった。

12　小さい声で書く

カフカはひたすら書いた、ベケットはもうこれ以上は書けないという地点で（から）書いた、どちらもその書く行為に意志が機能しないことで共通している。

カフカにまつわる現代社会予見説（ひとまとめにして）や、ベケットの、おもに、というよりほとんど『ゴドー』のみの救済者・絶対者の不在説は、作品の意味の層において作品を社会と結びつける。文学作品を社会の読解ととらえるのは芥川賞の流布のされ方に至るまでそうなのだが、私は、明治初期に日本人がヴィクトル・ユゴーに会って、「国民国家を創るにはどうしたらいいか？」と訊いたら、

「国民文学を創出してそれを読ませることだ。」

と答えたという話を連想する。

私はこの出典を知らず、知り合いが言うのを耳で聞いただけなのだが、ユゴーとかトルストイとか、近代社会のはじまりにいた作家が文学の枠をこえて社会的存在だったことを考え

れば、作り話でも説得力はある。もっとも、その場合の社会というのが広がりの規模において今の社会のどこまでを指しているかということはあるが。

カフカやベケットを大げさに解釈することにはいろいろ、そのつど反論が私はあるが、ユゴーやトルストイの延長として二人を見る、二人をユゴーとトルストイと同じ作家であるという前提を、この行為（解釈）において行為する人が疑っていないことに気づいていないことがおかしい。二人とももっと小さい声で書いた。自分の声が社会の隅々にまで届くことを二人ともまったく望まずに書いた。この声の大きい小さいは大事なことだ。

作家が社会的存在であるわけは作家の書くものに社会性があるからで、それを読むことによって読者もその社会に関わり合いを持つ。カフカもベケットもこのサイクルを断ち切りたかった、というのはだいぶ意志的な言い方で、このサイクルから脱け落ちたかった、というか意志が機能しないところで書いたら結果としてそうなった。――しかし、とついでに言えば、社会の社会たるを擁護する勢力は、そこはフロイト的な意味も含めて見ないようにして（見ようと思わない人、見ることが最初からできない人もいっぱいいる）、カフカもベケットも社会的な意味として読んだ。カフカやベケットを社会的な深遠な意味で読むことによって、カフカとベケットが書く行為を通じて考えたというか、カフカとベケットの書く行為それ自体が考えたことを無視した。

作家に限定せず人は書くという行為によって社会とつながる。人々とつながるのではなく、社会とつながる。人々とつながりたいのなら声だけでじゅうぶんだ。言い方を換えれば、書くという行為に習熟すればするほど人は社会化される。ということは、どれだけ自堕落なことを書いたり、反社会的なことを書いても、書くという行為をするかぎりにおいて社会の側に立つことになる。「言葉（文学）とはこんなにも自由だ」とか「言葉（文学）はこんなにも危険だ」とかいう言い方はよく聞くが、書くという行為においてなされるかぎり本当の危険も自由もない。——いや、この言い方は大上段に構えすぎだ。

人は書くという行為によって社会とつながる。人々とつながるのではなく、社会とつながる。鉄道マニアとか猫好きとかグルメとかそういう同好の士のサークルとかソサイエティとかがあって、書くことによって自分がその一員であることが表明される。それはいま、ブログによってとてもよくわかる。ブロガーはみんな最初に自分の関心領域を明らかにして、ブログの文章それ自体でなくブログが属する関心領域で読者を得ようとする（私はそのことを批判していない）。

本来、小説・文学というのはその関心領域に先立ってあった、あるいは関心領域を結像させないためにあった。しかしそれが主題や題材の社会性が取りざたされることによって関心領域の中に閉じこめられることになった、というのが芥川賞などの読まれ方のことなのだが、もっと深刻な問題は、小説・文学がそれが関心領域となるものになった。ここで私が言っているのは、いわゆる〝文学自体を問題にする文学〟〝自己言及的な文学〟のことではない。

書き手が、「小説とはこれこれこういう形をしている」と事前に小説の広がりを限定して、小説らしく文章を書いてしまう姿勢全体のことだ。

社会には規範（規則・規律・禁止などなど）があるわけで、私は規範になかなかなじめなかった子どもで今もそれをずっと引きずっているというか、その部分は全然変わらずそのまま来ている、その私の経験の実感として、規範に忠実な人ほど規範に対して鈍感だが規範になじまない人の存在には敏感で、嫌ったり抑圧したり弾圧したりする。

私は何年か前に気がついたのは、一部の科学に詳しい人たちは、「地球は決して宇宙の中心でなく、太陽のまわりを回る惑星の一つにすぎず、しかもその太陽と同じ恒星が宇宙には無数にある。地球とはありふれた恒星のまわりを回る惑星というありふれた星にすぎない。」という言い方、生命に詳しい人は生命において同じようにこういう言い方をする。彼らはそれを知ったときのショックを自分の中で解決することができず、殴られた腹いせに自分より弱いヤツを殴ってウサを晴らすような感じで、自分より無知な一般読者にこういうことを書いて一般読者にショックを与えることで自分のショックが解決されるものと（たぶん無意識に）思ってそういうことをしている。

小説を書く・文章を書くことをずうっと考えているうちに私はようやく気がついた、社会の規範において、ほとんど同じことが起きている。それが最も意識されず、ということは徹底的に組織的に行なわれているのが、読み書きだ。(あんまり、こういう強い調子にしたくないのだが。なぜなら、強い調子は外に向かってしまって、自分の考えの流れ・テンポ・持続を壊す。)

読む・書くは学校であんなにたくさん時間がさかれるのに、聞く・話すはたいして時間がさかれない。読む・書くの方は、作文の時間があったり、長文読解の時間があったり、長文の主題や要旨を書いたりする時間があるんだから、聞く・話すの方だって三分間スピーチとかもっと初歩的な、「エー、……」とか「アー、……」とかを入れないしゃべり方を練習する時間とかそういうものがあってもいいはずなのに、そういうものはほとんどない。

書くこと・読むことは社会とつながっているというのは、芥川賞の関心の意味での〝題材としての社会〟ということでなく、〝社会の一員〟という意味で社会でつながっている。だからそれに違和感を持ったことのない人は、カフカやベケットを社会を語るものとして必然的に、というか自然な流れとして読む。しかし二人とも個人として、ひたすら個人として書いた。だから二人の書いたものは小説らしい小説の姿をしていない。

小説家たちは決して、自由だったり奔放だったりしていない。小説家たちは、自分の書くものが、受け入れられるとか誉められるとか以前に、まず「自分の書くものが小説であってほしい(小説だと認められたい)」と思っている。何度かそれに成功して、みんなは「自分

の書くものが小説であってほしい」と思っていた懸念は忘れ去ってしまうのだが、それでもみんな、

「小説はこんなこともできるのか！」

「小説はこんな風にも書けるのか！」

という賛辞を、はじめて紹介された海外作品などに向けてするのは、本人は忘れ去った「自分の書くものが小説であってほしい」という一番最初というより根本にある懸念が自分の奥で消えていないからだ。

読み書きがそれ自体として社会の成員の規範の訓練でないのなら、聞く話すと同程度のことを教えれば足りる。長文読解させて、主題や要旨を書かせる必要はない。小説はユゴーやトルストイの時代の国民国家の創設の一翼を担うという役目はもう終わったが、社会の成員を創る、と同時に監視する機能はずうっと継続中だ。

13 そのつど映るラストの場面

携帯電話が壊れた、というかゆっくり壊れ出した。

二日前に送信済みのメールのフォルダの中にある一年以上前に送ったメールを見ようとしたら、去年の六月二十九日のメールが一番古く、それ以前のものがきれいさっぱり消えている。

あれぇ、ヤバイ、……と思ってあれこれ無駄な操作をしてみるわけだがどこにもない。翌日、まず携帯電話ショップに問い合わせると案の定「……だと思います。」「……なんじゃないかと思います。」という返事しか来ない。それで総合受付に、総合受付はつながるのに時間がかかるし、前に何か問い合わせようとしたときに、番号の操作がわからなくて途中でやめたが今回はそうも言っていられないので総合受付に電話すると案外簡単につながり、パソコンや携帯のサポートは最近格段に人間的になったのか、ひじょうに明快でわかりやすい説明をしてくれたが、サポートの解釈は結果として間違っていて、

「壊れている可能性があると思います。」という携帯ショップの店員の説明の方が正しかったことが、今日わかった、というのはメールの下書きがごっそり消えていた。

私は携帯電話を持つようになってからほとんどのメモ的な情報をメールとして書いてそれを下書きとして保存している。『カフカ式練習帳』を連載していたとき、家の中では何冊かのノートを置いてそのつど思いついたことを書いたが外では携帯でメールの下書きとして書いておいた。携帯は片手がふさがっているときとか混んだ電車はめったに乗らないが乗ったようなときには都合がいい。それから私は整理が悪く家の中にあるものの場所がわからなくなるので携帯はいい。というわけで二百件ちかく入れていたそういうメモが最近の三件を残してごっそり消えた。

送信したメールについてはまあこれはしょうがない。たとえば猫が死んだときに自分がどんなメールを書いたのか、そういうことがもう確かめられないと思うと残念というか、自分の過去か記憶の一部が消えたような不安のようなものはあるが、なくなったものはしょうがない、形あるものはすべて滅ぶ、つまりそういうことなんだと自分に言い聞かせると、これが意外なほどあっさり自分で納得している。

残念なのは下書きに保存しておいたメモ類の方で、こう書くと確かにメモ類が消えたことは「残念」で、送信済みのメールが消えたことは「残念」とは別の感情を伴なう事態だということがわかったが、残念はしょせん残念であって、そこには不安という、自分の体の一部ないし体とつながっている何かが欠落する感じはない。が、この連載のためにそのつど書き止めていたメモないし覚え書きはひとつを残して全部消えた。

そういうものを記憶を頼りに再現するとする。そこに一人、校正者というキャラが登場するとする。私は最近ことに思うのだが、どうして校正者はあんな細かいことにこだわるのか、どうして出版物は字面の次元においてあんなに正確であろうとするのか。

ちょうど今日読んでいた本は校正モレがあって、「　を受ける閉じの　」がなかったが、その文章は引用した文と書き手が言っていることがうまい具合に響き合って混然一体となっているので、ここは「　はあっても　」はなくていい、ここの校正モレは絶妙だなと思った。夏目漱石が「盆槍」など当て字だらけなのは有名だが、これは当て字としては無理がある。いや「盆遣」だったか。これならまあいい。私はずうっと「途惑う」と書いていた。あるとき校正者が「戸惑う」と直してきたが、その校正者に当たる何年間か私は自作の中で「途惑う」と表記していた（はずだ）。

私がいた西武百貨店のカルチャーセンターには、出版社から転職してきた文学に詳しい（ということになっていた）人がいたが実際には現代文学のことなどほとんどわからず、彼にあるのは文芸誌を編集するのに必要な範囲の文学史的知識だけだった、その人が校正だけはイキイキして、たいていふつうの人たちは校正してもモレだらけなので彼はそこで得意になるわけだが、そんなことどうでもいいじゃないかと思っていた。

現状たしかに、きちんとしていると言われている出版社ほど校正・校閲が厳密で、校正モレが目立つ本に出会うとその信憑性を疑いたくなるわけだが、そういうことは気にしなくていいじゃないかと思うのは私が校正というとカルチャーセンター時代のその人とセットにして考えるからだろうか。

私は校正とウィキペディアに同質のものを感じる。目の前にある文章の正しさはただ出典によって根拠づけられる。ウィキペディアの初期、アメリカの大学だったと思うが学生がレポートを書くのにウィキペディアから調べ、ウィキペディアのその記述が間違っていた、というウィキペディアの正確性を私は問題にしているのでは全然ない。ウィキペディアはただ出典を明記することだけを記述者に求め、出典さえあれば正しさの根拠があると考える。校正者の原稿との照合と似ている、というか同質だ。

私は送信メールとメールの下書きに保存していたメモ・覚え書きをなくした。私がこれから記憶を頼りにメモや覚え書きを再現するというか、もう一度それを書こうとするとき、私はメモの通りに書こうとしたらきっと私はそのメモを書いたときの自分の気持ちに近づくことはできない。

そのメモが消えていなかったとして、私はそのメモを見ながらこの連載を書く場合、そのメモの通りに書かないのは間違いない。私はこうして書きながらメモは一つの目印程度にしかしないのだから、消えたメモを（忘れないように）もう一度書き止めておこうとしたとき、メモにどれだけ近いかということはもう問題とはなっていない。

カフカの『審判』で、カフカはまず冒頭の第一章を書いた、次にラストのヨーゼフ・Kが処刑されるシーンを書いた、その後、ラストへと至るべく中間の章を書いた、しかし中間の章はこれといった流れがなく場面はそれぞれ独立しているから章の配列はわからない、それだけでなくカフカは使わないつもりだった章も紛れ込んでいるかもしれない、と考えるのなら、ラストの処刑のシーンもまた使わないつもりだった章でない根拠はない。カフカがもしラストの処刑のシーンへと至る流れを作りたくて、いくつもの（いまみんなが読める形の）場面を書いたのだとして、その場面群によってラストの処刑のシーンへとどうしても至ることが叶わなかったのだとしたら、カフカはラストを処刑のシーンにするのをやめようと考えたと考える方がむしろ筋が通っている。あるいは全然反対に、もしラストの処刑のシーンにどうしてもこだわるのなら、冒頭のシーンから書き直すことにしたという考えもひどく無理な考えということにはならない。が、それはカフカではない。

何が一番もっともらしいとか、何が一番正解にちかいという考え方自体が一番カフカらしくない考え方だと私は思う、カフカは『審判』だけを（たぶん唯一の）例外として、ラストを設定せずに冒頭の一文からひたすら前へ前へと前に向かって書いた。カフカは自分の小説が出版されることを至上命令として小説を書いたわけではないので、どういう流れ＝場面配列となってていようがカフカの勝手だ。この「勝手」という言葉はその最良の意味で使っているがそれでもなお勝手なことをどうしても許せない人にとっては許容しがたいものではあるだろう。社会や物事にはすべて規範・規則があり、それを破ったりそれの外に出たりすることなど考えもせずに規範を受け入れ、規範の番人としてふるまう人がいる、その人たちは自分が番人のふるまいをしている自覚はない。

小説を書くとき、作者は漠然としたものであれラストを思い浮かべてはいるものだ。将棋の棋士はそれを「映る」といううまい言い方をした。

「十何手、二十何手の詰め将棋が、棋士の人たちは一瞬でわかっちゃうんですか?」

「「わかる」というんじゃなくて「映る」んですね。「見える」ほど明確じゃなく、さっと「映る」んです。」

で、棋士の「映る」は間違わないのだが、小説のラストは映ってもそのつど形を変える。私の『未明の闘争』はついこのあいだ連載が終わったが、連載の三年八カ月、連載の前も含めると四年ぐらい、そのあいだラストの思い浮かべは何度でも変わった。何度変わってもラストの思い浮かべさえあればいいのだ。

カフカは『アメリカ（失踪者）』も『城』も未完だが、ラストについてはマックス・ブロートに語っている。『アメリカ』の方は今は思い出せないが、『城』は最後Kは病いに倒れ、死の床に横たわるKに城から正式の測量師として迎え入れることにしたという知らせが届く、というもののはずだったが、その死の床に横たわるのは私で、私のまわりをたくさんの猫たちが取り囲んでいる、という光景を『城』のラストのカフカがブロートに話した情景を読んだときにその場でそれは私で私は猫たちに囲まれているという光景が胸に浮かんでしまったために、これもどこまで合っているかわからない。しかし冒頭の一文からひたすら前へ前へと前に向かって書き進む書き方の人にとって、ラストというのは自分の死の床の光景のようなもので、そのつどそのつど変わる。だから『城』のラストだって、カフカはそのときはそ、い、い、う考えていたというだけだ。

厳密なカフカ研究者たちの研究と思索の結果、いま原文では『審判』（ドイツ語タイトルでは「訴訟」の意味）は、小説を一冊に綴じられた本と考えず、途中の場面の配列の決定稿がないのだから、十六分冊とかそういうバラバラの体裁の本になっているが、そこまで馬鹿正直にしなくも、そこまでカフカ（の本来の意図）に忠実でありたいと思う人なら、一冊として綴じられた本であっても、好き勝手な配列のものとして読むだろうし、現に、すでに何度か『審判』を読んでいる人なら、もう頭から終わりまでの通読にこだわらず、それぞれの人ごとにあっちに行ったりこっちに行ったりして読むだろう。

『審判』の混乱の一因は、カフカが早々にラストのシーンを書いてしまったことによる。『城』や『アメリカ』では実際には書かずただ友人に口でしゃべるだけだったラストのプランではなく予想つまり思い浮かべを、カフカは『審判』では冒頭の次に書いた。

ということはしかし、冒頭の章につづいて読まれる章はラストなんじゃないか。読者はその、ギリシア悲劇の予言（預言）のように与えられたラストを念頭に置くというより、その鮮烈さが忌々しくも胸に刻みつけられた状態で、その状態から自由になることができないまま、中間の場面群を読む。中間の場面群は一つの明確な流れを持たないまま拡散的につづいていく。

それにだいいち、たいがいの人は、

「「犬のようだ！」と彼は言い、恥辱だけが生き残ってゆくようだった。」（辻瑆訳、岩波文庫）

という結末を聞かされ、その衝撃ゆえに『審判』を読むのではないか。もともと『審判』という小説は結末を知って読む小説になっているのだから、読者は一本の線のように流れる読み物というオーソドックスな形にこだわることがすでに自分を欺くことにもなる。と同時に内容紹介みたいなところでヨーゼフ・Kが処刑されるという結末をバラしてしまうわりと広くやられているやり方は、カフカの意図、というよりもこの小説の生成のあり方に案外叶っているとも言える。

小説が一本の線のように流れるというのは、仮想の、便宜的な、一種共感覚的な、模式図であって、小説は人の指のようにあるところから五つに枝分れしたってかまわない、西武池袋線のように練馬から豊島園までたった一駅しかない行き止まりの支線がいくつもあったってかまわない。だいたい小説は本当に流れたりつづいたりしているものなのか、あちこちで断絶したり欠線したりしていないという保証がどこにあるか。というこれは小説を書いているときの私の実感だ。

書いている途中で二日あいたり三日あいたりする。私はそのつづきを書くわけだが書いている私には二日とか三日とかの空白がある。作者は作品の外にあるとするのが伝統的な小説観で、外にあるというのは作品の中に流れる時間の影響を受けない、作者は形而上（＝メタ－フィジックス＝超－物質）にいる存在だ、というのはしかし嘘というか面白くなく、作者は今書いているその作品と書くという行為から影響を受ける、と同時に現実の時間・出来事からも影響を受ける。

私はたいていは一駅しかない行き止まりの支線は反故原稿になる、ある場面のその先が行き止まりの支線だらけだと手の指のように分岐した反故原稿群になる、それらは出来うんぬんというより流れを持った読み物というオーソドックスな小説の形からの要請によって反故となった、それらが形を変えてどこかその先の場面として使われることは私の場合まれだ、取っておいてもキリがないからしばらくは雑然とした室内のどこかにあるがそのうちに捨てられる。

私は出版される原稿よりも反故原稿の方をとりわけ今回は、といっても前に書いたときのことはもう忘れているのだが、今回の『未明の闘争』ではたくさん書いた、書くというのはこういうことなんだなあと、以前にも増してここ数年はずっとカフカのことを考えているので書くことをそのように分岐した原稿を書くことだと感じるようになった。

14 意識と一人称

あたり前だが、意識と意識化は違う。意識がない人はいない、人は目覚めていればほとんどずっと意識がある、しかし意識して意識するとか、意識していることを意識するとか、意識があることを意識することは誰もつねにしているわけではない。

私は一人称小説ばかり書く、理由はいろいろあるが三人称小説の持つある自在さ、というのはフィクションの流儀の中で保証された自在さがどうも自分が書くときには抵抗があるらしい、読むときには一人称小説よりも三人称小説の方がずっといいが私は三人称小説を一人称小説のように読み、一人称小説はほとんど独白と感じるその度合が強いほどもう読めない。

人は一人称でしか生きていない、ということを私は『カンバセイション・ピース』を二〇〇〇年から〇三年にかけて書いている過程でそうではないんじゃないかと思うようになった。

一番単純な疑問は、三人称小説も一人称でしか生きていない（はずの）人間が書き、三人称で書かれたものが抵抗なく読まれるということは、おおかたの思い込みとは別に、一人称は三人称を含むということなんじゃないか？　ということだったが、これはきっかけとしてはわかりやすく、きっかけの機能としては私にはじゅうぶんに機能したが、これは単純すぎるというか、まあ、間違っている、というのは、三人称で書いたりそれを抵抗なく読んだりすることができるのは、フィクションの流儀を基盤とする習慣のようなことにすぎない。

この、いまこうして生きている私が一人称であるというのは意識化の話であって、生きている私の意識は一人称ではなかった。

おそらくこのことをリアルに伝えるための手段は、その手段こそ小説がふさわしいのだろうが、とりあえずどういうことかといえば、たとえば道を歩いているとき私は「私は歩いている」とは考えていない。私というこの私は意識と言い換えてもいいだろうから意識と書いてみることにする。私＝意識でなかったら、途中で違和感が生まれるはずだ。

意識は歩いているとき、「私は歩いている」と考えているのではなく、「人がきた」と思ったり、「車がくる」と思ったり「狭い道なのにスピード出し過ぎ」と思ったり、「この辺にこんな人いたっけ？」と他にも見覚えがない人がいっぱいいるのに特定の誰かのことをそう思ったり、「脚が長い」「残念、胸が小さい」「この二の腕いいな」「あ、猫だ、ペチャに似てる」「このカラス大胆だな」「ここの花は（妻に）教えなくちゃ」と思ったりしているそこに「私は」という主語はない。意識はただ見たり聞いたり気をつけたり、暑さを感じたりしている。

「暑い！」と意識が思うときも、「私は暑い！」ではない。It's hot! と言う英語表現の it は、なるほどと思うが、主語がない方がもっと意識にちかい。

そして意識にはいろいろなことや言葉が去来する、たまにしばらくそれについて意識がめぐる、心配事があれば意識はそれをずうっと考えている。「俺はどうなるんだ……」と一人称が出てきたりするそのときの一人称で指される「俺」はここにいる意識とイコールではない。意識が考える対象としての私のことだ、この「俺」は意識の考える対象・観察の対象・意識に見られる存在だから「俺」という名称の三人称だ、この「俺」は意識において（ぼんやり、または明確に）見える姿を持って意識にあらわれている。

こんなことはきっといろいろな哲学者が書いてきただろう、そんなことはそうに決まっているが、「これはハイデガーの『存在と時間』の第××章に書いてある」とか「カント『純粋理性批判』の第××章に書いてある」と書いても話は詰まっていかない、一人がそのつど考えていかなければならない。ついでに言えば、ヴァージニア・ウルフ等の「意識の流れ」のことを考えようとしているわけでもない。

道を歩いているときに向こうから、わりと背が高くミニスカートかキュロットスカートから長くてきれいな脚を出した女の子が歩いてきた、意識はそれを見ている、必ず少しはスケベな気持ちとともにそれを見えている、その女の子が見ている目に気づいたと思うと意識は目を逸らす←これは変だ、私は目を逸らす、目を逸らすそれをしたのは意識がではなくたぶん私の方だ。

意識はしかしそういえば最初こそスカートから出ている脚を見ていることを意識していなかったが、意識はその女の子から見られ返すことを意識した瞬間から見ていることに意識的になった。「意識」は紛らわしいので「自覚」としよう。

意識は最初こそスカートから出ている脚を見ていることを自覚していなかったが、意識はその女の子から見られ返すことを自覚した瞬間から見ていることに自覚的になった。最初だけ、意識は無色透明にちかかったが、自覚をともなったら私という姿が生まれた（戻った？）。

これが女の子でなく猫だったら、猫が家と家のあいだから出てきて、ちょっと道の端を歩いてまた別の家と家のあいだに入っていくのを見ているのだったら意識は見られ返すことを自覚せずもっと大胆に見るに集中する、しかしこの場合、意識はたいていそこで妻との架空の会話をしたりしている、そのときも妻の姿とともに私の姿も少しは見えている。

女の子の脚に戻る。それと並行して意識は、

「おい保坂、女見るときまずどこ見る？」

「そりゃあ、顔だよ。」

「そうだよな。

「顔か。顔見てるうちはダメだな。女は脚だ。」って、坂本さんが偉そうに言ってたけど、

俺も顔だな。」

という、大学一年のとき、サークルの部屋で同級生の森野とした会話を思い出す。意識は女の脚にまず目が行くようになったことを自覚するようになってから、脚に目が行っているたびにその会話を思い出していると言ってもいい。

意識がその会話を思い出していることに意識は自覚することもあるし自覚しないまま会話がただ過ぎ去っていくこともある。見られ返した目によっては、

「スケベなオヤジ」という声が聞こえてくることもある。いや、それがはっきり聞こえた(もちろん心の中で)ということにしたらやっぱり作り事になる。意識ではその萌芽くらいのところで止まる。「あ、目が合っちゃった。まずい、——」くらいのところだ。

それと並行して、これはいつもではないが、その女の子の脚がよっぽどきれいに伸びていた場合、意識はいくつかの印象的な脚を思い出す。たとえば、三年前だったか、夏、鎌倉駅のホームに女の友達と二人で立っていたTシャツにショートパンツの子の脚、まだ十代だった、背は高くないがお尻が上がっていて、お尻のトップからショートパンツの生地が太腿につくのでなく太腿と隙間があいてぴらぴらしていた、そういう上がったお尻のショートパンツを見るといつもカール・ルイスのお尻を思い出す。鎌倉駅のホームにいたその子はぺったんこのサンダルだったのにまるで爪先立ちをしているようだった。

「そういうときは、「きれいですね」って言えばいいんですよ。」と、デザイナーをやって

いる女の知り合いが私に言った。

「言えないよ。」

「カメラマンだったら必ず言いますよ。その場で声をかけないと二度と会えませんから。」

そこで私は「だからカメラマンは女に手が早いのか」と思ったが口には出さなかった。

というその会話まで、女の子の脚を見ながら思い出すこともある。イントロ当てクイズの不思議は、最初の「ジャン」よりもっと短い「ジャ」だけで曲名がわかることで、曲がわかるということはその曲の一番有名か印象的なフレーズがその一秒以下の時間に頭で鳴るということで、それはどういうメカニズムなのか解説している本をまだ読んだことがないが、音楽という、早回しすることに限界があるだろうものさえ記憶の中では十倍とか二十倍の速さで再生される、――のだとしたら、右の会話が一秒で頭の中で再生されても不思議はない。

「意識の流れ」は小説として、ということは文章として線的に記述されたものだ。単線的とまでは言わないが、同時多発的・同時複合的に展開されつづける意識とそのまわりのことまで記述したわけではない。実際の意識において、ここにいままで書いてきたことは順次的に起こるわけではなく、ほとんど一挙に起こる。

意識は脚を判断するのと並行して、体の全体のバランスも見る、肩幅も見る、髪型は当然見る、脚がきれいなのだからその子が美人であれと期待する（しかし、通りすがりの女の子の脚がきれいだとか、その子が美人じゃなくてガッカリするとか美人だったらうれしいとか、なんでそんなことが、たちまち過ぎ去る気持ちであるにしても、小さな出来事となるんだろう)。それと並行して、その女の子の向こうの風景も見ている、荒っぽい運転の車が来たらアブナイ！　と思う。

いまこの舞台となっている道は商店街から一本外れた住宅地の狭めの道路で車の通りは多くない、車は自転車よりちょっと速いくらいのスピードしか出さず、車の気配がないとき人は道の真ん中とは言わないが、もろに端でなく、車が通るときには一歩端によけなければならないくらいのところを歩く、自転車は道の真ん中を走る。

意識はこの道を歩きながら冬なら陽が当たるところ、夏なら陽が当たらないところを選ぶ。意識は道沿いの家が育てている花も妻のおかげで気をつけるようになり、だから花に注意がいくときには妻の顔が過《よぎ》ったり声が一瞬過ったりする、こう書くと意識は妻を愛しているように響くだろうが、愛するという動詞ではもはやなく瞬間の積み重ねとか習慣のようなものだ、いずれにしろ私はもともと道を歩くこと、散歩することが好きだったが妻のように一軒一軒の家が育てている花に注意を向けていたことはなく、五月の晴れた日に吹く風とか夏のカンカン照りの日の青のずうっと遠くには闇があると感じさせる空など、個物でなく気候の方を楽しんでいた。

意識には語りかけたり目についたものを報告したりする相手がいる。語りかけや報告は一方通行というわけでなく返事も聞こえる。友人のKは、「保坂の小説の風景描写は語りかけになっているから、それを自分への語りかけと感じる読者がいるんじゃないか。」と、かつて私に言ったが、風景を見てそれを楽しむことは語りかけを伴うものではないんだろうか。というのは友人Kは一人でいるときそういう語りかけはしていないと言うのだが。

その語りかけをしているとき、しかし、私がいま問題にしている一人称の、一人称となる以前の状態を意識といま呼んでいるんだとしたら、語りかけが順調に行ってそれが少し長くつづくと意識の中で「私」の像があらわれてきているような気がする。像となった私は、一人称でなく三人称のように感じる。

五月の風に吹かれたり、夏の遠くまで晴れた空を見上げたりしているとき、一人称の私は本当にここにいるんだろうか。猫が調子悪くて猫の様子を観察しているとき、この「観察」という言葉を使うと観察者の存在を即座に前提してしまうが観察しているとき意識は私である必要はない、ただ観察という行為そのものになることが観察の理想だ。

こんなことは誰かがズバッとひと言で言い切ってしまえばいい、しかし私はそれがうまくない、言葉というのは目から、さらには耳から入ることで信憑性を発する。行為の最中において一人称がなくなるのはいわゆる没入ということだ。弟子は師匠に言葉で教わるのでなく見てならうというのは、言葉にすると一人称が生まれ、行為者の実感をそこですでに裏切るということもあるだろう。

意識とはアンリ・ミショーのようにメスカリンを服用しなくてもいくつものことが渦巻い

ている。一人称はそれを抑圧し、単純化し、伝達可能であるかのように思わせる、小説を三人称で書いていたらそれが問題とならない、一人称を意識にちかづける、私の関心はそういうことになってきた。

15　読者と同じである作者

五月三十日付朝日新聞の朝刊に、「国内最古の木製仮面」という記事が一面に出ていた。二世紀後半のものと見られ、出てきたのは仮面の右半分よりやや狭い、上から下に仮面の板は真っ二つに割れた、だから真っ二つでなく四割方だがそれが出てきた、その仮面はじつに素朴で単純だ。全体を推測再現した絵によると両目と口、合計三つの穴だけが無造作にヨコ長にくり抜かれている。

この仮面が単純素朴で無造作なのは二世紀後半という大昔に作られたからだ、その時代の人たちは仮面作りの技術が幼稚園児程度に稚拙だった、という考えは間違っている。それよりずっと前に日本列島にいた人たちは縄文の火焔なんとか土器を焼く技術を持っていた。その人たちとこの仮面を作った人たちは別の民族かもしれないが、私は最近思うのだ、大昔の人たちが工芸の技術において近代現代の人たちより劣るということはない。

土器でも狩猟でも特別な技能集団があって、その集団の技術の高さはその後の時代の技術に劣らない。二世紀後半と推測される仮面が単純素朴なのは、当時の人たちが仮面を見るのに現代人のような精緻なリアリズムを必要としてなかったからだ。仮面によって霊感とか想像力を得るその媒体としての仮面はその程度の簡単な細工でじゅうぶんで、精緻なリアリズムの仮面でなければ想像力が掻き立てられないということはなかった。

H・G・ウェルズの『タイムマシン』を読んだとき、主人公が乗るタイムマシンという機械の造りの簡単さに私はびっくりした。ジュール・ヴェルヌの一連の空想旅行物もそうだ、どれも月に行ったり地底に行ったりする乗り物（機械）の構造の説明に多くの字数を費やさない。ということに気がついたのは、私はウェルズやヴェルヌを読んだのは最近のことで、これらを読む直前にグレッグ・イーガンという九〇年代に日本で紹介された九〇年代以後的なSF作家のいくつかを読んで、科学の技術や法則の説明の多さにうんざりしたというのか、それについて行けなかったからなのだった。

これはたぶん避けられない流れなんだろう、相対性理論にしても量子力学にしても人間の想像力の産物というわけではなく、精緻な観測によってもたらされたもので、精緻であることが想像力を上回る、あるいは精緻であることが想像力を産出する、ということなんだろうがグレッグ・イーガンはその精緻さがつまらない、まあ、私がそれについて行けないということなんだが。

「空想科学小説」として出発したSFが科学の理論に縛られていいものか、しかし「空想科学小説」という名称の「空想」がついているのは日本だけのことか、Science Fiction という言葉にはどこにも「空想」という言葉は入ってない！　ＳＦのこの変質にも私はウィキペディア的世界の侵入を感じる、私はそこが息苦しい。

＊

ある出版のＰＲ誌であるベテラン作家がわりと趣向を凝らした新作について語っているのを見て、

「やっぱり、テクニックを喧伝するこれは違うんだよな。」と思ったり、

「作者が自作を熟知しているというこれはやっぱりカフカじゃないんだよな。」と思ったりした。


作者もまた作品（自作）にとって他者だ。ということは他の読者と同じだ。

夏目漱石の『こころ』で、先生の親友Ｋとは誰のことか？　Ｋのイニシャルを持つ、大逆事件の犠牲となった幸徳秋水のことか？　というようなことは作品のおもしろさにおいてトリヴィアの興味にすぎず、だいいち、そんなことは夏目漱石に訊くのが一番早い。作者が死んだから作品の謎が永遠に残る、というのは作品の本当の謎ではない。作品の本当の謎は作者にも答えられない。

何度も繰り返しになるが、カフカは自分の原稿の焼却を本気で親友マックス・ブロートに

頼んだのか？　カフカは本気だった。

カフカはトルストイやゾラやユゴーのように、小説が自分がいるこの世界の隅々にまで行き渡るべきものだとは考えていなかった。カフカは小さい声で書いた。トルストイにとって小説はそれを読んだ人が生きるためのものだったが、カフカにとって小説は書く自分が生きるためのものだった。楽器の演奏やダンスと同じで、その夜、その夜からはじまる何日間何カ月間を生きるためのものだった。

生涯、とくに『モロイ』三部作を書き終わった後、たったあれだけしか発表しなかったベケットは本当にたったあれだけしか書かなかったということがあるだろうか！　ベケットは小説家だ。小説家が一年にたった何十枚しか小説を書かないなんてことはありえないのだから、ベケットはカフカが自分自身では実行に至らなかった自作原稿の焼却を実行していた、カフカもしかし自分自身で日記や原稿を何度か焼却している、私はカフカがそう書いている箇所をたしかにどこかで読んだ、カフカがそう書いた箇所がなかったとしても同じことだ。

作者が作品の中に謎を仕掛け、「注意深い読者なら気づく」的なことを言うのは、作者が作品を自分の所有物と考える誤解の産物で、作者が仕掛けた謎を解くことに読者が喜びを感じるならまだかわいいが、それが作品の読み方だと思っていたら作品は読まれたことにならない。

「題名の意味するところはこれこれこういうことだ」とか「四人の登場人物の名前は、地・水・火・風つまり世界を構成する四大要素をあらわしている」とか「主人公が運命の女性であるマツ子と出遭った日は三島由紀夫が割腹自殺した日と同じである」とか、そういうことは作者がすでに知っていることなのだから、そんなことを読み解くために読者は作品を読む必要はない、だいたいもし、

「主人公が運命の女性……割腹自殺した日と同じである」

で、その小説の何かが言えたとしたら、その小説は作中に「主人公が運命の女性……割腹自殺した日と同じである」と書けばよかっただけのことだ。

そのような小ネタをあちこちに仕込んで読者にそれを読み解かせるという仕組みはあさましい、それは小説でなくパズルだ、というか学校のテストだ。ちょっと頭を使えば答えられることを問題＝興味の対象にするのは小説のすることではない、九〇年代くらいから急に増えたテレビの手法、決定的瞬間を映すといって、誰かが何かを投げようとする直前、誰かに何かが当たるその直前でコマーシャルを入れて、

「エッ！　このあとどうなるの？」という興味を煽ってテレビの前につなぎ止めておく手法と違わない、人はちょっと考えれば答えられるものは答えたくなる、いくら考えても答えられそうもないものと一目見てわかってしまうものは退屈だと思う。

この学校のテストのような答を知っている出題者とそれに答える解答者という図式、とい

うより知の秩序は根深く、それが人の考える行為を支配していないか。

作者として作品に趣向を凝らすことは労力の証明になる。その作品に時間と知力を費した成果が作品の趣好であり作者が読者に投げかける謎であり作品を貫く文体などのテクニックとなって形になる。読者はそれらについて言葉をたくさん費して応答することができる。ベケットも批評や研究ではそのような応答ばかりが書かれる、しかしベケットは応答を期待したか、書き手も読み手も言葉がない、それがベケットだ。ベケットはもうこの先書けないというところから書いた、趣向も謎も複雑な構成もない。

山岳信仰というのは世界中にある。日本には白山信仰というのがあり、白山は富山、石川、福井、岐阜の四県にまたがるというか、四県の県境にある山だが、単独の山を指すのかいくつかの山の総称なのか私にはよくわからない。

その白山を遠望する写真を見たら、それは素晴しかった。友達は先日実際に白山を見てきたら、それより前に友達はインドに行ってヒマラヤも見てきたが、白山の方がヒマラヤよりも神々しかったと言った。

手前の山はもう新緑に被われているその向こうに雪が残った真っ白い峯が堂々と横たわっている、またはそびえている。

山に神が宿っていると、私は写真を見ただけだが、その光景を見ればきっと誰でもそう感じる。感じるというよりも、実体のあるいわくいいがたい何かがこちらに入ってくる。

山に神が宿る。山に霊性がある。

しかしこの言い方は、山を比喩の媒介項としているわけだから、現実に自分がこの目で見ている、自分の遠く向こうに現前と存在している山を最終的に空疎化して、その向こうの（ありもしないかもしれない）神や霊性に山を譲り渡してしまう。

この目が見ている山がまさにそれなのだ。それとは山のことだ。

神とか霊性とか、他にどんな言葉が出てきたのでもいいが、山を見て激しく動かされた心が生み出した言葉や概念はすべて、山のことなのだ。他の何物でもない、まさに山なのだ。

山の向こうに山以上の何かがあるのでなく、山がある。山を見て人が山より大いなる何かを予感したのだとしても、それはまだ汲み尽くしていない山のことだ。目の前にある山を見て、言葉はわずかなことしか語らず、語りきれないものが山の向こうにある何かであると人は感じるのだがそれが山だ。

16　そこにある小説

「山の向こうに山以上の何かがあるのでなく、山がある。山を見て人が山より大いなる何かを予感したのだとしても、それはまだ汲み尽くしていない山のことだ。目の前にある山を見て、言葉はわずかなことしか語らず、語りきれないものが山の向こうにある何かであると人は感じるのだがそれが山だ。」

この一節を書いて以来、私は自分が書いたこの一節の先をどうすれば書けるのか、この一節をどうすれば広げることができるのか、ということばかり考えている。私はかつてこれに似たことを何度も書いたかもしれないが、私の気持ちとしてははじめてこういうことを書いた。あたり前と見えるかもしれないが、まさにこのとおりのことはいままでほとんど誰も言っていない。

小説という表現形式は、物語と芝居から生まれてきたものであるということは間違いないところだろう。芝居が声や動作をともなうものであることは当然として、物語もそれより前の叙事詩にまでさかのぼれば人の口で語られた口承文芸であり、人の口で語られたということは凹凸がある。

声を出して語ることはとても自在な表現力を持ち、何が大事で何がたいしたことないかという語る内容の重軽やグラデーションを、抑揚・強弱・テンポ・表情・身ぶり手ぶりetc.で楽々伝えることができる。ここで私が言っているのが、いまわりと流行っている作品の朗読ではないことは言うまでもない。いま出版流通している作品は耳で聞くことを前提にしていない。いまの作品は目で字を読むことを前提にしているので、どれだけ朗読者が工夫して読んでも、口承文芸的な、というか、もっとわかりやすく言えば落語や講談が持つ直接性やわかりやすさはない。

口承文芸には固定したテキストはなく、というかいわゆるテキストはなく、落語家や講談師がしているように、耳から入った話を自分として伝えやすいようにアレンジして話す、だから人から人へ伝わるたびに話は変化するし、同じ人が語るのでもそのつど変化がある、というこの変化がいまの朗読では前提とされていないのだから、いまの朗読から口承文芸的な何かをイメージすることはできない。

小説はその口承文芸の豊かな伝達力によって生まれる凹凸がなくなったものだ。小説は紙いっぱいにべったり字が書かれている。もちろん小説家はそのべったり字で埋められたページに凹凸をつけようと努力する。ある部分は大きく目に飛び込むようにさせたい、ある部分は強く目や胸に刺さるようにさせたい、ある部分はその前とはガラリと転調して速度感を持って進ませたい、という風なことをいろいろ工夫して実現させようとする。

しかしベケットは思うに、それらすべてを放棄した。たしかにベケットの小説には語る者の存在がこのうえなくリアルに感じられる、というか、ページのそこにいる。しかしその語る者は、ぶつぶつと、ひたすらたんたんと、可能なかぎり抑揚を排して語る。そう思うのはこちらの思い込みでベケットの小説には語る者のそのような実在はないのかもしれない。

ベケットは語る者が現実に存在していなければ成り立たない芝居の戯曲を書いたが、だからこそ小説にはそのような語る者はもういない、と考えることもできる、が、決めつけるのはよくない、というか、これは推論の一人歩きというもので、私は今のところ、ベケットの小説にはそれを語る者の存在を感じる、しかしその語りは可能なかぎり抑揚を排したところで語る。と書いてみたものの、『マロウンは死ぬ』のラスト近くの癌で死んでもう自分のところに来なくなった看護人の女の場面など、セリーヌの『夜の果ての旅』の文庫では上巻の終わり、アメリカで出会った娼婦モリーへの呼びかけのように哀切きわまる。『名づけえぬもの』で感じられる唐突な軽妙さなども、軽妙であるということだけで語る者の声や体の存在を想像させる。

ということは、ベケットの小説がべったり字がページを埋めているというのは表面的な印象にすぎないということにもなる。ベケットはたんたんとしているようで、ひんぱんに繰り返される言い換え・言い直し・言い間違いによって、ページにそのつどアクセントあるいは小さな裂け目や引っ掻きがつく。だからべったり字が埋まっているという言い方にはやはりこだわらない方がいいんだろう。それでもなお、ベケットの小声のつぶやきは今も異彩を放つ。

シャルル・ジュリエ『ベケットとヴァン・ヴェルデ』（吉田加南子・鈴木理江子訳、みすず書房）という本の中で、著者のジュリエにベケットはこう言う。

「君のいうことは正しい。しかし倫理に関わる価値は、とらえることができない。そしてそれらの価値は定義できない。定義するためには価値判断を述べなくてはならないだろうが、それはできないことだ。だからわたしは、あの不条理の演劇という観念に決して同意できなかった。なぜならそこには価値判断があるからだ。我々は真実について語ることすらできない。それは絶望的な苦悩の一部だ。逆説的だが、芸術家が一種の出口を見出すのは形によってだ。そして形のないものに形を与えることによってだ。隠されていて、しかし現われ差し出されるべきものがありうるとしたら、おそらくそのレヴェル以外ではありえないだろう」（傍線引用者）

何が「逆説的」なのか私にはわからないが、この「形」というのは、目に見えること、耳で聞けることだろう。山があることと同じだと私は思う。

私はこのあいだ連載が終わった『未明の闘争』のラストで、家の外で餌を出している猫たちが死んでゆくところをたくさん書いた、しかし「お母さん」と作中で名づけた、猫のファミリーの系図の起点になる猫は『未明の闘争』を書き上げたときには生きていたがこのあいだ死んだ。

その猫を家の中の猫たちと同じように府中のお寺で火葬してもらったときに、まだ外の猫たちとのつき合いが今ほど濃密でなかった頃に、死んだりいなくなったりした猫たちの供養をまったくしていなかったことにはじめて気がついた。二〇一一年の十月にマーちゃんが死んだとき私ははじめて家の中の猫たちと同じようにお寺で火葬してもらったが、二〇〇七年の一月にチャッピーが隣りの空き地で死んでいたのを見つけたときは、そこに埋めただけだった。その前に死んだミケ子とマフラーは区役所に引き取りに来てもらった。他にふっつり来なくなって、遺体の処理もできていない猫が三匹いる。

お寺で火葬してもらうと、戒名こそないが、

「保坂家愛猫マーちゃん號霊位」

という位牌のような紙を書いてもらい、それを飾って命日や月ごとの立ち日には手を合わせる。マーちゃんより前のチャッピーやミケ子たちはその位牌がないために私はその猫たちの供養をしてきてなかった。それでお寺に相談すると、位牌をこころよく書いてくれると言

う。私と妻はいままで何もしてこなかった六匹の猫たちの追善供養のお経をあげてもらった。そのときお坊さんが、

「あなたたちのように犬や猫にやさしくしてあげていると、きっといいことがありますよ。」

と言ってくれたのだが、「いいこと」はすでにある。毎日猫の世話をして、猫の心配して、猫のために心を砕く、それが「いいこと」だ。

これだけでは唐突すぎてわからない人がいるかもしれないが、これ以上の説明は難しい。猫が好きで猫のために心を砕いている人間にとって、猫が好きで猫がいること以上の「いいこと」はない。猫は別に千両箱をしょってくるわけではなく、ここにいてくれればいい。『吾輩は猫である』で迷亭が、古代ギリシアでは知識（作中表記では「智識」）に対して何も報酬が与えられなかった、それは何故だと思うか？と問う。

答えは、知識こそが人間にとって最も価値があるからだ。もし知識に対して金銀などの報酬が与えられたら、知識より金銀の方が価値があることになってしまう。したがって知識に優るものはないのだから知識に対しては与えるに値する報酬がない。猫が好きな人間にとっての「いいこと」とはそのようなものだ。

『ゴドーを待ちながら』について、神の不在うんぬんを言う人は、ベケットをそれ以前の

文学作品と同じ読み方をしている。ベケットは書いたこと以上のことは書かなかった。

「そうだとしたらベケットはおもしろいのか?」と問う人がいたら、私は「私はおもしろい。」と答える。ただ、ベケットはおもしろい／おもしろくないで読むようなものではない。

夏になると私は、夾竹桃・木槿《むくげ》・百日紅に目が行く。この三つが私にとって夏の花の象徴だ。真っ青な空を背景にして花を咲かせた木槿の枝がスーッと伸びて風にゆっくり揺れるのを見る私の目は『カンバセイション・ピース』をずうっと書いていた夏の日々の自分の目にほとんど同化してる。私はひと夏だけでなく、ふた夏か三夏、それらの咲いている姿や散ったところを目を凝らして見ていた。

「いいこと」というのは、夏に夏の光景を存分に享受できることであり、夏のカーッと強い陽射しを喜べることだと言えば、猫を飼ったことのない人にも猫がいることそのものが「いいこと」だということがわかるかもしれない。

それにしても、これを書いている今がお盆だからというわけでもないだろうが、ここ何日か私は死んでもう会えなくなった猫たちとまた会いたくてしょうがない。

《妓楼》はいまでは閉じられてしまった。それが僕の知りえたすべてだ。善良な、見上げたモリー、もし彼女がどこか僕の知らない土地で、僕の書いたものを読む機会があれば、どうかわかってほしい、僕は彼女に対してちっとも変わっていないことを。いまもやはり、僕なりに、愛していることを。いつでも、来たいときに来ていいんだよ。僕のパンを、僕のしがない運命を二人で分け合おう。もし彼女がもう美しくなくても、かまやしない！　そのときはまたそのときだ！　僕の胸のうちには、彼女の美しさがいっぱいに、生き生きと暖かくしまい込まれている、だからそいつは僕たち二人分としても、まだ少なくとも二十年分は大丈夫だ、つまり死ぬまでの分は。

（セリーヌ『夜の果ての旅』生田耕作訳、中公文庫）

私はもう中二階のある家のことを忘れかけているが、ごく稀に、絵を描いているときや本を読んでいるときなど、突然、あの窓の緑色のあかりのことや、恋心を抱いて寒さに手をこすりながら夜ふけの野原を家へ帰ったときの自分の足音などを、なんとはなしに思い出すことがある。そして更に稀なことではあるが、孤独にさいなまれ淋《さび》しくてたまらぬとき、ぼんやりと思い出に浸っていると、なぜかしら相手もやはり私のことを思い出し、私を待ちつづけ、やがて私たちは再会するのではないかという思いが少しずつ募ってくる……

ミシュス、きみはどこにいるのだろう。

（チェーホフ『中二階のある家』小笠原豊樹訳、新潮文庫）

17　小説は作者を超える（1）

小説の登場人物は作者を超える。

思考の輝き・狂気の闇の深さ・存在の崇高さ……etc. において、すぐれた小説の登場人物たちはそれを書く実在の作者を超える。ドストエフスキーの小説を考えれば、誰でもそれに同意するだろう。

しかし今回私は、アルゼンチンに生まれた作家ファン・ホセ・サエールの『孤児』（寺尾隆吉訳、水声社）という邦訳で二百ページに満たない小説を読んで、小説は作者を超える、という、私自身何度も書いたかもしれないし他の人も何度も書いているかもしれないこの言葉を、小説を読んではじめて発見したみたいに発見した。

小説は作者を超える。

どういう力学や運動によってそれが起こるのか、いちいち説明することは難しいことではないが、そこをいちいち説明しなければわからない人に説明しても、それでわかったと言ったその人は翌日にはわからなくなっているだろう。小説を書くのは作者なんだから、小説が作者を超えるはずがない、「人生は短いが芸術は長い」という成句を言い換えたつもりなんだろうが、これは言葉の詐術だ、百歩譲って、小説が作者を超えるのが正しいとしたら、それはその小説を書くことによって作者が成長し、だから小説はそれを書く以前の作者を超えたが、その小説を書いたあとの作者はその小説以上であることは間違いない、……うんぬんかんぬん。いちいちこんな想定反論を書く私も不毛だが、こう書いてみるとこの想定反論の貧しさに驚く。これではまったく反論になっていない。

サエールの『孤児』は、十六世紀に港町で育った孤児が西まわり航路の船に乗って中南米のどこかに着くと、いきなりその孤児以外の全員が原地のインディオの弓矢で咽を射抜かれて死ぬ、死んだ彼らはインディオによって全員食べられる、ひとり助かった孤児だけは一種の客人待遇を受けそこで十年間暮らす、ヨーロッパから船が十年ぶりに来たので孤児である語り手はその船に乗せられる、残ったインディオたちはヨーロッパからの船に乗った兵士たちに皆殺しにされる、その死体が川に浮いて流されてくるのを孤児は目撃した、というのが前半で、後半で晩年を迎えた孤児がそこで暮らした十年の歳月を回想することによって、この世から消えてしまったインディオの一部族のコスモロジー（宇宙観・世界観・死生観）をずうっと考えていく、という小説だ。

私はこの一冊はニーチェの全著作にも匹敵するのではないかと思った。もちろんこの言い方にはカラクリがないわけではなく、私は十冊か十何冊だがニーチェを読んでいる、ふだん自力ではまったく喚び戻すことができないニーチェの記憶が『孤児』の後半を読みながら次々あふれるように戻ったということだから、私はかつてニーチェを読んだから『孤児』をニーチェの全著作に匹敵すると思ったがニーチェを読んでいない人はここからニーチェが言ったことを喚びさませない、それゆえニーチェを読んだことのない人にはこの本はニーチェの何にも相当しない――しかし！　仏典を読んできた人なら、『孤児』をきっと、何巻もの仏典に匹敵する、と思うだろう。

そういう本を全然読んでいない人なら――しかし本か経験か何かがなければこの本を読まない（この本に出会わない）のだから何かはある、その何かの一番深いところに響くと感じるだろう。

そんな本を人間は書けない。だからすぐれた小説を書くとき作者は人間を超えた何かになる。

人間とはおそろしいことに人間を超えた行為が連綿とつづく何ものかである――という言い方はマッチョで嫌だし、そういうことを言いたいのではない。

インディオたちを殺害した兵士たちは夢にも思わなかっただろうが、犠牲者とともに、彼らもまたこの世界を失っていたのだ。

（一四四ページ）

天空は、彼らを守ってくれるどころか、彼らの支えがなければ、星を抱いたまま剝き出しの大地の上に広がっていることもできない。

（同前）

だが、最後には、光の跡はまったくなくなった。その後数分間続いた暗黒は、何と喩えればいいのか想像もつかない。そして、生命の気配が消えたあの状態は、沈黙という言葉とは程遠いものだった。私もインディオたちも、深い暗闇に体を貫かれ、普段なら時折内面を照らす儚く小さな光ですら、その時ばかりは完全に消えてしまっていた。

（一七九ページ）

一部を抜粋してみたが、小説は全体があっての、その一文その一段落なのだから、抜粋で何かが伝わるかは全体を読んだ私に読んでいない人の受け止め方はわからないが、とにかく、作者と訳者への敬意を表わすにはやはり抜粋しかないので抜粋した。

最近またまたラテンアメリカ文学づいてる私は、次にレイナルド・アレナスの自伝『夜になるまえに』を読み出したが、『孤児』の余韻が残っている体にはこの小説は子どもっぽすぎて読めない。なんだか、「臆面もない」。

小説には、題材があって語り方がある、その両方か片方があれば小説は小説としておもしろいものになる、という自信が油断というか、それが『夜に……』には得意顔になってあらわれている。

前回私が凹凸と書いたことはこれとつながっている（同じことかもしれない）。ベケットには書き手として自信を持てる何もない。何もないところからベケットは出発している。『孤児』にはベケットと同質のものを感じる。大航海時代という時代的な背景（＝非日常的設定）とか食人という刺激的な題材とか、それらは『孤児』においては全然、小説それ自体を駆動させる力とはならず、小説は静かな思索みたいなものがゆっくりゆっくり広がってゆく。

抜粋をするときに、「小説は全体があっての、その一文その一段落なのだから、」という、抜粋が多い私がふだん書きもしないことをわざわざ書いたのも、ベケットの小説のときとりわけ私はそれを強く感じるからだ。

ベケットの小説には案外、「ここだ！」といって線を引きたくなるところが多い、しかし、

この点では無邪気さはなんの役に立つのだろう？　無数の悪霊に対してどんな関係を持つだろうか？　その点ははっきりしない。ぼくの印象では、彼はとんがり帽子をかぶっているようだった。よくおぼえているが、ぼくはその帽子にびっくりした、庇つきの帽子や

山高帽だったらそんなにびっくりしなかったろうに。ぼくは彼の不安にとりつかれたまま、彼が遠ざかるのを眺めていた、いや、それは必ずしも彼の不安ではなく、彼がその一部をなしている不安であった。もしかするとそれはぼく自身の不安で、それが彼にとりついたのかもしれぬ。彼はぼくの姿を見なかった。ぼくは道路のいちばん高い場所よりもさらに高いところに坐り、おまけにぼくと同じ色の、つまり灰色の岩にへばりついていた。たぶん彼はその岩を見たのだろう。いまさっき指摘したが、彼はその道の特徴を頭のなかに刻みこむかのように、あたりを眺めていた、だからよくおぼえてないけど、ベラッカやソルデロのようなぐあいに、ぼくがそのかげにうずくまっていた岩を、彼は見たにちがいない。しかし一人の人間は、ましてやこのぼくなんかは、厳密にいえば道の目じるしにはならない、何故なら。という意味は、もし彼がまったくの偶然の機会に、長い期間がたったあとで、悲しみに打ちひしがれて、あるいはなにか忘れたものを探すために、あるいはなにかを焼き捨てるために、その道をふたたび通ることがあっても、彼が目で探し求めるのはその岩のほうで、たまたま岩かげにいて、まだ生きている人間のからだというこの不安定でかりそめのもののほうではないのだ。いや、たしかに彼はぼくを見なかった、それは前に述べた理由のためでもあり、またその夕方、彼は生きものには興味を示さなくて、むしろ移動しないもの、あるいは老人はもちろん子供でさえ嘲るほどゆっくりとしか移動しないものに興味を示したからだ。

これは三輪秀彦訳『モロイ』の一節だが、あとになって読んでみると、私はなぜこの二箇所にだけ傍線を引く必要があったのか？　私は（たぶん二十年前くらいの私は）ここにある「不安」とか「不安定」という言葉にでも反応して、ここに線を引いたのだろうが、ここに線を引くなら前も後も引くのが筋というものだろう。

結局のところベケットの小説は空間全体であって、読む側は線など引いて、べたーっとした（べたーっと見える）空間に凹凸をつけたくなるのだが、あとになれば、線が凹凸の機能を果たしていない。線を見つけたら、読む私は線のしばらく前から読み出して、しばらくあとまで読む、ただそれだけ。――というわけで、長い抜粋になった。

目の前にもしベケットがいたら読者は、『『モロイ』の××ページのこの箇所に書かれていることは、――』と質問するかもしれないが、ベケットはただ首を横に振るだけで答えない。ベケットは作者の特権として知っていることを隠したいわけではなく、答えられないから答えない。

たとえば村上春樹はいつも新作が話題になるたびに「多崎つくる」という名前は、「たくさんの崎＝岬」だからリアス式海岸を意味しているに違いない――という風な、謎本的（ゲーム的というか）興味を読者に掻き立てるが、『孤児』にはそのような謎解き要素はない。

それはもちろん再読、再々読のたびに新しい発見はある、しかしそれこそが小説の厚みであって、二読目三読目にやっと感じることができて初読時には感じることができないものがあるのが芸術というものだ。二十年聴きつづけた音楽、二十年部屋に飾っていた絵や写真、それら二十年目に抱く感想は一回目には抱けない。

作者だけが知っている、作者ならわかる、読者に謎解きとして与えられる、つまり作者に訊けば一発でわかる謎について、私は前々回も書いたが、小説を読むことを作者の意図を推測することだという誤解は広がる一方なので、二回や三回言っても多すぎることはない。

小説に謎など必要ない。題材もとくに目新しくない、語り方も趣向を凝らしているわけではない、そして読者に向けられた謎もない。小説はそれでも成立しうる。小説とはまさにそのようなものだ。しかし、そのような小説がどうして成立しうるのか?

成立しうることはわかっていても自分がいまこうして着手したそのような小説がどうして成立しうるのかはわからない。

何かをつくるとはそれをすることだ。小説にかぎらずすべての芸術作品・表現行為は、おもしろさを言葉によって誰にでもわかるように説明できるそこには、その作品を作品たらしめている何かはない。それは作る過程で生まれる遠い手応え・遠い響きをかすかな導きとして、おぼつかない足取りで進むことでしかない。

18 小説は作者を超える（2）

こうして書いてきて気づくのは、小説とは私にとって、私にとって魅力ある小説とは、外のないものなのではないか。外部のない運動体、それに対して外の視点を持つことができないもの、対象化されざるもの。

だから一番にメタフィクションが論外となる。

メタフィクションは書かれたこと（A）に対して外に立つ作者が書かれる（B）。Aを取り囲むBがあるのがメタフィクションで、それが明らかなメタフィクションの姿をしているのなら、Bは書かれなくても書かれたのと同じことになる。

メタフィクションはつまり、Bが書かれているかどうかが問題の中心でなく、Aに対して作者の意識的な操作が介在しているかどうかということだ。Aはふつうの小説に書かれるようなことであってかまわないが、Aとして書かれていることが、ずぶずぶにだらしなく、時間や空間のつじつまが合わない場合、読者は「これはどういうことか？」と居心地悪い気分

になる。芝居で役者がひんぱんに台詞を忘れたら、
「これはこういう演技なのか？　演技じゃなくて本当に忘れてるのか？」
と考える、その答えが「こういう演技」の方だったら観客は安心するが、「演技じゃない」場合、落ち着かない気持ちになるだろう。それが素人芝居でなく、立派な劇場でやってるチケット代も一万円ちかいような芝居で、ひとりの役者が三分に一度台詞を忘れたら、観客はそれをどう受け止めたらいいか、わからない。いろいろな言い方があるが、「演技じゃない」場合、観客はどこまでが作品（としての意図）なのかわからない、作品の外部がつかめない。「おもしろい」という言葉の定義にもよるが、本当におもしろい、リアルにスリリングなのは「演技じゃない」方だ。

ベケットに出会い、ベケットにハマるとしばらくベケット的な語り口が感染し、私はベケット的語り口でさらさら、ベケット自体の語り口はつっかえつっかえで言い直しがひんぱんにあるそれをさらさら書けてしまう、ベケット的言い直しは書いていてとても気持ちがいい。しかしそういう風に書きながら私は「何か違う、……」「何か、決定的に違う、……」と感じていた。

その決定的な違いが最近やっとわかった。それを私は三カ月前から書いているのだが、それは私自身がいままた次の小説を書くことと私の中で混然一体となっていた。人は心の中で

思うことはそれをそのままセンテンスにして他の人に通じる必要はないし、実際ほとんどそのようなセンテンスでばかり考えている。

「暑いなあ、そろそろCDが届くはずなのにおかしい。」

と、たとえば心の中で考えたとして、暑いこととCDが届くことは心の中ではかなり直線的につながっている。

暑いのは今日だけでなく昨日も一昨日も暑かった、一昨日の暑さの中で私は学生時代に冷房のない部屋の中で当時つき合っていた女の子とセックスしたことを思い出し、急になつかしくなってそのときよく聴いていたボブ・マーリィの『Kaya』をまた聴きたくなった、しかし『Kaya』はレコードしか持ってなかった、それでアマゾンで『Kaya』のCDを注文した、しかしまだ届かない――というこれは直線的につながっていて、直線的であるがゆえに心の中のセンテンスとしてもこんな形に省略されている。もちろんその女の子が頭を過ったりはするが、しっかり思い浮かぶわけでもない。

私が「混然一体」とさっき書いたのはそのような意味で、こうして書くためにはそれをいちいちほどいて書いていかなければならないのだが、ほどくたびに私は別のことを書いている、ほどいてすらいないのかもしれない。

この「混然一体」となっている状態は私自身にはなんだかとても楽しいことなのだが、書こうとすると、ほどく前にもつれてゆく感じがする。

いま書き出そうとしている小説は新聞の連載だから、もう何年も前から話はあり、私は『未明の闘争』の方を書いていたので何も準備などしてこなかったが、ひとつ「こういう書き方」というのを別の十五枚くらいのエッセイで試したことはあり、それは自分ではなかなか気に入ったので、その後、漫然と「あの書き方をしよう」と思っていた。

ところが実際にその書き方で書き出すと、たったの五、六枚のブロックが書けない。十五枚のエッセイの中の五枚と、四百枚ぐらいになるだろう小説の中の五枚は、書いてみたら全然違ったのだ。ふつうに想像されるのとは逆に、十五枚のエッセイの中で流せるはずの五枚を四百枚の小説では流せない。言い方はいろいろあるが、十五枚のエッセイの五枚は他の十枚に響くだけでいいが、四百枚の小説の五枚は、まさか「四百枚に響く」ということもないだろうが、もっと遠くまで響く力なのか予感なのか、何かを必要としている（らしい）。

これはしかしエッセイと長い小説の差ではないのかもしれない。そのエッセイを書いたかれこれ三年前、私はベケットと遠ざかっていた、『未明の闘争』は全体の三分の一か四分の一しか書いていなかった、『カフカ式練習帳』は全体の半分をまだ書いていなかった。

小説を書くということは作者である自分がその小説に影響を受けるということだ、影響を受けるというより書いた分だけ作者である自分は別の場所に連れていかれる。その意味で作者も（作者こそ）小説の登場人物＝作品内人物の一員なのだ。一番具体的には自分が書くためにはベケットは遠ざけていたのが、もろにベケットを近くに置く、いやベケットの近くで自分が書こうと思うようになった。

私は次の小説というのは、山梨の母の実家で従兄姉三人に囲まれ、自分は従兄姉たちとのきょうだいの四番目の末っ子として育ってきたのに、四歳になる前に鎌倉に引っ越した、鎌倉ではあたり前に長男で妹が一人、でも夏休み・冬休みなどに田舎に行けばまた四番目の末っ子になる、だいいち山梨はたくさんいる親戚同士が近く、従兄姉たちはいつでも寄り集まって、くだらないことを言っている、鎌倉に帰るとドーンと淋しくなる、というそういう話を書こうとだいたいのところは考えていたのだが、自分の記憶の中にはっきりとあるエピソードや情景を書く気がしなくなっていた。

この「書く気がしなくなっていた」というのがところが今の私にとってほとんど困ったこと、ネガティブなことでなく、「じゃあ何が書きたいのか?」は、かなりはっきりしている。どう書いていいのかわからないことを書きたい。

エピソードや情景として像を結ぶ手前の状態を書きたい、あるいは逆に、みんながよく知っていることを書きたい。そういうことを新聞の小説として書いていいか、というためらいはしばらくあったが、書き出してしまうと、といってもそれが発表される小説の書き出しになるのか、私はまた一枚目から全部書き直すのか、そういうことをこれから何度するのかわからないが、書き出してしまうと発表の媒体が新聞かそうでないかはどうでもよくなっている。

私はもうその新聞の小説のはじまりの部分を何度も書いている。全然違うことをそのつど書くのでなく、だいたい同じことを何度も書いている。私はワープロ、パソコンでなく手書きだから、「何度も書く」というのは、ワープロ式にあちこちを推敲することでなく、文字どおり「何度も書く」、「そのつど新しい原稿用紙に書く」ことを意味する。

考えてみると『未明の闘争』のときも同じことをやった。それ以前にはそんなに何度も何度も書き出しを書き直したことはなかったが、『未明の闘争』のときにはこれがおもしろいのかどうか全然わからず、私はしばらく書いては一カ月とか二カ月とか、放っておいた、というかなかば投げ出した。

で、また書き出した原稿を取り出してちょっと読んでみる、すると「あれ？　これ、おもしろいんじゃないの？」と思う、思うのだがなんかギクシャクしている、音が聞こえてこない、それで前回の原稿を見ながらまた一枚目から書いていく、すると前回よりももう少し先まで書き進む、でもそのうちにまた、おもしろいのかどうかわからなくなって、また放っておく。というのを「群像」で連載がはじまる前のたしか二年間くらい繰り返していた。

「音が聞こえる／聞こえない」というのは感覚的で抽象的な言い方で、音そのものではもちろんないわけで、私が原稿を音読するとかそういうことでは全然ないが、自分ではこの言い方がいまは一番実感または感触にそぐう。

もっと一般的な言い方はあるのかもしれない、しかし小説を書くというのは個人的な作業だ、あるいはバンドの演奏のような共同作業でも同じだが、発話するその人の実感は、相手に伝わる／伝わらないに関係なく個人的な言葉にして、相手はそれを受け止めるしかない、もしどうしても相手がそれを受け止められない場合、その人との共同作業は成り立たない。

何かをつくるというのは学校の授業のようにそこにいる全員がわかる言葉を使って全員の理解を得るという必要最低限の知識を共有してゆくこととは全然違う。以前会った大学院で数学の道に進むことを諦めた人は、先生から、

「数式を見て、『ここにホクロがある』と感じられるようではないと数学者にはなれない。」

と言われたときに、

「自分にはホクロは感じられない。」と思って諦めたと言った。

聞こえてくる音というのは、書く私を先に引っ張ってくれる牽引力のようなことかもしれないし、書く私がその先を書こうと思う私の中の推進力のようなものかもしれない。しかし、あまり内的なものではなく、書いた文章の表面の言葉の響きとかいわゆる文体みたいなことにちかい。

私はどれだけ一人称で書くのでも、小説のたびに、前の小説とは違う一人称になってその小説を語る、だから「文章の表面の言葉の響き」というのは、その一人称の語りのテンポ、癖、言葉の選び方かもしれない、あるいはその一人称の身体の持つ視力や聴力かもしれない、

あるいはその一人称の心を過る記憶の傾向なのかもしれない。

一つの小説というのは『失われた時を求めて』のように膨大な小説でないかぎり、記憶は全方位に向かって開かれているのでない（『失われた時』だって、しかしやっぱりそうだろう）。その開かれた向きと閉じられた向きが、小説が作品としてまとまっているという感じを醸し出すのかもしれない。いまさら言うまでもないが、ストーリーという流れのある／なしが小説にある統一感を与えるわけではない。

この「まとまっている」という感じを小説が持っていることは思いのほか不思議なことで、そうしようと思わなくてもそれができる人が小説を書きつづけられるのかもしれない。無理にそうすれば型通りのものにしかならない。

ところがいま私はその「まとまっている」という感じさえ疑っている、だから書き出しは全方位に向かって開かれる、結局は、こっちは閉じて、こっちはもっと開いて、ということになるのだが、できるだけ閉じたくないものだから、『未明の闘争』は何度も何度も書いた。閉じる開くは記憶だけでなく視覚聴覚も他のこともそうだ。

などと書くともっともらしいが、私が何度も書き直す最大の理由は、たんに新しく書き出した小説（になりつつある文章）に自分が馴れる、馴染むためなのかもしれない。

自分がこれから書いてゆく小説にまず作者が馴染む——その意味でも作者は作品内人物の一員だ。

読書アンケート　２０１３「みすず」（２０１４年１・２月合併号）収載

何年も前、年賀状に『ブレーンソング』で一緒に競馬場通いした石上さんのモデルの先輩が、「どんどんボブ・ディランが好きになってくる。」と、添え書きしてあり、その頃まだ私はボブ・ディランを聴いていなかった、ちょうどその年、五月に文芸評論家の石川忠司が「保坂さんがディランを聴かないのはおかしい。それでは円が繋がらない。」と言って、二枚組ＣＤの『グレーテスト・ヒット　第２集』をくれた、彼がくれたのがそれだった理由は「これで俺がディランに入ったから」だった。私は聴いたら途端に好きになり、二十年くらい前から好きだった気持ちになった、なぜそれまでディランはあんなにも遠かったのか。

最近はディランばっかり聴いている、それもおもに『タイム・アウト・オブ・マインド』の後の現在のディラン、現在のディランはアーティスト個人のオリジナリティでなく自分が生きている土地・風土・文化・歴史を鳴らしているように聞こえる。二〇一三年に一番感動した本は、アルゼンチンの作家ファン・ホセ・サエールの『孤児』（寺尾隆吉訳、水声社）だが、それは本誌「みすず」に連載中の「試行錯誤に漂う」の十七回目（十月号）に書いたので、詳しいことを知りたい人はそっちを当たってもらうとして、ここではディラン絡みのことだけにする。

まず『ボブ・ディラン　ロックの精霊』（湯浅学、岩波新書）、私は伝記・評伝の類いはわりと読んでみるけれどたいてい途中でつまらなくなってやめてしまう、評伝する人より評伝される人の方がずっとスケールが大きい、それはあたり前のことだが「書く」という行為は書き手の了解の範囲でつい実行されるために、評伝される人が評伝する人のサイズに縮小されてしまう。しかしこの本は理解することよりディランの理解しがたさを書いているのでそうならず、読んでいる私の関心はディランに向かいつづけていた、それがとても心地よかった。

その途中、私はどういう事情でか、ホーソーンの短篇『ウェークフィールド』が読みたくなった、ホーソーンのそれとメルビルの『代書人バートルビー』はなんだか似た話で小島信夫さんが何度も書いていた（と記憶する）、私は『ウェークフィールド』はそんなに面白いと思ったことがなかったが、今回ディランが頭の隅にあってこれを読むと、人間の理解しがたさがじかに入ってきた。しかしこれより『牧師の黒のベール』の方がもっときて、これはディランの源泉のひとつなのではないかと思った。

私が読んだ『ホーソーン短篇小説集』（坂下昇訳、岩波文庫）に収録されている最初の短篇『僕の親戚、メイジャ・モリヌー』は、前に読んだときは全然面白くなかったが、ラストのパレードみたいな場面にディランが登場していると思うと、劇的に面白いことになった。

もう一冊は『ボブ・ディラン自伝』（菅野ヘッケル訳、ソフトバンクパブリッシング）。ここでディランは大事なことを惜しみなく書いている、しかしディランという人はまったく、ブートレッグ・シリーズが次々発売されるように、どれだけ惜しみなく出してもその後に際限なく出てくるのでどれだけ出し惜しみなく書いても、「書ききった」「これですべて」ということはない、そのアウトプットぶりそれ自体が素晴らしい。――ダニエル・ラノワ著『ソウル・マイニング』（鈴木ユウコウ訳、みすず書房）を挙げ忘れた、『タイム・アウト・オブ・マインド』の章だけでも素晴らしい。ディランはラノワに自分の詩を見せて、「これはレコードに値すると思うか」と訊いたのだ。

「ディランがこんなことを訊くのかあ……。」と私は感動した。

19 書きながら生まれる感じ

私はいま『朝露通信』という小説を読売新聞の夕刊に連載している、新聞小説というのは忙しいが一回が九百字なのでひどく忙しいというわけではない、一日二枚か三枚というのはちょうど私が書くペースだ、とくに夕刊なので週に一回は休みがある、だから「みすず」のこの連載を休むことはないだろうと思っていたがはじまってみると思いがけないことがいろいろあった、二月にはついに骨折までした。

小説は読んでいる時間の中にしかない、それは音楽と同じことだというのが私が繰り返し書いていることだ、小説を書く日々を送っていると、小説を書くことによって考えたことは小説を書く時間から離れると忘れる、全部とは言わないがほとんどにちかい、だからこの連載を『朝露通信』を書くのと併行して書くのは望ましい、事情が許すならそうだ、この連載は四百字で十二、三枚というのがだいたいの量で十二、三枚だと三日で書ける、二日で書けるときもある、十二、三枚のうち八枚ぐらいはいつも一日で書く、今回は一日目に七枚書いた、書き出すのに一日必要とするか、八枚書いたその先をどうするか、とにかく八枚書く日の前と後に一日ずつかかるかどちらかの一日はないか。

三日の中断は書きつづけている小説のペースを乱さない、たとえば月・火・水とこの連載を書き、木曜に小説に戻るとふだんの一日とまではいかなくてもだいたい再開できる、それが五日となるとなかなかそうはいかず、五日離れると戻るのにもう一日か二日かかる、そうすると新聞の連載だとだいぶ距離がつまる、そういうことが十一月一日に新聞の掲載がはじまってから毎月ひとつはあった、三月は連載五カ月目にしてそれがなく、ようやく「みすず」にまわる余裕ができた。

連載がはじまる前、私は最初の何枚かを書くのに、十五枚のエッセイで試した書き方は通用しなかった、意外なことに四百枚の小説のはじまりとなる何枚かは十五枚の文章よりもずっと濃密なエネルギーを内包させた文章でないとならなかった、というような意味のことを書いた、書きつづけているとこれは本当だった。

しかし、この本当だったというのはどういうつもりなんだろうか、私はいままでどうして一度もそれに気づかなかったのか、理由はたぶん、いままでは一度もいつまでに書き出さなければならない、という書き出しの期限を切られたことがなかったので私は気ままに書き出しを何度も書き直し、というか出直し出直し、書いては捨て書いては捨て、を繰り返していればよかったので冒頭何枚かが持つ初速に気がつかなかったのだろう。

書き出しをクリアすると無気味なほど進みあぐねない。すらすら書くというのとは違うが、「うえー、困った、全然進まない、」というのがない、一回だけ連載の42回目は木に竹を継ぐようなやり方をした、やりながら、こういう気合いでつなぐようなことがもっと必要だと思った、思ってしまうと今度はそれを待機する気持ちになるので気合いを入れきる手前で気合いが入ってしまう。

140回台の前半はついこのあいだ書いた、そのときそれより三回ぐらい前からだったか、というかもうずっと前から書こうと思っていたことを書く流れになった、ところが書いてみると、それを書くために何回分かを使ったようで面白くない、面白くないというのは私が気に入らない、だからそれはやめた。それは書きたいことではあったがすごく書きたいことではなかったというか、『朝露通信』はそういうことを求めていない、それを書いたら『朝露通信』は私の話になってしまう。

『朝露通信』はほとんどが私の子ども時代の出来事であり私が子ども時代に考えたことだが、それは私＝作者や僕＝語り手の記憶や経験として閉じられるのでなく、読者の記憶や経験に接続していかないと面白くない。

書きながら気がついたのは、私はすごくよく憶えていると読む人は思うだろうが、たとえば同じ鎌倉市内の御成小学校の強い少年野球チームの三番ファーストの倉林というサウスポーの格好いい六年生と出会う場面がある、私はそこを書いて何日かしたら、あれは倉林でなく椿という名字だったんじゃないか、倉林でなくあれは椿だった、と記憶が替わっている、こういうことがたびたび起こる。

『朝露通信』を書きながら、これは『未明の闘争』の終わりの何十枚かぐらいではじめたことだが、「。」を使うべきところを「、」にすることがますます多くなった、もともとは磯﨑憲一郎が『往古来今』の中でやったことだ、私もやってみたらこれはいい、接続詞を使う頻度が減った、「、」と「、」でつながる節が接続詞的な拘束から離れ、順接逆接でない箇条書きか羅列の気配を帯びる、ときに後ろの節が前の節に影響を与える、実際そうなっているかわからないが書いている私がそう感じている、これは大きい、文章は線の流れで同時に二つの節を読ますことは不可能だが幾分かそれにちかづく感じがする。

『朝露通信』とした光景は私の中にはっきりあった、山梨の母の実家で夏休み従兄と夏、ラジオ体操した広場に行った、その広場の向こうは住宅地でなく畑と田んぼだ、広場の向こうの左は桑畑で右は田んぼ、その田んぼに沿った畔道の草に朝露がいっぱいついていた。

一月三十一日、その後二月になると東京は大雪が二度もあり平年よりも寒い日がつづくことになった、一月中旬は天気予報で、私は天気予報を見るのが好きで見逃したときのために録画までしている、一月中旬は天気予報で、

「これから一日か二日平年を下回る寒さの日があっても、何日も寒さがつづくことはなくなるでしょう。」と、確かに言った、最近天気予報の精度が格段に上がり、翌日どころか週

間予報もほとんど外れない、これは二十年前には信じられなかった、

「週間予報は全然当たらないんだから、わざわざやらなきゃいいのにな。」

「いや、それでもやった方がいいんです。やるべきなんです。」

という会話は九五年頃私は友達の奥さんの友達の旦那の証券会社のディーラーと交わした、彼はその後中東の支社に行ったから時期は間違いない、あの頃と比べて週間天気予報の精度は素晴しいが中期予報は見事に外す、その一月後半、暖かい日がつづき、一月三十一日は春のように暖かかった、その日私は読売新聞の担当記者と山梨に行った。

私は母の実家の裏にあるラジオ体操をした広場に行こうとしたら、そのあたりはもう何もない！　母の実家の裏が畑が少しと田んぼが広がり、といってもそのあたりに専業農家はないから専業農家主体の農村の田んぼとは広さが全然違うだろうが、向こうの富士川の堤防と住宅の地帯との中間が幅三百メートルくらいでずうっと田んぼがつづいていたそこが、もうほとんど何もなくなっていた、かつてあった住宅地と富士川の堤防を結ぶメインの道はなくなり、別の道を工事のトラックが休みなく走っている、広場はその畑と田んぼの地帯と住宅の地帯の境いにあったからなくなっていた。

草も生えない。朝露も降りない。

私は何度かエロスを感じた瞬間を書いた、まぼろし探偵がゴザかムシロにくるまれて川に投げ落とされる場面で幼稚園だった私は激しくエロスを感じた、しかしあれが本当にエロス

だったのか語り手の僕はわからなくなった。語り手の僕はそれをすぐに訂正して、あれこそがエロスでその後の自分が逆にわからなくなったんだとたしか書いた。それ以上書かなかったから読む人は意味がわからないかもしれない、私はそう考えたからそう書いた、それ以上はうまく書けない、それ以上うまく伝わるように、というか書いている自分にもわかるように書くと自分にも読む人にもわかるだろうがそのわかり方は語り手の僕がそう書いたわかり方ではない。

次回はそのことを書くと思うが、神秘体験をしたり神を感じたりした人の文章はよくわからない、とくに私はいまはマイスター・エックハルトが書いたものを読んでいるが、それらは常識と同じでないために、その文章の流れの中でわかろうとするしかない、エックハルトの書いたものをまったく神秘体験をしていない、神を感じたことのない私が少しでも理解できたとしたらそれは文章の流れに身を任せたからでしかない。

一昨年の今ごろは私は酒井隆史の『通天閣』という本のアナーキズムについて書いた章に感動してスラムのことをしょっちゅう考えた。スラムの住人と小説家は同じように疎外されている、スラムに住む人たちは自分を語る言葉を持たない、スラムは住み心地が悪いとは断定できない、スラム出身者がスラムを語ることがあるがその人はもうスラムの外に出た、その人はスラムに住み心地の悪さを感じたからスラムを出てスラムについて語る言葉を獲得した、スラムをとくに住み心地が悪いと思わず生涯スラムから出なかった人たちはスラムについて語る言葉を持っていない、持つ必要がない。

この構造はほとんど小説とそれについて語る言葉と同じだ、小説家が小説について語ると き小説家は小説家でなかった小林秀雄の言葉などで小説について語ってしまう、小説家は長いこと評論家が小説について語る言葉にまどわされてきた、エロスのことを考えたとき私は一番、子どもは自分を語る言葉を持っていないと感じた。

最近私は神とか修行のことを書いた本を読むと、人に修行をさせるようにしむけるエネルギーとエロスの違いがわからない、リビドーという言葉も一種のテクニカルタームなので今は使いたくない、子どもというか幼児期に私が感じて今も憶えているエロスの場面はいわゆるエロではない、というかいわゆるエロはアダルトビデオを見ればわかるが最近はどんどん細分化し、細分化した中で過激化して、それを見て興奮する人はかなり少数としか考えられない、一人のAV女優を十何人の男が取り囲んで順番にその女優の顔に射精しそのAV女優が精液まみれになる、これのどこがエロか、カン違いした余興でしかない。

ではいつからエロビデオがそうなったかと考えると八〇年代の代々木忠監督のときにはそうなっていた、その前の『HOW TO SEX』というベストセラーになった本もそうなっていた。あるいは個人が自分の性的嗜好や性的傾向に気づいたときエロはもうだいぶ怪しくなる、職人が技を習得したいような気持ちと重なってこないか、もっと言えばオナニーという技は中にたまったエロスの衝動を解放させるのだからエロスから逃げているのかもしれな

い、——ここまで来ると自分の書いていることが考えていることを裏切り出す気配になる、
小島信夫さんはよく私と話していて、
「このへんにしておきましょう。」と言って、話をあまり前に進むことを避けた。
あのとき私が感じたエロスは自分の人生の方向とか態度とかを深いところで決める力だったのではないか、その力はエロスに反応しやすいがエロスと同じものではない、それは技術・技法的なものとは一番遠いところにある。よくわからない、……

20 『朝露通信』通信

私はいま連載中の『朝露通信』をほとんど先を考えずに書いている、これはいつものことだがいつもよりずっと先を考えていない、それどころか前に何を書いたかもあまり考えていない、だからいわゆる流れはそれを見つけようとするとない、ないが現にひとりの人間が書きつづけているものだからないはずはない、流れは見つけられないこととないことは同じではない、現に書きつづけているものはもし仮りに流れはないとしても繋がっているかつづいている、前回書いたように木に竹を継ぐようなやり方をしたところはあるがそれもまた木に竹を継いだように繋がっている。

私はいままでいろいろな文章を書いてわりとそのつど文章の繋げ方をいろいろ試してみたが、

「保坂さん、この文章つながってません。」と言われたことはない。私がいままで出会った繋がっていないと感じた文章は二つで、二つとも朝日新聞の夕刊、作家が近況を思いのまま書き綴っていいと依頼されて書いたに違いない文章で長さとしては新聞の一枚の面の三分の一くらい、だからたぶん四百字五枚前後の文章で一回は藤沢周平、もう一回は小島信夫だった。

藤沢周平は近況を依頼されたが本当に今は書くことがないんだというのが見え見えで、三つの話題をぼこん、ぼこん、と書いていた、私はそのとき藤沢周平の境地の自由さに感心した。小島信夫の方はもうすでに小島さんとつき合いはあった、小島さんの文章はいっぱい読んでいたがそっちは小島信夫としてもひどいものだった、話題はやっぱり三つぐらいだったと思うが一つ一つについて考えがまとまってなかった、というかろくにそれについて考えてない感じだった。

私が出会った繋がってない文章はその二つだけだ、文章はどう書いても繋がる、書く本人はあまり繋がっていないと思っていても読む側はもっと好意的に繋がりを見つけて読んでくれる、まさか繋がりのないものが印刷されて人の目にふれることはあるまいという思い込みもあるだろう。

『朝露通信』は子ども時代の回想という前提なので中学入学以降のことは基本的に書かない、それだけで枠はじゅうぶんにある。新聞の一回は約九百字なので私は「とりあえず一日の終わりまで」と思って書く、私は『朝露通信』は一回分ずつ切って書いている、たいていの新聞連載はトイレットペーパーのように切れ目のない原稿を渡して、新聞社の担当者が一回分ずつチョキチョキ切っていく、私はそれをすると一つの段落が長い、場合によっては一つのセンテンスが長いから切りたいところで切れない、それで一回分ずつ書くことにした。

それともう一つは、その一回の中で極力、右端と左端で別の話題になってることにする、コマの話でその回がはじまって、終わりは木登りになっているという感じ、そのために考えはなるべく深めない、一つのことを持続的に考えない、考えようとしても九百字なのですぐに一回分の終わりがくるから考えられないわけだが、そんなことを何十回か繰り返しているうちに持続的な考えはほぼ持たなくなった。

毎度毎度それができてるわけではないが私は書いているその情景、季節、空間、光、風を心に浮かべる、それを書くために浮かべるわけだが書いた量より多く心に浮かべている、いちいち季節、空間、光、風ｅｔｃ．を思い浮かべるのはわりと大変だ、そっちに気を取られるというか気持ちの中のその部分が大きくなるとその情景に至る話の筋はどうでもよくなる、気持ちがいかなくなってそのうちに忘れる、情景だけが気持ちの中にある、すると情景つながりで別の記憶が出てくる、時には記憶を装った創作も出てくる。

とにかく私は情景の数をいっぱい書くことにしている、はじめからそのつもりだったかどうかはもうあまり憶えてないが、たぶん最初は書こうと思っていた子ども時代の記憶はあまり多くなかった、その記憶を膨らませたりその記憶を核にしてまわりに小さい記憶を置くようなつもりだったと思う。しかし、書き進めるうちに記憶はどれも小さいまま大きくならず、小さい記憶を書き並べるようになった。

たんに私が未熟なのかもしれないが自分の小説を書くときそのときに読んでいる本に影響されるのとは違い、そのとき読んでる本を読めたり読めなかったり、頭にうまく入ったり入らなかったり、自分がそのときに読みたいと思っている言葉や文章のペース、速度感、息つぎの感じｅｔｃ．がうまく合うものと合わないものがあり、読みながら、今書いている小説に使う部分の頭が活気づくと感じたり蓋をされると感じたり、がある。一番直接的には、こういう書き方がいいなと思うものがある。

『朝露通信』を書く前、東洋文庫に入っているモースが書いた『日本その日その日』という、ざっくり言えば日本の見聞録は、これはいいとあちこち拾い読みしたとき思い、書きながらこれを読もうと思ったが結局それは全然読んでない。『カンバセイション・ピース』を書いてるとき、私はドストエフスキーの『未成年』をずうっと読んでいた、読み終わるとまたはじめから読んでたしか三回読んだ、他の本も読んだが『未成年』はずうっと読んでいた。

『カンバセイション・ピース』のときには読んでいる『未成年』のことは一言もふれなかった、『未明の闘争』のときは、そのつどそのつど本を読み散らかして、読んだ箇所をしょっちゅう引用した、アマゾンでは関連本がいっぱい出てくる、売れている本の関連本はまあほとんど見るに値しないが売れ筋と関係ないマイナーな本の場合、全然知らない本や名前すら知らない著者が関連本で出てくる、その内容説明やときにはタイトルだけで次々本を買った、アマゾンは翌日には届くがマーケットプレイス商品の場合三、四日から一週間かかる、届いたときには関心がなくなり本を開きもしない、それでも何でもとにかくひたすら本を買いつづけた、ホントに小さな破片や石つぶのようなことでも何か外から刺激がないとその日一日が書けない、というそういう感じの日がしょっちゅうだった。

『朝露通信』は書き出す前、書き出しを何度も何度も書いた手さぐり状態だったときいろいろ本を拾い読みしたが、というか、どれを読み出しても感じが出てこない、自分の体や感覚と無関係に字を追うだけの本ばっかりでモースの『日本その日その日』も、ちらっと見て全然ダメ、意外にもカポーティの『草の竪琴』だった、私はこのことを前に書いただろうか？『草の竪琴』を読み出したら心の中に朝の風景が広がった、

「九月だった。つんと伸びた真紅のインディアン草の茂る草原を、秋の風がゆるやかに吹き抜け、亡くなった人たちの声を響かせているような、そんな夜だった。」（大澤薫訳）

こういうところに今回は私は反応した、どうせこう書きはしないが、こういう風に書きたいと思って書き出しをまた新しく書き出した。

「ひとひらの雪にも似たドリーの面《おも》ざしは形をとどめたままだった。」

なんて、こういうちょっと文学的の軽めのレトリックを私も使いたい、と思った、じつは一箇所使った、ここを記憶にとどめて読めば気がつく人はいるかもしれないが私はこういう文章みたいな、いい意味でメランコリックな表現は書けない、でも読者として読むのはけっ

こう好きだ。

それで『朝露通信』を書き出したが書き出してからはほとんど何日間にもまたがって読みつづけた本はない、私はさっきから「小説」といわずに「本」といっているのは小説に限定していないからだ、二月四日に足を骨折して外出できなくなると、足の痛みやシーネ（副え木）のうっとうしさにもかかわらず意外に落ちついて本が読めた、特に最初の一週間は『朝露通信』も書くのを中断したから関係なく読めた、読んだのは四方田犬彦著の『ルイス・ブニュエル』と上田閑照による『エックハルト』だった、マイスター・エックハルトは中世ドイツの神秘主義の創始者とされている、次に井筒俊彦の『禅仏教の哲学に向けて』、これは井筒氏が英語で発表した禅についての論文をまとめて野平宗弘が日本語訳した。

この本で悟りというものが少しわかった。

「いや、「わかった」という表現は正しくない。」

と、人は言うだろうが、たぶん本当に私は少しわかった。

この地球で起きたことは物理的には時間の経過とともに消える。ただしここでいってる「物理的」というのはニュートン物理学の意味だ、もしかすると量子力学や超弦理論の立場でいうと消えるとはいえないかもしれないが私はそっちのことはわからない。

物理的には消えるのだが私がまったく別の見方、感じ方、思考法を持つことができたら、それらは消えない、あるいは消える／消えないという見方でない見え方になる。

ここまでは理屈だ、理屈ではわかっていてもそれは実感からはほど遠い、ではその実感とはどういうことか。私はいま、たったいま、この時刻は東京にいる、しかし鎌倉はある、ローマもある、モロッコのマラケシュもある、あるいはかつて明治時代がありその時代の社会があり風景があった、もっと前の戦国時代や平安時代もあった。

「ある」とか「あった」とか言っているが、巧妙な懐疑主義者によって、

「鎌倉はいまこの時刻にあなたはあると思っているが、では二〇一一年三月十一日の午後四時にもしあなたが遠く離れた、たとえばアフリカのマダガスカルあたりにいたとして、ニュースからも遮断されていたとして、そしてあなたが石巻出身だったとして、あなたが「ある」と心に思い浮かべた故郷石巻は「ある」とは言えなくなっていた、それと同じことが地球上のまして日本ではいつ起こっても不思議はないじゃないか。」とか、

「この世界は今からたった五分前に、すべての人々が記憶している状態として突然出現したものなんだ、江戸時代もローマ帝国もアステカ文明もすべて、すべての人々にそのような記憶として五分前に植え付けられただけなんだ。」

という、バートランド・ラッセルの「世界五分前仮説」を言われたとして私はそれに対して反証できない。

というか、私はこのような懐疑主義的論理に反論する気はまったくない。このような懐疑主義の立場に立てば私が「ある」と思っている事や物は証明できないことばかりだ、そして

バートランド・ラッセルの「世界五分前仮説」を長いこと、

「こいつは中二みたいなやつだな。

無意味なことに時間と労力を注いだものだ。」

と思っていた、いま「中二」がわからなかった人、チュウニ、中学2年生のことです、ところがラッセルのような懐疑主義に立てば証明できないことだらけを人は「ある」と思って生きているのだった。ということは、思考の鍛錬によって人はきっとどんなことでも「ある」と思うことができる。ここでの「思う」は「信じる」よりずっと強い。「信じる」は能動性を伴なっているが「思う」は能動性や主体性を必要としない、生きているうえで最も深く揺るがない前提、それを「思う」としていま私は使っている。


心あるいは心の思う作用を鍛えて鍛えて鍛えあげて、ニュートン物理学的見え方による日常的世界像を根底から作り替えること、悟りとはこのことだ。


心に深く刻み込まれた忘れられない事がある、別に大きな事件である必要はなく、たとえば私は隣りのおばさんが塩のツボを持って家の前の路地に出てきて何かしていたから、

「おばちゃん、何してるの?」と訊いたら、おばさんはナメクジに塩をかけていた。

「こうするとナメクジは溶けていなくなるのよ。」と、おばさんに言われて私は、「へー!!」

と思った。


少しうがった見方をする人なら、一見ささいなことのようで、これはちゃんと死をめぐる

出来事になっている、と言うかもしれないが、まあともかく、その日の雲や海からの風のように消えてしまうやりとりだ、物理的にはまったくそうだ、しかしこのやりとりもまた、消える／消えないの法則の外にある、この世界で起こることはすべて、消える／消えないの法則の外にある、そんな法則はこの世界に生起するものにはまったく当てはまらない、「消えないから、ある」というのでなく、「ある」と「ない」を超越している、……etc.

とにかく出発点は、私の心にいきいきとある光景がよみがえったとき、それを出発点とすること、私は昔を思い出すと信じにくいことにと敢えて言ってもいい、その人たちはほとんど死んでいる、あるいは、この人もこの人もこの人も死んでもうこの世界にいないことにそのつど驚く、思い出てくる人たちはそれほどイキイキしている、光も風もまるごとイキイキしている、それらはまったく断片、数秒の出来事として息をしている、私は悟りによって見る世界の入口に少し近づいた、と本気で感じる。

21 神に聞かれないように祈る

マイスター・エックハルトがこう言った、

「必要でないすべてのものを無しに済ますことの出来る人こそ、精神において真に貧しき人である。それ故に、樽の中に裸で坐っていたあのディオゲネスは、全世界に君臨するアレクサンダー大王に向って言ったのである、「私は貴方よりも遥かに偉大な主である。なぜならば私は、貴方が手中に収めたものよりも更に多くのものを無視したからである。貴方がその所有を大したことと思っているものは私にとっては無視するにも足りぬほど小さなものである」と。まことに、すべてのものを無しに済ませ一切を必要としない人は、すべてのものを必要としてすべてを所有する人よりも、遥かに浄福である。」

これは「人類の知的遺産シリーズ」の一冊『マイスター・エックハルト』が文庫化されて講談社学術文庫に入った『エックハルト』に収録された「教導講話」の一節だ、訳は著者の上田閑照、同じものが相原信作訳の『神の慰めの書』（講談社学術文庫）に、「教導説話」として収録されている、私ははじめにこの一節に上田閑照訳の方で出会ったので、今はこっちは絶版だがこの訳にした。

一つ目のセンテンスでまず「!」と思う、つづいて二つ目で「!!!」と思う、「これはまさにベケットの『名づけえぬもの』じゃないか!」

『名づけえぬもの』のぶつぶつつぶやきつづける語り手はカメの中にずうっといる、ああ、そうだったのか! と、しかしそのように「何かをわかった」「手がかりをつかんだ」と思うことほどベケットを読むことのつまずきはない。それでもやっぱりここでエックハルトが言っていることはベケットの心のありようにちかい。

私はカフカとベケットにものすごく惹かれ、信仰にもものすごく惹かれる、私をこういう風に信仰に惹かれさせたものは田中小実昌の短篇『地獄でアメン』だった。『地獄でアメン』は田中小実昌が父が遺した文章を読みつつ、書き写しつつ、考える小説で、田中小実昌のお父さんの信仰は、「信じる」ということがもうすでに主体的で意志をともなった行為である、信じるのでなくただ「仰ぐ」、というあり方で私はそれを読んでものすごくしっくりした。

その頃私は旧約聖書の『ヨブ記』も読んだ、ヨブは敬虔な信仰生活を送っていたが、サタンにそそのかされた神の気の迷いによって、子どもも財産もすべて取り上げられてしまう、それでもヨブは神への信仰を投げ棄てない。ヨブは最後には報われることになるが、すべてを失うところが私はものすごくリアリティがあった、この話についていろいろな人がいろいろに解釈した本を書いているようだが私はそのまま納得できる、それは最初に読んだ頃はまだ完全に納得しきれないと感じた、という記憶はあるにはあるが、今は解釈や解説はいらないと感じている、信仰とはそういうものだ、何か善いことをしたから報酬を得られるなんて、それは経済であって信仰ではない、あるいは人間世界のルールであって神のルールではない。私は私自身はそのような信仰、信仰がそのようなものであるなら私には耐えられない、私は自分はできないがそのようなことが可能な人がいることがすごいことだと思っているのか、現状の自分にはできないがいつかそのようなことができる人間になりたいと思っているのか、どっちなのかさえわからない、この二つは同じことなのかもしれない。

先日NHKのEテレの「日曜美術館」で鈴木空如《くうにょ》という、法隆寺金堂の十二面の壁画を生涯三度にわたって模写した、日本画家というのか仏画師というのかその人のことをやった、「あなたは何故、自分の仏画に署名しないのか?」という質問に、

「もともと仏画は署名しないのがならわしです。したがって年月が経つにつれ絵師の名は忘却される。私はそれでよいのです。」

と、鈴木空如は答えた。

番組ゲストのみうらじゅんによれば、鎌倉時代の運慶・快慶の慶派より前、画も彫刻も作者は署名しなかった。

鈴木空如の答えがすでに言葉足らずというか、自分で字で正確に書いたらこういう答えにはならなかったと私は思った。

仏画を描くことは特別なことだ、仏画は誰が描いたでなくすべて仏の慈悲によって描かれる、仏の慈悲に誰が署名できようか。

仏画は特別なものである、仏画はこの人間の世界に存在しているわけではない、仏画を描くものはすでに人間の世界の名から離れている。

正しいという言葉もまた誤解があるが、正しく言えばこういうことだろう、それにだいいち名前が残らなくても画がある、画があるのに名前があるかないかにこだわるのはあまりに狭い近代の発想だ。

キトラ古墳の壁画は誰が描いたかわからない、あの古墳の壁画を見て、「この作者の名前が気になる、……」と思う人はいない、「この作者はどういう人だったんだろう、」とか「どういう人生を送ったんだろう、」と考える人は少しいるだろうが、そう考える人はきっと自分も少し製作に関わっているだろう。キトラ古墳の壁画は名前でなく行為が残った、それでじゅうぶんだ、「どういう人だった」のでなく、まさにこういう人だったのだ。

それら画も形あるものなのだからいくら大事に保管しておいてもいずれは消滅する、それでいい、仏画や貴人の墓を守る画を描いた人たちは自分の人生をそのような尊いことに奉仕することができただけでありがたい、これは私にもわかる、私にもわかるが、私が書いたこのことが「まだわからない。」と言う人にこれ以上の説明はできない。

カフカもベケットも、信仰や宗教を大伽藍を建てることとは思ってない、そこが共通している、信仰とは主体性・能動性・意志、これらから離れて小声ですることだ、同時に神はおそるべきもの、無慈悲なものだ、という認識も一致している、呼びかけには応えない、万が一呼びかけが届いたとして神からの応答はどんな手ひどい形でくるか見当もつかない、だから祈りはなるべく小さく、神に聞かれないように祈る。

『明恵《みょうえ》 夢を生きる』という本がある、ユング心理学の河合隼雄が書き、いまは講談社＋α文庫に入っている。

明恵は鎌倉時代の僧で、法然、道元など新しい宗派が次々興った時代にあって旧来の仏教を守った（らしい）、特筆すべきは不犯の戒律がほとんどまったく守られなかった日本の仏教にあって生涯女性と交わらなかった、そして生涯夢を記録した。

夢というのはいろいろな言い方があるが無意識の活動・思考であり、夢は日頃の訓練あるいは注意力のあり方によって自分のもう一つの思考とすることができる、つまり昼間の活動で得られなかった解釈が夢で与えられることがある。

私自身は夢をそのように鍛錬したことはないが一度だけ、猫のトイレのゴミつまり汚物を入れたビニール袋がふつうに結ぶだけでは結んだところは一箇所だけだからニオイがわずかに洩れる、もっといえばビニール袋自体がごくわずかニオイが洩れるようだ、それは仕方ないとして結び目を二つにすればニオイの洩れは少なくなるはずだ、でもどういう結び方があるんだろう、と何日か考えていたら夢の中で新しい結び方を自分が実演した、目が覚めてやってみたらちゃんとできた、ということがあった。うーん、書いてみると夢の思考、夢による回答としてはなんか小さすぎた。

明恵の夢の思考を知って以来、私は夢をもっと見て、目が覚めても記憶していたいと思うようになったが、これが全然見ない、見ると目覚める直前に「やった!」と喜んでいて、目覚めて五分か十分は憶えているがその後忘れてしまう、「しっかり憶えているぞ。」と思っても眠すぎてノートに書き止められない、それでもただ夢のことを考えるだけで頭のいつもと違うところが活動しているのを感じる、小説を書くとき、空間とかそこに至る時間経過とかがうまい具合に多重的に活動すると頭の中がなんだか騒がしく線でなく面あるいは空間的な奥行きを伴って活動している感じがすることがたまにある、それに似ている。

明恵が『却廃忘記』にこういうことを書き遺した、

「ワレハ天竺ナドニ生マレシカバ、何事モセザラマシ。只、五竺処々ノ御遺跡巡礼シテ、心ハユカシテハ、如来ヲミタテマツル心地シテ、学問行モヨモセジトオボユ」

原文は漢字カナ混りなのか漢文なのかわからないが、句読点はないことは間違いない、手書きだから校注した人の読み取り違いもあるかもしれない。

　去年、上野の国立博物館で書の展覧会があった、私は最近書を眺めるのが好きだがそのときひらがなのことで発見した、平安時代ひらがなは全然固定してなく、細い水の流れのような墨の跡から音が結ばれてくる、ひらがなはまだ「な」にしても「奈」の変化であったり「名」の変化であったり「那」の変化であったりする。

　これは明治政府によって文字が固定されるまでつづいたらしい、二〇〇〇年正月に山梨の親戚で町の会報誌みたいなものがあり、そこに死亡欄があったが亡くなった七十代八十代の女性の名前が読めない！　それはひらがなにしか見えないが見たことがない、大正十四年生まれの伯父に訊くと変体がなだった、一九二〇年代、少なくとも山梨では生まれた子どもにふつうに変体がなで名前をつけた、ネットで「変体がな」で検索するといっぱい出てくる。変体がなはしかしたくさんあったひらがなの氷山の一角でしかなかったのではなかったか、みんなが勝手気ままに漢字からかなを描き出していたのではなかったか、そこには毛筆という独特な道具の運動が作用していたのではなかったか、私は昔の人たちの毛筆の文字を見るとその動きの自由さにうっとりする、しなやかな動きが一時的に文字となったように感じられる、いまの人たちが書いているように既に確固としてある文字の形にはめているのとは全然違う、彼自身もまた剣の師範である前田英樹氏が鋳型に流し込んでつくる鉄は死んだ鉄だが日本刀のように叩いて鍛えあげてゆく鉄は生きている鉄だということを書いていたが、明治以前の毛筆による文字とそれ以後の印刷が普及してからの文字は日本刀の鉄と鋳物の鉄くらいの違いがあるように感じる。

読みやすい文字、聞きやすい発語、これらはそこに突然現われる他所者に便利な言葉の使用法でしかない、言葉というのは本来人それぞれひじょうに癖があるもので、聞き取る・読み取るのは木目の模様から人の顔の形を見つけ出すようなものなのではないか、ベケットの小説のようなごくわずかの小説がそういう言葉の本来というか原初というか、そういう言葉の運動に接していると私は感じる、鋳型に流し込んでつくるような形がもともとあるものなんてこの世界にはほとんどない、そのつどそのつど生成する。

私はここで明恵の「ワレハ天竺ナドニ生マレシカバ」を引用したのは、そういうことを言うつもりではなかった。ここを読んだとき、ひたすら巡礼だけをして学問的なことは関係なさそうな僧の姿を、インドのことなのかスリランカのことなのかわからないが写真でたくさん見たことがあるのを思い出した、さらには「十五年間右手を上に上げて一度もおろしたことがない」というそれだけをしているヨガ行者をテレビで見て、「何でもすればいいってもんじゃないだろ！」と大笑いしたことも思い出した、明恵が想像したとおり、聖なる大地インドにいれば、インドということだけで何をしても明恵の修行と同等のことになり得る、これは本当なのかもしれないと私は感じた。

仏のご加護かそれ以外の神のご加護かわからないが、そこではすべてが善しとされる、そういう土地がたしかにある、またはあった。

22　奥の奥の光景

ひじょうに高いレベルに達している人だけが見る世界があると言われている、九〇年代私が将棋の羽生善治の発言を追いかけていた頃、羽生がよく、そこがどういう世界か見てみたいという意味のことを言った、私はたぶんその発言を聞くまでそういうことを考えたことがなかった。

王貞治が引退直後くらいに打撃観を長いインタビューで話したとき、私はそういうことに関心を持っていなかったのか、

「どんな優れた打者でもバットが球に当たる瞬間は見えてない、バットが球を捕えるとき視線はバットでも球でもない別のところを見ている、だから打者にとってバットが球を捕える瞬間は不可視の領域なのです。」

と、たしかほとんどこのとおりのことを言ったのは、私はたんに「不可視の領域」というスポーツ選手にしては形而上学的なことを言ったそこに反応して憶えている、しかしこれは

考えてみれば小学生でも経験的に知っているきわめて当たり前のことなので王貞治はこの打撃のメカニズムを言うことによってもっと奥にあることを言おうとしたそこまでは私は感じも考えもしなかった。

私は小学一年のとき友達の吉井と二人は野球を全然知らず、野球を知ってる遠藤君と佐野と遊ぶとスポーツ万能で外見も貴公子のようだった、二年生の途中で大阪に引っ越した、このあいだものすごく久しぶり、お互いが記憶する範囲では小学校卒業以来、私は学生時代に一度偶然会ったのを憶えているが向こうはそれは記憶してなかった、小学校一年の最初の席であいうえお順に男子女子を並ばせたから保坂と三好で隣りの席になった、

「保坂君、おかゆ好き？　あたし今日おかゆ食べてきたのよ。」と言ったことを『〈私〉という演算』収録の短篇のどれかに書いたらそれは読んでいた三好さんも、

「遠藤君いたよねー！　カッコよかったよねー！」と言うほどカッコよかった、私はきっと憧れの気持ちからいつも君づけで呼んだ遠藤君がピッチャーで佐野がキャッチャーで、遠藤君は私に、

「打て！　と言ったらバットを振るんだよ。」と言い、そのとおり、

「打て！」と言われたらバットを振ったら、タイミングも球のコースも高さもドンピシャで私は生まれてはじめてのスイングがホームランだった、遠藤君のコーチングはすばらしく吉井も生まれてはじめてのスイングで同じくらい飛ばした。

しかしそんなことはまぐれだ、小学三年でちゃんと野球の仲間に入れてもらうとバットは全然球に当たらない、しかしそれもコツを摑むと当たるようになる、しかしその上の本気の少年野球の球になるとまた当たらなくなる、それもある程度は当たるようになる、しかしその上のレベルのピッチャーとなるともうお手上げだった。こうして思い返してみると「当たった」「当たらなかった」という結果の記憶しかない。

野球というのはピッチャーが投げた球が一本の線（軌道）となって打者に届き、その線の先端と回転させたバットが当たれば飛び、線の先端と回転するバットが外れたら空振り、という静的なことではない。ピッチャーが投げる球は途中で、グワンッ！　と大きくなる。ピッチャーの手から離れた球はプロで時速一四〇キロ、アマチュアで速い人はきっと一三〇キロぐらいあるため、暴走する車やオートバイがこっちに突進するような恐怖がある、とくに球の速い人はコントロールが悪いからどこに飛んでくるかわからない、打者はピッチャーの手から球が離れた瞬間から球がくる予想円を経験的に計算する、時速一三〇キロとすると3、600秒で130、000メートルだから秒速36メートル、マウンドからキャッチャーまでが約18メートルなので0・5秒で到達、その間に打者は、逃げる／逃げない↓振る／振らないを計算し、振りかけたバットを草野球でも止める（ハーフスイング）から振る／振らないは最低二回は計算する、もっとも草野球では0・5秒でなく0・8秒くらいかもしれないが1秒ということはない。

問題は球が自分めがけて突進してくるような恐怖心だ、「内角《インコース》の球をよけてるようでは一軍に上がれない」とコーチが言う、自分との距離と球の速度がつくる予想円が一番大きくなるのはたぶんピッチャー側1／3くらいの地点から2／3くらいのところで球が速いほど予想円は大きくなる、人間の生理としてはかすりそうなくらいですでによける、経験したことがない人はわからないかもしれないが、これはホントに恐い！

内角の球をよけずにただ見送れるようになるのは（1）当たることを恐れないという恐怖心の克服なのか（2）この球は自分には当たらないというおもに視力による判断なのか、私にはわからない、（2）でおもに視力と書いたのはそれに自然と反応する打者の体全体の動きもまた球の予想円の判断を助けるからだ、運動というのは視覚も聴覚もすべてが体の動きとして撚り上げられる、（1）か（2）どちらか一つが機能するということはなく（1）と（2）は当然連動しているが、どちらかが優位ということはある。

W杯のサッカーを見ていると、球に向かって跳びかかるゴールキーパーでさえも、スロー再生を映すと場合によっては手を出していても顔は目をつぶってよけている、動物としての生理的な反射がどうしてもよけさせる、と同時に意識が手や足や胴体を球に向かって出させる。

羽生善治は九〇年代、将棋の最も奥深いところを見たいという意味のことを言うと同時に、「××××ならいいが、ボビー・フィッシャーにはなりたくない」とも言った、こういう表現は微妙で私のごく小さな言葉の選び方によって、羽生善治の発言が不遜に聞こえたり、ボビー・フィッシャーのことをおとしめているように聞こえたりする、この発言を羽生善治は何度かしたはずだが私が読んだり聞いたりしたかぎり、羽生善治の発言には不遜さもボビー・フィッシャーをおとしめる響きもまったくなかった、羽生善治は純粋に人間として最も高いところまで行った二人のチェス・プレイヤーに憧れていた、同時にボビー・フィッシャーは人生がチェス一色になった、チェスのことを考えすぎてボビー・フィッシャーの人生はチェスに飲み込まれた、そのことを最大の敬意を払いつつ恐れていた、ここは畏れていいたと書くべきところか。

言葉はほんの少しの選び方の違いで記述する対象の印象を良くも悪くもする、能力を褒めつつも人柄は嫌な感じにするようなことが言葉ひとつでできる、記述は観察（記憶力も含む）と言葉づかいだ、ところが文章に関して雑な人は観察もまた雑だ、観察もまた言葉の力を借りて精度を上げたりアングルや焦点を調整したりするらしい、その観察を記述に移す（出力）とき、記述が観察とどれだけ合っているか違っているか、その注意力はもう一度また一種の観察になる。下手な文章、いい加減な文章は、観察〔、〕記述のサイクルが何段階にもダメで、ただ文章としての形を整えることだけに注意を取られている、

「四回目の候補で見事芥川賞を射止めた」なんて新聞の文章は形が整ってるだけで候補となった小説家の気持ちをまったく顧慮してない、これはＡＫＢの総選挙で上位に入った子と

か選挙に当選した議員や首長レベルの感想だ、小説家は芥川賞を狙って書いてない、「芥川賞は文学で一番重要な賞である」「小説家はみんな芥川賞を獲りたいと思っている」という世間一般の無知・偏見をいっさい修正せずそれに乗じている、記者として小説家にじかに接する機会を持ちながらまずそこを観察していない。

羽生善治の発言を九〇年代に聞いたとき私は、

「将棋しか知らない人間になりたくない」とまでは限定したわけでなく、ここにプラスαの世界観がこめられているんだろうとは思ったが、言葉にすれば大筋これぐらいの意味でしかこれを受け止めていなかった、その後、ポアンカレ予想を解いたとされる（自分で宣言した？）ロシアの数学者のグリゴリー・ペレルマンは賞金を受け取ろうともせず行方知れずの状態になったと言われている、最近私は外国のテレビ局が制作したチェス・プレイヤーのボビー・フィッシャーの生涯を追ったドキュメンタリー番組を見た。

数学者の岡潔のエッセイを読んで、数学というのはリーマン予想とかフェルマーの定理という難問を解くだけでなく、数の世界そのものを考える分野があるらしいことを知った、岡潔は奈良の山道で朝から陽が沈むまで空を眺めて、近所の人たちから変人奇人扱いされていた、ともかくここで岡潔は数を考えるために自然を見ていた、自然を見るということは自然からインスピレーションをもらったり思索する力や生きる力をもらったりすることだ。

リーマン予想をめぐる歴史、それに挑戦した数学者たちの挫折を追ったドキュメンタリー番組があった、その番組の制作者は「四回目の候補で見事芥川賞を射止めた」式の発想でたぶん数学者たちの営為を見ているので、全員が「リーマン予想を解いて栄誉を勝ち取りたい」という射幸心や、もっと言えば、学校の教室の中で「俺が一番だ、すごいだろ！」というくだらないメンタリティしか持ってないように描かれていた、しかし少なくともペレルマンは栄誉のためでなく真理を見たいからポアンカレ予想を解いた。

ペレルマンは貧しい生活をしていたと言われているが、そんなところからしか見なかったらインドにいる行者たちのことはまったくわからない、日本に平安時代からいた修験道の行者のことだってわからない、修験道の行者は即身仏になることを目指して修行したのだ、山の中で誰からも知られることなく一人でミイラとなる、現代はこれを人々が理解することができない世界になってしまった、ペレルマンはただ純粋にポアンカレ予想を解いたのだ、栄誉とか百万ドルだかいくらだか知らないがそういう賞金のためにポアンカレ予想を解いたわけじゃない、ポアンカレ予想を解くことが苦しみだったから解いた。

楽しくて喜びを味わうなんてことはまだまだ全然どうってことない、楽しかったこと、ひとつひとつ扉が開かれていくことが喜びだったのがそのうちに苦しみになる、その苦しみは喜びを通り越した人しか経験できない、だから正確にはそれは喜びでも苦しみでもない、別の次元の精神の様相となるだろう、心の状態を喜怒哀楽と別の次元に持っていくこと、もしかしたら修行の目的の一部としてそういうことが含まれるのかもしれないがペレルマンはポアンカレ予想を解く過程でそこを越えたかもしれない、ペレルマンが本当にそうだとしたら喜怒哀楽というかなり即物的な心の状態の克服が修行に含まれる、という想像はいかにも浅薄だった。

　スヴェン・ヘディン『チベット遠征』（金子民雄訳、中公文庫）に、青海湖に浮かぶ孤島にいる世捨人のことが書かれている、青海湖はいまの中国・青海省にあり中国側からチベットに入るときのルートにある、『チベット遠征』はヘディンのチベット潜入の冒険が簡略化された本で、しかもヘディンはこの世捨人に特別強い関心を示したわけではないので「世捨人」と日本語訳されたこの人たちが宗教的にどういう人なのかよくわからないが、世捨人は青海湖の孤島の粗末な石小屋に三人でいる、住んでいるのか修行しているのかさえヘディンの文章ではわからない。

　冬になると陸地と孤島のあいだの湖水が一夜のうちに凍結する、青海湖は内陸塩湖だ、塩水の氷点は真水よりだいぶ低くマイナス20度くらいみたいだ、湖水が凍結すると遊牧民を代表して幾人かの勇敢な人が三人の世捨人に食糧と燃料を届けに行く、食糧は一年分にも足らぬとも書かれている。

　世捨人はそこで死に、死ぬとそこでハゲタカや大ガラスの歓迎すべき食糧となる、ということは鳥葬にされる、世捨人は一人になると、己れを島と島に住む精霊に、いつでも喜んで犠牲に供することのできる、別の夢想家が捜される。

ヘディンのこの書き方はあんまりだが、見つつも感情移入しないこの態度があったからこそヘディンは『闇の奥』のクルツのようにならず、何度西域に行ってもヨーロッパに帰ることができたのだろう。こういう人生を選ぶ人がいるとペレルマンのことを想像しやすい、あくまでも想像によるアプローチだが、ボビー・フィッシャーがチェスに、グリゴリー・ペレルマンが数学に飲み込まれる、その世界から外に出られなくなるというのはこういうことなんだろうか。のめり込んで出られなくなることを戒める言葉はよく聞く、しかしそれのどこがいけないのか、私はわからなくなってきている。

23　おせち料理の絵

九月二十三日に死刑囚が描いた絵の展覧会を渋谷区文化総合センター大和田で見た、この展覧会を知ったのは九月二十二日の朝日新聞朝刊の都内版で会期は二十三日までだった、私はこの展覧会をみんなに知らせたかったが行ったのが最終日の夕方五時だったので知らせることができなかった。人が生きることと芸術が持つ関係を知ることができるかもしれないと思って私は行ったがそれについてはわからなかった、というか行ってそれを見たからと言ってすぐにわかるようなことではない。

絵の出品者は二十人ぐらいだったか、一人につきだいたい四点か五点の作品が出ていた、たしか油絵はなかったと思うがあったかもしれない、水彩、色鉛筆、クレヨン、水墨と描く道具もいろいろだし絵の大きさもいろいろで百号かそれ以上に相当する水墨画もあった、その水墨画を描いた人はプロの画家のようにうまいと思った、しかし私は絵の巧拙には関心がない、死刑囚の絵の巧拙に関心がないのでなく私はピカソでもマチスでも横尾忠則でもアンリ・ルソーでもジャコメッティでも絵を巧拙を基準にして見たことがない。

絵の題材はわかりやすいところでは色鉛筆でていねいに鳥や花をおもに単体で描いた絵は現在の静かな心境を想像させた、逆に最近の西洋式のタトゥーの図案のように蛇がとぐろを巻いて口をあけてそれが人の顔を食い破って中から出てくるような絵はその人の内側にある、悔い改めろと言われてもどうすることもできないドス黒いエネルギーを想像させた、この二種類というか両極の絵はいわば想定内だった、といって私は事前に何かを想定していたわけではなかったが見れば「そうなんだろうな」と自然に思う。

私は最初に、なんと言うのがいいか、心が惹かれたというか、私として面白いと思ったのはおせち料理をていねいに写生した色鉛筆画だった、私は会場でもらった出品作品と参加者の一覧表をすでになくしている、参加者はたぶん一人を除いてペンネームだった、しかし私がその死刑囚の名前を知らないだけだったのかもしれないが大きな水墨画の作者は明らかにペンネームだった、その色鉛筆画の作者はたしか他にスナック菓子の袋を四つか五つ並べた絵も描いていた、窓から見える鉄格子の向こうの壁の絵も同じ人だったかもしれない、鉄格子の向こうの壁の絵は朝日新聞のこの展覧会を知らせるタテヨコ20センチぐらいの比較的大きい記事で三つぐらい写っていた絵にも写っていた。

私はこの、おせち料理の色鉛筆画が面白かった、題は「おせち料理」だった、スナック菓子の方は「お菓子の袋」だった。おせち料理とスナック菓子はそれしか描いてない、つまり写生としてそれが載ってる台とかその傍に何かあったら筆箱とかカップとかも描くだろうそういうものはいっさい描かれていない、背景としての処理もなくただおせち料理だけが描いてある。おせちは大きめの四角い仕出し弁当の箱のようなものに入ってエビの尻尾が他の料理より飛び出ていた、料理は一つ一つていねいに描いてあった、細かいところまでとてもていねいなのだが細密画という細かさにはいってない、下手では全然ない、子どもが描いた絵でなく一目見て大人の絵だ、子どもが、といってもせいぜい小学生くらいまでの子どもがここまで描いたら「上手だね」と言われるだろう上手さはない、中学生くらいになってこういう絵を描く子の絵にはきっともっと何かがあるその何かがこの絵にはない。

私はこの説明を聞いて、「じゃあ、サヴァンの人が描いた絵みたいだったんだ?」と言った人がいたがそうじゃない、サヴァンの絵には一目見てこちらを感心させる、ため息が出るような緻密さがある。とにかくこのおせち料理の絵には絵として見る者に訴えかけてくる何かが奇妙なほどにない、欠落していると私は感じた、私はそこから勝手な想像をした。

死刑囚として房の中でいままで過ごし、これからも過ごすことになる房の中の時間のために、絵を描くとか短歌を詠むとか本を読むとか日記を書くとか、何かしなさい、他の人もみんな何かしていると言われた、この人は知的な人生は送ってこなかったから文章による表現は難しい、それでほとんど唯一の選択肢として絵になった、それもとりあえずは色鉛筆が一番描きやすい。

この人は素直な人だから刑務所の指導員（のような人）の言葉に従って色鉛筆で絵を描くようになった、ただその言葉を受け入れるまでと絵を描くために手が実際に動き出すまでには歳月がかかったかもしれない、指導員の言葉を受け入れるのに歳月がかかったとしたらそれは反抗や拒絶でなく言葉の意味がわからなかった、ただ黙ってすわってるだけしかその人にはなかった、あるいはたまに房の中をぐるぐる歩く、定年後の抜け殻のようになったダンナさんに、

「お父さんもたまには散歩に出るとか俳句でも作るとかしたらどうですか？」と奥さんが言ってもダンナさんはただ黙ってすわってる、外の風景すら見ない、しかし死刑囚のこの人はこの定年後のダンナさんほどの拒絶もない、ただ回路がなかった、それが歳月を経てつながった。しかし色鉛筆を持っても描く対象がない、指導員は、

「心に浮かぶものを何でも描いてみなさい。」と言ったかもしれない。

「子どもの頃、画用紙にクレヨンでロボットとかロケットとか描いたのを思い出せばいいんだよ。」と言ったかもしれないがこの人は子どもの頃に絵を描いたことがなかった。指導員はつぎに画集や花や山の写真がいっぱい載った本を渡したかもしれない、しかしこの人はそういうものには何も反応しなかった。そしてある日スナック菓子の袋を描きはじめた。

この人の絵には絵とはごく小さい子どもでも持っている欲求や衝動のあらわれであるそれがまったくない、これは私の思い込みではないはずだ、絵を上手いか下手かでもっぱら見る

人たちも、私のような見方をしないからそれを言葉として持たなかっただけで、この人のおせち料理の色鉛筆を見て、何かがないという居心地の悪さを感じたはずだ、あいにく会場には絵が百点以上あり、この一つの絵にとどまる必要はなく、もっとずっと上手い絵やもの凄い絵や静かな絵があったから通りすぎることが簡単にできた。

私はこの人の絵について、このようにたくさん言葉になるから、このようにして一回分の原稿になると思ったから面白いと思ったのではない、その態度は絵を置き去りにする、それでは結局私の興味の中心はこの絵でなく絵でも何でもいいからダシにして自分の文章を書くことになってしまう。私はこの人の絵を最初にも書いたが「面白い」という単純な言葉で言いたいのではない、絵や芸術や表現することだ。

若林奮《いさむ》という彫刻家がいる、いわゆる現代彫刻の分野で仕事をし、書肆山田から『I. W——若林奮ノート』という本を出している、私は『I. W』を私の『小説の自由』の三部作のたしか三冊目の『小説、世界の奏でる音楽』の中で取り上げた、ちょうど横須賀美術館で若林奮展をやっていたから私はそれに行った、とその中で書いた、そこには彫刻だけでなくスケッチブックも展示してあった、私の記憶では色マジックかクレヨンで描いたV字の渓谷のデッサンみたいなのも何枚もあった。これがわからない。

彫刻はまだしも、というか少しは取っかかりがあって私は彫刻の方はたしかそれなりには楽しんだがデッサンは取っかかりが全然なかった、ピカソや抽象画でよく言われる「こんな絵は子どもでも描ける」というのはたんに下手とかメチャクチャとかいうことでなく、子どもの絵に通じる絵を描きたいエネルギーがそこにあるかでもあるだろうそれならそこを見ればいいわけだが若林奮のデッサンはそういうタイプではなかった、私がそう言うと、

「しつらえがないからね。」

と若林奮本人と交流があった人が言った、その人は私にとても大判の若林奮の画集をくれたのだが今は簡単には出てこない、というか捜し出せない、私と妻は物の整理が極端に悪い、二人ともいつも目の前にある物以外捜し出せる自信が年々なくなってゆく、認知症の人が自信がないのはこういうことかと感じる、捜すアクションを起こしてせめて五分でも捜してみれば出てくる物でも「どうせダメだ」「そんなカンタンなわけにいかない」と思ってアクションを起こさない、……そんな言い訳してないで「起こそう！」といま自分に言って捜したが、あんな大きい物がいったいどこに行ったんだろう、ない。私は人の小説を読んでいて、「なんでこんなに雑なんだ」と思うことがあるがそれを自分の収納と照らし合わせればそういうことがありうることはわかる。

私は若林奮のそのデッサンのように、これに自分がどう接近すればいいかわからないものが好きだ、それを人は、〈わからない＝高尚〉という若い頃の悪い経験を引きずってると言うかもしれない、人は人や物や事の何に惹かれるかはわからない、いつもグループの端にいて下ばっかり見ててほとんどしゃべらないような男に惹かれる女の人はたくさんいる、私は

簡単に説明できてしまうものでなくそれに対して言葉が出てこないものにこそ惹かれる。

おせち料理の色鉛筆画について私はたくさん言葉を連ねたかもしれないがこの人と絵との関わりを勝手に想像しただけで絵それ自体についてはあまり描いてない。私はデレク・ベイリーというギタリストが好きだ、CDを三十枚くらいは持っている、デレク・ベイリーの演奏は言ってみれば若林奮のデッサンのような感じだ、いまはYouTubeで「デレク・ベイリー」と入れれば誰でもいくつも聴くことができる、とりあえずは便利な時代だ、しかしゴダールが、

「パラジャーノフの映画は映画館に辿り着くまで二時間歩くしかなかったとしても観る必要がある。」という意味のことを言ったそのようなものが根こそぎにされつつある。友人の山下澄人にデレク・ベイリーを教えたら、

「草や木がしゃべったらこんな感じだと思った。」という感想を言った。

絵が描けるから、楽器が弾けるから、文章が書けるから、と言って簡単に何かを上手にやってはいけない、そんなことは高校生ぐらいまでに任せておけばいい、絵も音楽も文章も、上手くできるからやる、上手くできないからやらない、そんなことではない、上手いとか下手とかの外がある。

私はおせち料理には絵とは表現であるその表現する表現したいという気持ちが、気持ちとなる以前の大ざっぱに言えばエネルギーのようなものがこの人にはない、あるいはまだ芽生

えてないと感じた、そういう人が絵を描いた。

一人だけ名前を隠していなかった死刑囚は林眞須美だった、林眞須美の絵はたぶん水彩で月が黄色でまわりは全部夜空としての青、一枚はそういう絵で他も題材は違っても基本的にそういう絵ばかり四点か五点、

「描けと言うから描いた。絵以外の何物でもないでしょ。」と、表現というものに対する（または絵でも何でも表現するのは心にとっていいことだという刑務所内での通念に対する）明確な拒否を感じた。おせち料理の絵と林眞須美の絵が私は表現するという行為について対極の心の構えと感じだ。文章には、書き出し―中間部―終わりとある、文章はふつう終わりに結論的なことが置かれ、特に結論ではなくとも終わりにくるものが重要とか力点が置かれていることが多い、だからこの文章の終わりに林眞須美がくると私は林眞須美に力を置いたと捉えられるかもしれないが私の力点は圧倒的におせち料理にあることは内容を読んでもらえればわかるが内容を読むときにすでに文章の構成による判断を下している人は内容を読むよりその判断を優先させる。

あの断固拒否的態度の絵の作者が林眞須美であることは、たとえば家のまわりを取り囲んで何日も動かない取材陣に向かってホースで水をかけた姿などをいまでも忘れていない私にはつじつまが合い過ぎて、わかりやす過ぎて心配になるところもある、結局私は絵を見たのでなく林眞須美を見てきたのではないか？

あの絵よりおせち料理の絵の方が考えるところが多く、表現という行為に対してこういう心のあり方がありうることははじめて知った、私はあのおせち料理の絵と今はまだあのような勝手な想像を働かせることによってしか関わりを持てないが私は私の想像を良しとしたいのではない、私はやっぱりあの絵そのものに心が動かされた、絵を絵として成立させる表現することの一番底にある欲求やエネルギーや意志がないと見える絵、私の勝手な想像は、あの絵へのアプローチの一つにすぎないと私は感じている、ということは私のあの想像よりあの絵の方が大きい、大きいとか小さいとかいう言い方もかなり不躾な言い方だが、私は絵や音楽や小説やダンスがそれが成立するために当然のこととして考えられている何かがないとすごい。私は同じことを二回書いた気がするが、とにかくそういうことに激しく気持ちが引きつけられたり揺さぶられたりする。

24 出会い三題

前回の死刑囚の絵の話でおせち料理とお菓子の袋の絵を描いた人がもう一枚、あるいはさらに一枚、窓から見える鉄格子の向こうの壁の絵を描いたのがその人だったようなそうではなかったような書き方をしてそれはそれっきりになった、あれを書いたとき私は記憶が少し自信がなかった、今は壁の絵は間違いなく同じ人だと言える、絵の道具が色鉛筆であったこと、絵のタッチが同じであったこと、しかし時間を経て記憶が確かになるのはどういうことか。

読売新聞に連載した『朝露通信』はおもに自分の子ども時代のことで私は記憶していることを書いたが書き終わると記憶が修正されているということを二、三回前のこの連載で書いた、それとはまた別の記憶の変化・修正で、記憶は近いと不確かなものが私は生々しい、遠くなるとその不確かなものの生々しさが遠のき記憶として定着するということかもしれない、遠いということはあの壁の絵が間違いなく同じ人だと思うことは記憶がアテにならなくなったことを示唆してもいる。私は前回壁の絵のことまで触れなかったのは記憶が不確かだったからでなく別の理由だ。

房の窓から見える、鉄格子の向こうに見える壁はタイルが貼り合わさった壁だった、コンクリートののっぺりした壁ではなかった、壁にはタイルだから表情というか模様があった、絵にはちゃんと鉄格子、といっても横はないタテだけの鉄がしっかり描いてあった、壁は絵の感じでは五メートル先ぐらいのところにあった、そして「毎日同じ風景」とかそういうタイトルがついていた。

私はこの「毎日同じ風景」か、そうでなくても同じ意味のタイトルの言葉にこの人の変化を感じた、スナック菓子の袋とおせち料理をただそれだけを描いて、「お菓子の袋」「おせち料理」というそのままのタイトルをつけたのと、「毎日同じ風景」では絵を描く気持ちが全然違う、「お菓子の袋」のようにタイトルをつけるなら、「窓の風景」とか「窓の外」とか「タイルの壁」とかつけるだろう。「窓の外」ではすでに少し気持ちが働いている、どの言葉も「お菓子の袋」のような言葉にならない気がする、というか窓の外に見える壁を描くことが、スナック菓子の袋やおせち料理をそのままそれだけ描いた人には無理だった気がする、もっともそれは心理学のことは何冊か本を読んだことがあるだけの人間の推論だ。

私は前回、この絵の作者が変化したかもしれないから壁の絵に触れなかったのではない、私はこの作者が変化しているとして、その変化に特別な関心があるわけでなく、スナック菓子とおせち料理の絵が私を惹きつけた、変化のことまで同じ回に書くと私の関心が変化の方にあるように思われるというよりも、私は変化の方にまで気持ちがまわらず私の関心はおせち料理の絵の方に断然あった、では今回なぜ壁の絵のことをわざわざ書くのか、連載の一回分で前回書いた内容にプラスして作者の絵を描く気持ちが変化したことまで書くと一回分の全体の意味が違うものになってしまうというそのことを考えている。

昨年出版した『未明の闘争』は一〇〇〇枚ぐらいの長さの小説だが一つ一つの場面は全体の流れの中で「ここでなければならない」「ここにこの場面はどうしても必要だ」という風には書いてない、一つの場面がごっそり抜けても小説全体の意味としては問題ない、だいいち小説全体としてそういう意味があるようには書いてる本人が考えずに書いた。だから書きながら、一つ一つの場面はバラして短篇とか中篇としても発表できるんじゃないかと思いながら書いた、しかしバラして、あるいは連作として短篇・中篇として発表するのと一つの長い小説の中の部分としてあるのとでは印象が違う、全然とは言わないがかなり違う、たとえば終わりちかくにほとんど唐突にジャマイカの情景が出てくる、ボブ・マーリィの『ノー・ウーマン・ノー・クライ』からの連想でジャマイカの情景が書かれる、それまでの登場人物は一人も出てこない、全体から遊離していると言えば遊離している、しかし遊離しているように全体の中にある。

私はこのジャマイカの場面だけを独立に短篇として発表すれば読んだ人は「なんだ、これ、」と思うだろう、『未明の闘争』の部分として読んでも「なんだ、ここ、」だったかもしれないが、その「なんだ、ここ、」は『未明の闘争』という小説に居場所があった、その居場所での位置づけがわからないから「なんだ、ここ、」だが、それでも責任、という表現はあまりにふさわしくないいんだろうが、責任とかそういうようなものは『未明の闘争』にあずけられた、あずけるは「預ける」という漢字しかないが、「貝」が語源にある「預ける」はやはり違う、相撲の体（たい）をあずけるというときのあずける、だ。しかし独立で発表したら読んだ人の「なんだ、これ、」はどこにもあずけようがない。

などとこの場面を書いているときに考えた、しかしこの場面を書いてる私はまぎれもなく『未明の闘争』のそこの場面として書いた、そこと言ってもそのそこは長い小説全体の終わりちかくのいくつ目の場面という風に構成されて書かれたわけではないから、そこがジャマイカでなくなったら別の場面が代替されるわけでない、そこは空白になるわけでもない、ただそこはなくなる。

「そこはそこにはなくなる」

「そこにそこはなくなる」

文として書いてみると激しく違和感があるわけではないが、そこにそこがなくなることは現象としてはありえない。

今回は死刑囚の絵の壁の絵のことと古井由吉の最新作の『鐘の渡り』と坂口ふみという人

のことを書くつもりで書き出した、この三者に当面共通点はない、しかし書くうちに何かが見えてくるかもしれない、と思って書き出したら相変わらず何も見えてこない、見えてこない、見えてこないと思っているうちに私は『鐘の渡り』の何のことを書こうと思っていたのかも忘れたというか遠くに、ずっと遠くに行ってしまった。

『鐘の渡り』は八篇の連作であるその六篇目、「水こほる聲」のことをたしか書こうと思った、「水こほる聲」はどういう話か、古井由吉の小説だからどうとは言いにくい、特に私は小説をそういう風に人に伝えられるような読み方を最近ことにしない。

「水こほる聲」に病院の喫煙所みたいな場所での会話、というよりもそれぞれ人が前の人のしゃべりに誘発されて勝手に自分の思いや記憶することをしゃべるくだりがある、ひとり五、六行、せいぜい十行、そこを私は電車の移動中でもない家の中で読んだのに、五、六行の発話も一ぺんに通して読まないほどの忙しなさで読みつづけた、三行読んではヤカンの火を消す、また三行読んだら食器を三枚洗う、切れ切れだがすぐにまた戻った、ふつうならさすがの私も小説をそんな忙しない読み方はしないがその場面はその読み方が妙にハマッた、楽しくてしょうがなくなった、私は「水こほる聲」をちゃんと読んだとは言えないが会話以前のそれぞれの発話はイキイキした、それは自分自身が動き回る光景全体として私の時間の中でポストイットされた、私の時間というのは私の経験した人生の時間、大げさに言えばそういうことだ。

旅先でローカル線の駅に降りたら次の電車まで四時間あった、いろいろ回って歩いても二時間時間があまったそのとき読んだ吉田健一の『東京の昔』とか、父の病室で静かに寝息を立てている父を起こさないように部屋の明かりを一番弱くして読んだ内田百閒の『第一阿房列車』とか、大学に入った四月末に妹の水ボウソウがうつり、痒くて眠れないところで読んだらますます痒くなったカフカの『審判』とか、そういう経験全体として記憶する読書のことだ。

坂口ふみという人を私の知り合いはひとりも知らない、私自身つい八月まで知らなかった、二〇一二年九月に『ヘラクレイトスの仲間たち』という本の書評が朝日新聞に載り私はアマゾンのページをブックマークしたが結局買わないまま来てた、八月に相変わらず消さずに残っているそのページを見た、すると『ゴルギアスからキケロへ』というのが『ヘラクレイトス……』のシリーズの二冊目で発表されていた、それより同じ著者による『信の構造』というのがあった、そのページを見るとひじょうにしっかりしたレヴューが載っている、アマゾンのレヴューは玉石混交はなはだしいがたまに、ホントにごくたまにすごいレヴューがある、そのレヴュワーのページに行くと一、二時間は次々読み耽ってしまう人が私は記憶するかぎり四人か五人いる。

それで今度はウィキペディアを見るとじつに簡単な経歴と著書五冊が記載されているだけ、ところがウィキに行く前に検索したグーグルにブログで坂口ふみさんの熱烈な賛美をしている人がいた、私はそろそろ敬称略では申し訳ないような気持ちになってきた、それで私は代表作は「キリスト教教理をつくった人びと」という副題がついている『〈個〉の誕生』という本らしい、しかしいきなり七五〇〇円プラス消費税の本を買う度胸がなく、『信の構造』をアマゾンで取り寄せたそれが購入記録によれば八月十一日だった。

私は平坦で中立的な文章が好きでない、バイアスがかかって癖があって多少、あるいはかなり、読みにくい文章が好きだ、一つに私は気が散りやすく油断しやすい、私は車の運転をしないが運転をしていたら二時間も走っていたら一回か二回は必ず注意が抜けて空白になる、そうでなければちょっと危いことを試してみる、自転車でも十代二十代の頃はしょっちゅう電柱や駐車している車にぶつかった、平坦でいわゆる読みやすい文章は途中から目だけが字をなぞって意味をとってない、癖がある方が注意がつづく、それに癖やバイアスは文章としての意味と別の意味化しにくさを肉声的な響きで伝えるように私は感じる、それを錯覚だと言う人に私は反論しない。

坂口ふみさんはキリスト教の思想が専門らしい、私は『信の構造』を読んで、キリスト教の受肉ということが少しわかった、カール・バルトは著書の中でたびたび肉という言葉を使うというのが私の印象だが肉という言葉に出会うだけで私は理解が進まない、キリスト教のことを日本人でキリスト教徒でない人が説明している入門的な本は外枠とか形とかを言っているが受肉がキリスト教の中心であるそのことを言ってない、私の理解ではそうだ。

「戦後日本政治におけるアメリカ陰謀説」とか「戦後日本の黒幕」とか「ロスチャイルド家による世界の支配」とか、そのような単純に陰謀史観と言うことにするが、そのような陰謀史観が出てきたり、あるいは私が「原発と戦争で利益を得るヤツら」という風に考えるとき、世界を操作したり差配したりする個人か個人を中心とした小集団をついイメージするのはどういうことか？　そのような人間化したイメージを世界の中心に置きがちなのは人のどういう心のあり方なのか？　ということを私は、いま自分の関心の中心にあるのは信仰や修行だということはこの連載にも書いたかもしれないが、その関心とも間接的に響き合うとは思ってもいなかった。

この本には章の導入的なコラムみたいな「間奏曲」と頭につけた文章があり、それにまさに「間奏曲　人の形」という文章がある。

「ドイツの古典学者B・スネルはホメロスを語りながら、メタファーとメタフォライズされるものとの興味ぶかい関係に眼を向けている。『イーリアス』一五歌六一五でヘクトールがギリシャ兵士たちの戦列をうちやぶろうとしたが、兵士たちは方陣を組んでもちこたえた。「ちょうど風と波浪を物ともせずに耐えている海の岩のように」。スネルはここで面白いことを言う。もちろんこの比喩で、岩は人間のあり方をはっきりさせている。しかしそのとき岩も擬人的に見られている。岩の中へいわば人間がおし入れられて見られており、岩は人間である。それはまた同時に、人間が岩でもあるということだ。「人間は自分自身を同時に擬岩的に見ることなしには、岩を擬人的に見ることはできない」。これは人間が自分をも含めて何かを理解するとき、つねに起こっていることである。人は自分を他者の内におし入れることなしには他者を理解しないし、特にまた注意すべきことは、自分以外のものに依拠してしか、自分自身を理解できない。「人間は山びこの形でしか自分自身を聞くことができない」。

「人はいつも世界や自分の中から何かをひろい上げ、それを通して世界や自己を見る。それは数式であったり、論理であったり、元素であったり、さまざまな構造図式であったりする。そういった中で、一人の生身の人間を通して世界を見るのは、もっとも人間的で、ものやわらかな図式と言えるかもしれない。しかしそれはそう簡単なことではなかった。歴史的・社会的側面はひとまずおくとしても、古典文化の達していた抽象性・理論性に対抗して、どんな抽象化をも拒む生身の人間を、存在のヒエラルキーの最上位に、純形相的なものの上にさえも置くという努力は、矛盾に満ちたものであった。」

「間奏曲　人の形」から、冒頭部分と後半の入口あたりをざっくり二箇所引用した。

ギリシャ思想は普遍性を最上位に置き個別を下位に置いた、キリスト教の思想の基盤はネオプラトニズムだ、しかしそれを基盤としつつキリストという個人の存在つまり個別はその順位を一気にひっくり返して個別が一番上にくる、この矛盾というか思想的な困難をキリスト教の思想家たちはネオプラトニズムを基盤にしながらどう説明または乗り越えてきたのか！　というのが私の理解した坂口ふみの思索で、間違っていたらすみません、少し書いたら私の中で「坂口ふみ」は文章で出会った人となり私はまたさんづけは余計と感じるようになった。

私は坂口ふみの文章に氷が張った上に人が立ってるその下の水が激しく流れるような動きを感じる、説明するとは枠を囲ったり構造を抜き出したり静的なものだとふつう考えられがちだ、しかしそれは本来動いているものの一番肝心な動きを生み出しているところを見ないことだ、坂口ふみの文章は止まる感じがない、まだ少ししか読んでないのにこんな言い方は浅薄だがキリスト教思想の矛盾に着目する坂口ふみの論考それ自体が動きの根源たる矛盾を孕んでいるその面白さ、というかわくわくさせる感じなのではないか。

この矛盾という言葉をどうか否定的な意味に取らないでほしい、何かを考えるとはその言葉が社会の通念として了解されているのと違う意味を与えることだ、ここで坂口ふみは矛盾に社会通念と違う意味を与えた、動きの要因のひとつはきっとそれだ。

白川静『常用字解』によると、「預」のつくりの「頁」は、「頭に儀礼用の帽子をつけて拝んでいる人の姿」だった、貝とは関係なかった、そしてもともとは「あずける」でなく「あらかじめ」の意味だったようだ。坂口ふみのことは佐々木中が知っていた、尊敬もしていた、私の「中井久夫の文章に通じる気高さを感じる」という言葉に彼も同意した。

読書アンケート　2014「みすず」（2015年1・2月合併号）収載

二〇一四年はなんといっても『デレク・ベイリー——インプロヴィゼーションの物語』（ベン・ワトソン著、木幡和枝訳、工作舎）のはずだったが、読む速度が年々落ち、当面優先的に読まなければならないものを読んでるうちに『デレク・ベイリー』が机に積んであることをたびたび忘れ、結局この本はほとんど読まず、あちこち拾い読みしたただけだった、本文五四〇ページ、二段組。巻末にかなり詳細なディスコグラフィーがついている、ざっと数えると二七〇枚ぐらいのレコード、CDが出ている、ただしCDで再発されたものの重複もあるので二〇〇枚ぐらいというところだろうか。

　カフカ、ベケット、小島信夫、それからデレク・ベイリー、作品のあり方、作品の作り方、作品への態度、なんというのが一番伝わりやすいかわからないが、年々、その思いが強まっている、たんに「いいもの」という考え方が私はできなくなってるし、意味がない。

　十月頃から小島信夫の八〇年代の短篇集『月光』と『平安』を水声社から現在刊行中の『小島信夫短篇集成』全八巻のうちの七巻目にそれらを中心に収録されているので、その二冊は私はまだ小島さんと接触をもつ前に読んでそれっきりだった、私は『寓話』『美濃』など六十歳以降に書かれた長篇のことばかり本人と話したし話題にもしてきた、しかしこの二冊は驚くべき短篇集だ、どちらも「群像」に三カ月に一度くらいのペースで半ば定期的に掲載されたもので本人も「群像」掲載のものだけで本にしようという意図はあっただろう、私はその第七巻の解説を書いた、しかしそれだけでとても言いつくせるものではない、というのはどれだけ長くしてもたぶん、文章というのは書き出しで広がりが制限されるところがある、『月光』『平安』の何が驚くべきことかは、ことあるごとに書いた方がいい。

こんな話が小説になる！　しかも面白い。しかしそこには小島信夫を知らない人に伝わる何もないと言って言いすぎではない、小島信夫を知らなくても生きていける、もっともらしい顔をしてマトモな話を人前でしゃべることもできる、しかしそんなことに何の意味があるか、ということが私の胸の中にふつふつと湧いてきた。私はここで「何の意味があるか」と言うわけだが、そういう意味がそもそも意味がない、人は死を前にして、死ぬとき、心から言える意味が人生にあるだろうか。そういう意味なしの意味がこの二冊にある。

もう一冊、これも八三年にサンリオ文庫から翻訳が出て、それっきりどこからも再版されないフィリップ・K・ディックの『銀河の壺直し』（汀一弘訳）、あまり評価する人がいないらしいが私はものすごく面白かった、書かれた表面の題材はまったく無関係に見えるが「新潮」一月号で十二回の連載を終わった磯﨑憲一郎『電車道』に、書く者の想像力のあり方として同じものを感じた。

25 ナットとボルト

ベン・ワトソン著『デレク・ベイリー　インプロヴィゼーションの物語』（木幡和枝訳、工作舎）原題 *Derek Bailey and the Story of Free Improvisation*

即興演奏は、やってみなければ何をやっているのか分からない。作曲は、何をやるのかが分かるまではやらない。

僕は最終の成果物にほとんど興味ないので、このゲームに参加する資格は無い。僕が一番気にしているのは基本的なこと《ナッツ・アンド・ボルト》で、即興演奏の諸要素がどう嚙み合うか、時に嚙み合わないのは何故か。そういうことなんだ。僕が興味をもってレコードを聴くとしたら、どういうプロセスでその状態になったのか、それを知るためだ。音楽的な意味での最終成果物は、そういう興味が薄れる始まりだ。（五二五―五二六ページ、ベイリー自身の発言）

nuts and boltsというのがいい、辞書をみるとこれは定型表現として載っている、デレク・ベイリーはしかしやっぱりナットとボルトをイメージして、ナットとボルトをいじる手を感じながらここをしゃべったと感じる。私はしかし意外でもあるのはＤ・ベイリーならレコードを聴けばその音楽の成立プロセスがわかると思っていた、私は小説を読めばそれの成立プロセスがわかる、もっともつまらない、くだらない小説ほどわかる、途方もない小説となるとわからない、とはいえ途方もない小説とはいま私は何をイメージしようとしたのか、『重力の虹』とか『２６６６』とかとにかくやたら長くていまだ読了してない小説のことか。

　ベイリーはもともと最終成果物然とした音楽に関心がないからこう言ったんじゃないか、とはいえ、この一種の伝記のような本は私はまだ通読してないから書いてないとは断言できないが、私は一九九〇年頃オペラ『アイーダ』のビデオを見たとき最後に流れるクレジットの一番終わりにディレクターがデレク・ベイリーとなっていてびっくりした、たしかＢＢＣ制作だった、いまアマゾンでDerek Baileyで商品をチェックするとオペラのＤＶＤが七、八枚出てくる、それはすべてデレク・ベイリー演出ということだ、オペラの舞台演出でなく映像作品の演出ということだがベイリーがオペラのビデオを演出したというのはベイリーのファンならわりと知ってる、しかしこの本にはそれについて流し読みでパラパラ見たかぎり一行もふれてない、その事実が気になるのでは私はない、ベイリーの発言を読んでいると、ベイリーがそのようなことをするのが信じられない、私は同姓同名のDerek Baileyをインプロヴィゼーションのベイリーと同一人物と思っているんだろうか。

——間章《あいだあきら》さんが、あなたをアナキストと呼んでいますが、ご自分でもその表現を使っているのですか。

いや。全然知らなかった。アナキズムといえば一九三六年のバルセロナしか知らない。アナキズムという用語自体、実にいい加減に使われているのではないだろうか。いずれにしても、僕は音楽を実践するところからしか言語を引き出せないので、別の範疇の言葉——単なる比喩かもしれない——をもってこられても何とも言えない。自分の演奏を反省するにしても同じ言語的範疇でしかやれない。演奏する、そのための状態に自分をもっていくものは、衝動、直観のようなものだ——それはけっして計画によってできるものではない。自分のおもむきに従うまでのことだ。（五三三—五三四ページ）

ベイリーは「アナキズム」という言葉に反応しなかった、ここを読む私はたぶん二十分ほど前に「ナッツ・アンド・ボルツ」というフレーズ、ベイリー自身はイメージしただろうナットとボルトをいじる自分の指先を想像したところだった、たしかにそうだ、アナキズムと言うことでベイリー自身の音を聴いたことのない人にも何かは訴えるだろう、しかしベイリーの音を聴いたことのない人はベイリーの音を想像できない、まして「この演奏をどう聴くか？」と考えることはまったくできない、とはいえ「アナキズム」と言われてベイリーも悪い気はしなかったんじゃないか、という想像は俗すぎるか。

今夜はひどく風が吹いている、朝から風が強かったが夕方から激しさを増した、雨が降っていないだけで風の強さは台風並みだ、北海道東部は猛吹雪だとテレビで言っている。昨日は東京は雨、西から広く雨だった、北海道の北から九州より南まで日本列島の上には六つも低気圧があった、それが今日になると北海道の南東沖で一つになり等圧線は蚊取り線香のような渦巻きになった、今日の低気圧は九八〇Hpくらいだが十二月は九四〇Hpかそれ以下まで下がった低気圧もあった。しかしこの低気圧には「台風」というような名前がついてない、しかし時として台風よりずっと深刻に気圧が下がる。

このように激しい風が吹き荒れる音がほとんど休みなくつづいている夜が人の、というのは私のコンディションに影響を及ぼさないはずがない、だいいちに気象条件がよくないときは私の心の一角は家の中の猫の花ちゃんと外の二匹、最盛期には十二、三匹もいた外の猫のファミリーのいまは二匹になってしまった二匹が占める、私は気掛かりが止まない、しかしそのようなときにどうしてか、お正月が過ぎてもまったく机に向かって字を書く気が起きなかったのが急にこうして書き出した。

ベイリーはベケットを読んでいた。

ソロ演奏を通じて、ベイリーは純粋な形で自分の音楽思想を表明してきた。作家サミュエル・ベケット流の「手段の貧困」そのままに。ベケットの『マロウンは死ぬ』(一九五六)のような作品は、「零度《ゼロ・ディグリー》」で書くことによって「内容」——登場人物、筋書き、演出、作品特有のカラー——にたいして「我関せず」という態度をとり、書く行為自体に神経を集中させている。……(略)……書き手が本当に関心を抱いていること——書くこと——に集中できるとなると、恐ろしいほどのエネルギーが噴出する。それは、他者が読みたがっている場面を忠実に「表象」する写実主義の小説に比べれば、はるかに熱のこもったエネルギーだ。……(略)……同じくソロ演奏も、脳より素速く「考える」手をもっている人物、つまり、意識から出てくる何よりも即時的な衝動のほうが機智に富んでいるような、そんなタイプの人物に適している。(三一〇―三一一ページ)

最近の音楽は、すべて演出された活動として行なわれる傾向がある。せいぜいが、にぎにぎしくお膳立てされたフラワー・ショーのようなもの。それと比べれば、即興演奏は汚水だらけの溝だ。そこでは物事が生まれ、成長する。(三一三ページ、ベイリー自身の発言、一九九二年)

ここで汚水だらけの溝のイメージが絶妙にベケットと響き合う、著者はまるで計算してここの前にベケットの名前をもってきたみたいだ、という発想は筋書きのものだ、筋書きに無関心な人間でもこのような配列をする、ただしこの著者が筋書きに無関心かどうかはわからない、ともかく筋書きと無縁でもこのような配列は起こりうる、つまり配列、継時的展開という考え方自体がピント外れ、または傲慢だ、文章はいっぺんに無時間的に提示することはできないんだから配列だけ見ればすべて継時的となる、しかしそこを読んで前を思い出したり前にもう一度もどったりを繰り返したくなる文章は循環的とでも言うものなんじゃないか。デレク・ベイリーが即興をはじめた初期、あるいはそのきっかけとなったのか、ジョセフ・ホルブルック・トリオでいっしょに活動したがその後、即興でなく作曲の方にいったらしいギャヴィン・ブライヤーズの発言。

僕が作曲された音楽に移行したのは、そちらのほうが大きな課題に取り組めるし、地平が無限に拡がっていると思ったから。ずっと多くの課題に取り組めたし、より複雑な問題に向かうことができた。デレクの著書『インプロヴィゼーション――即興演奏の彼方へ』でも僕はこのことを話している。彼がインタビューに来たとき、僕は今よりずっとフリー・インプロヴィゼーションにたいして敵愾心《てきがいしん》をもっていた。（一三八ページ）

「敵愾心」という表現がおもしろい。もう一人、おもに聴衆として関わった、アンドリュー・ショウンの発言。

――フリー・インプロヴィゼーションは何故そんなに嫌われたのか。

――とっても難しかったからかな。

――演奏するのが？

――そう。優れた演奏者じゃなければ無理だ。分かるだろう――ピカソの絵がどれほどのものか。彼の初期のものを見ていれば、凄さが分かる。（一四九ページ）

「今はあんなことしてるけど、正統的なことをさせたらアイツはすごくうまいんだ。」という言い方は、前衛的なもの抽象的なものをやってるアーティストを擁護する論法として一番よく出会う、この論法は正統の価値を確認したり高めたりすることにしかならない、アーティストの現在をまったく見ていない。自由律俳句の尾崎放哉は社会からドロップアウトする前は銀行に勤めていた、つまり尾崎放哉は社会人としてもひじょうに優秀だった、という言い方は、

咳をしても一人
ただ風ばかり吹く日の雑念
けもの等がなく師走の動物園のま下を通る

こういう句を作った尾崎放哉を評価したことにならない、「銀行員だったのになんで辞めてあんな生き方をしなくちゃならなかったんだろう。」と言う方がまだしもだ。

G・ブライヤーズの発言はこれとは違う、作曲された音楽の方が、ずっと多くの課題に取り組めて、より複雑な問題に向かうことができる。

フィクションとして構築した小説の方が想像力をずっと広げることができる。これはたぶん間違いない、それを選ぶかあれを選ぶかは思想や世界観や文学観でなく個性、もっと素朴には好み、性に合う、やりやすい、ということに尽きるのではないか。やりやすい、性に合うやり方を選んでやっていくとずっと先にとてもやりにくいことにぶつかる、いわゆる「壁」や「スランプ」でなくやりにくい、どうやって進めばいいかなかなか見えてこない、しかしとにかくやる、やってみるしかない、それは性に合う、やりやすいやり方を選んでそれをずっとやってきた人しか経験できない、そのやりにくさ、あるいはやれなさもまたやりやすさの一部あるいは延長、あるいは別の様相としてある。

『イスクラ１９０３』でベイリーはしょっぱなの音から、聴き手に音はこうして聴いて欲しいと自分の意図を表明するような演奏をしている。あらかじめ考えておいたリズムやハーモニーを成立させるための演奏ではない、だから音は身体行為の結果として聴いて欲しいと。バリー・ガイはベースの弦に沿って動く弓の擦れる音を増幅すべくクローズ・マイ

クにするのだが、これは石工が身体全体で精巧に鑿《のみ》を使っている姿に似ている。(二五四ページ)

これもまた比喩といえば比喩だ、しかし本当に比喩か、最後の一文はこの演奏の、演奏というのはただ音だけでない全体の描写のようだ。最後に、かどうかわからないがここは書き写しておく。

第一に、仕事であれ何であれ、自分のやりたいことは、ほかには絶対に何もないと分かった。その頃――説明は難しいけど――本当にやりたかったのは練習だね。ただただ、演奏し続けることが自分にとっていかに大切か、それが分かったんだ。それまでも定期的に練習はしていたんだけど、たいていは何か技術的なことで、この技をマスターしようといった具体的な目的があった。でもこの時期から、もっと広い意味での練習というものに興味が湧いてきたんだ。そのあたりから、今もそうなんだけれど、練習はありとあらゆる目的にかなうものだと思うようになった。つねに作業をして、成長する。そんな、個人としての音楽環境として、練習は重要だよ。それを触覚の問題として考えるとするなら、まさにこれだ！　とピンと来るときがある。(六八ページ)

26 ザワザワしてる

一月のある日、突然ポール・ラザフォードの音に持っていかれた、それこそ本当に突然気持ちが持っていかれた、それ以来ポール・ラザフォードのトロンボーンばかり聴くのだが、聴いていると気持ちが、あるいは体全体がザワザワしてくる、イライラではない、ザワザワと騒がしくなりやろうと思っていたことが手につかなくなる、さいわいラザフォードの出す音は猫には不快かそれに近い音なので花ちゃんが警戒か緊張のサインで耳を後ろに引っぱるから私はそれを見ると音を止める、妻がこの音を嫌いなのは明白なのでもっとさいわいなことに妻がいるときはCDをかけられない、もっとも自分のパソコンから音を出すことはできる、だから自分の部屋で聴いたりもするがパソコンからの音はもの足りない。

ポール・ラザフォードというミュージシャンはもう一人、最近のポップスかロックで少し売れ筋のラザフォードというのがいるみたいだが今言ってるのはデレク・ベイリーとISKRA1903というグループ（プロジェクト?）を結成したりした、即興演奏のトロンボーン奏者のポール・ラザフォードだ、一九四〇年に生まれて二〇〇七年に没、ISKRA1903にはデレク・ベイリーの入ったCDとベイリーのいないCDがあるがラザフォードはベイリーのいないCDが私はずっといい、クラシックのコンサートがはじまる前、楽団のメンバーがそれぞれ勝手に音を出す、金管楽器がとりわけ勝手放題に吹いてるように聞こえる、あるいは高校の放課後、学校の敷地の外れにあった講堂の脇でブラスバンド部が練習している音が聞こえてきた、あるいはそれでさえなく劇団の人たちが勝手に発声練習しているのが聞こえてきた。

これはもうまったく演奏じゃないと言う人だらけだろう、しかし私は最近メロディがはっきりした音楽を聴いていると退屈するかイライラする、イライラとザワザワは違う、私はこれまでに「××のざわめき」という題の小説かエッセイか単行本を出してないだろうか？思い出さないからきっとそういう題で何も出してないんだろうが「ざわめき」という言葉は題名を考えるたびに考える、ザワザワはざわめきと同じだ、まだ形にならないもの、それについての名前がないものが予震してる状態、中心はなく、全体が無方向に動くか揺れるか震えてる、中井久夫が統合失調症は発症する前の心と体の全体で騒音が鳴りつづけて止まないような状態が発症した状態よりずっと苦しいとたしか書いていたそれがイメージとして近いといったら言いすぎか、そっちは苦しいがこっちは苦しくはない、楽しいのでもない、ジャズで使われているスウィングや最近の音楽で使われるグルーヴは、何かもっとずっとただの状態だ。

前回も出した『デレク・ベイリー　インプロヴィゼーションの物語』にも当然、ポール・ラザフォードの名前は出てくる、この本は巻末に人名索引があるのがいい、言及されている人は、マイルス・デイヴィスもジミ・ヘンドリックスもバルトークもストラヴィンスキーも、ジョイスもベケットも鈴木大拙も田中泯も全員、言及されてるページが全部調べられる、そういえばボブ・ディランはその索引にない、私はボブ・ディランはここ数年、かけるCDのディラン率はどんどん上がってる、ディランの歌だけはとくに二〇〇〇年代になってからのは歌なのにいわゆる歌やポップスとしての形がない感じがする、音楽的な説明は私はまったくできない、いまではそれがいまの私の聴く音楽の傾向にとてもいい方に作用してると思う、何しろポール・ラザフォードの音を聴く、あるいは受容する自分は運がいい、その私がずうっと聴けてるんだからディランの二〇〇〇年代の歌はいわゆる形とは違うものを持っているはずだ。

ポール・ラザフォードに対する言及がISKRA1903で一緒に即興したのに少ないのは、その後、一緒に活動しなかったからだろうか、その距離感が不思議だがいい。

「その頃、僕には謎だったのがラザフォードだ。あっというような驚くことをやってのけるんだ。」（一八八ページ、ベイリーの発言）

「デレクが評価したのはあたかも「切羽詰まって、その場で発明した」方法で演奏してい

るかのように聴こえる、その能力だった。」（二五二ページ）

後者は著者ベン・ワトソンの言葉だ——と、文章ではいちいち出典を明記したり、あっちはデレク・ベイリーの発言でこっちはベイリーの発言を引用した著者の文章だ、というようなことを書くことになっているが、そんなことしてもわからない人はわからない、わかる人にはしなくてもわかる、現代国語の文章読解のようなわかり方は、それで何が言いたいのか、この人は何のためにこんなことを書いているのかの魂や精神の部分には全然ふれない、だいいちそんないちいち補助的なことは明治・大正・昭和の戦前くらいまでの文章を読んでるとろくに書いてない。

ALLMUSIC というサイトが海外にあり、そこの検索に Paul Rutherford と入力すれば、45秒間ぐらい視聴できる曲がいくつもある、と、そんなことをいちいち書いてしまう自分はやっぱり、この現代に染まってるなあと忸怩たる思いがある、と書いて「忸怩」を辞書で引くと「深く恥じ入るさま」だった、だからそれじゃあない、私は「うーん、……」と、「自分の思いをあらわすのにふさわしい言葉が思いつかず、発話したいのに発話できないさま」という心理状態にある。

この ALLMUSIC というサイトには星五つを満点とするレイティングがあり、このレイティングが私の好きの度合いとたいてい食い違う、ALLMUSIC、ここに限らないのだがミュージシャンの作品に対するレイティングにはだいたい共通する傾向がある、私はレイティングには関心がないがそれでも目に入るミュージシャンというとセシル・テイラーとかスティーヴ・レイシーとかオーネット・コールマンとかルー・リードとかだがだいたいにおいて彼らが音楽活動をはじめた初期の方がレイトが高い、とくにフリージャズ系がそうだ、このあいだ去年四月のボブ・ディランの来日コンサートのことをある友人と会話した、

「え？　新しい曲ばっかりだったんですか？　昔の曲を聴きたいっていう人だっていっぱいいるでしょう？」

「だから、ディランはポール・マッカートニーとは違うんだよ。」

「だって、それじゃあ、ファンを大事にしないということにならないですか？」

この人の、みんなが知ってるヒット曲をせっかくこういう機会なんだからいっぱいやるのが大物ミュージシャンのコンサートというものだという感覚は、私はまったく持っていないので私はこういう人が納得するような説明はできない、ただボブ・ディランだって初期の名作と言われるCDはいまだに売れつづけている。九〇年代以降のCDよりコンスタントに売れつづけているだろう、オーネット・コールマンなんかきっともろにそうでストックホルムのゴールデンサークルで一九六五年にトリオで演奏したライブのCDがきっといまでも一番売れているだろう。

初期のその人がその人となる一歩手前、あるいはその人がその人らしくなったその瞬間、あるいは衝撃のデビューを飾った第一作、それがその人のキャリアにずうっとついて回る、

サザンオールスターズはしばらく『いとしのエリー』をコンサートでやらなかった、やりたくない気持ちはよくわかる、ジャン・ジュネが生涯、といっても四十をすぎてデビューした彼の後半生だが、何もしなかったり『恋する虜』のような本を書くことができたのは『花のノートルダム』と『泥棒日記』があったからだと言う人は言う、しかしそれだってそれがジュネの望みだっただろうか。

とにかく、ミュージシャンも小説家も初期とは全然違うものを書く。ベン・ワトソンのこの本はデレク・ベイリーだけでなく彼の周囲にいたミュージシャンたちの即興音楽あるいは音楽全般に対する考えもたくさん書いてある、そこのところを読んでると私は学生時代にもどったように感じる、私は外の猫二匹がこの冬はとにかく手間がかかり早く春になってほしい、そういうことをずうっと思いながらＩＳＫＲＡ１９０３のＣＤをかけてこの本を読む、この本に書いてあることを私はこれ以前に言葉の予感として持っていた、しかし自分としてここまで考えたわけではない、しかし予感としてあったから自分が考えたことのようになんともいえない満足感とともに読んでゆく。

それと同時にこの本には大きなレコード会社の商売としての関心と即興演奏をする彼らとの距たりがあちこちに書いてある。

「今までになかった音を求めて誰も彼もが情熱を傾け、メジャーのレコード会社ですら、フリー・インプロヴィゼーションで金儲けが出来ると目論んだ時期が短期だったがあったという。だがそれも幻想だった。フリーのミュージシャンたちは、それまでとは違う倫理を大切にしていたからだ。すぐアルバムに手を出すような聴き手を当て込んだ商品（それには、フュージョンが最適だった）に身を落として、代わりに名声を得る。そんなことには彼らは無頓着だった。それよりも定期的な生演奏のチャンス。彼らはそれを欲しがっていた。」

（一八四ページ）

トニー・オクスリーというのはデレク・ベイリーとたぶん最も多く演奏した打楽器奏者だ。

ラザフォードは喉と声を使うため、トロンボーン本来の音質が歪んで物質としての音の特性が際立ってくるが、オクスリーの反超越論的概念にはこのほうが合っている……（略）……演奏者たちが全面的に体ごと没入することを彼は望んでいた。人間の経験のいかなる部分も除外されていない音楽。これはベートーヴェンの革命的な普遍主義の特色であり、二〇世紀にはジョン・コルトレーンとセシル・テイラーが再発見したことだ。だがオクスリーはクラシックであれジャズであれ、他所から借りてきた表層的な要素ではそこまで徹底した音楽は達成出来ないことを知っていた。即興奏者たちは動物と化した身体の雑音のなかからまったく新しい語彙を見いだす。「何かに似ている音」、洗練された音の汚染は受け付けない。彼らの演奏は、歴史という後ろ盾をもつ音（あるいは「音楽」）の社会的な位階性《ヒエラルキー》とは無縁のものだ。

……（略）……『4コンポジションズ・フォア・セクステット』のオクスリーの音楽は、ジャズの声を通した表現主義とは違う。「生活に根ざした芸術」に依拠したもので、人格を基盤にしたものではない。それは抽象的なシステムを基盤にしている。それでいて、ここでの演奏の大半は生々しく腹の底から出てきている。（二二八―二二九ページ）

私はこういう文章を読むとうれしくて奮い立つ、学生時代にもどった気持ちになるというのはきっとおもにこういうところだろう、しかしこの文章はどこか宣言めいている、動物と化した身体の雑音のなかからまったく新しい語彙を見いだすというのは、とりわけポール・ラザフォードの音を聴けばそのとおりだと思う、しかし歴史という後ろ盾をもつ音の社会的な位階性とは無縁とか、「生活に根ざした芸術」に依拠した、というところは読んでいるとうれしいのだが、やっぱりどこか空疎にも感じる。何もそこまで言う必要はないんじゃないか。

これぞ正しい！　とか、ここに我々の目指す道がある！　みたいな、声高に言うこと自体の中に、デレク・ベイリーやポール・ラザフォードがやっていた演奏を裏切る心の構えがありはしないか。こういう言い方はぼそぼそしゃべるよりきっとよく伝わるんだろうが、よく伝わりたければ彼らは別のやり方をしたんじゃないか、よく伝わるかあまりよくは伝わらないかもしれないか、そういうところから彼らは行きつ戻りつしたり行きあぐねたりしていたはずだった、それをそのままに本にするような書き方はこういう本を書こうと思う人の生理に反するのかもしれない、しかしベイリーやラザフォードはその生理に反することまでをした。

トニー・オクスリーは私はそういう言葉にするとなるとわからない、この本がここで調子が上がってしまったようなそれと同じ志向がオクスリーにはあったのかもしれない、オクスリーの演奏も聴くけれど同じ打楽器奏者のハン・ベニンクやミルフォード・グレイヴスのように気持ちが嵌ったことが私はまだない。

私はさっき空疎にも感じると書いたが、そこにうれしくなって奮い立つと感じている自分が空疎になるということなのかもしれない、ラザフォードのトロンボーンでザワザワしているとき私は隙き間がない。

「その頃、僕には謎だったのがラザフォードだ。あっというような驚くことをやってのけるんだ。」が含まれるさっきの、ベイリー自身の発言の全体はとても長いので全体（一八七―一九一ページ）の引用はできない、これは『カリョービン』Karyobinという一九六八年に録音された、スポンテニアス・ミュージック・アンサンブルの一員としてベイリーのディスコグラフィーの最初に載ってるＬＰレコードと九三年に再発されたＣＤをめぐる発言とその時期に彼が何をしていて何を考えていたかについての発言の一部だ、このレコードはとても評判がよかったらしいがベイリーは評価していない、……（略）……もとのレコードでも何かが欠けていたからで、あのままで良いとは思えなかった。あのグループがそれ以前に大切にしていたことの多くが、あのレコードでは抜け落ちていた。フリー・インプロヴィゼーションの録音ではこういうことがよく起こる。あらゆることがより「音楽的」になり、きちんと整理されてしまう。でもこの場合はそれ以上の問題があった。三人とも最初に演奏したとき、彼らはそれまで出会ったどんなミュージシャンとも違っていた。みんなでグループのコンセプトを話し合い、オープンで寛容な姿勢があって、どんな要素でも受け入れた。音楽は「木や植物のように成長する」なんていう話もしたし、「無我の演奏」と言って、個人個人の活躍以上にグループとしてのレベルを優先する気運があった。僕はそういうことに全面的に賛成だった。音楽における涅槃《ニルヴァーナ》の境地だと思って、その線でやる気まんまんだった。でもともかく、それは口先だけだった。言うことと演奏することとはかならずしも同じじゃない。しかし演奏の場面では、彼らはみんな非常に特別だった。僕は体験を通じてそれを知っている。一人ひとりから学ぶことがあったし、とくにグループとは何かがよく分かった。

引用第二段落の「しかし」以下の言葉がなぜ「しかし」という逆接の接続詞でつながるの

かよくわからない、しゃべり言葉というのはそういうものだ、だいたいみんな「しかし」「けれど」「が」を逆接でなくても多用する、カフカを読むと逆接の接続詞が頻発する、読者は逆接を逆接と感じないほどだ、しかしここで「しかし」が出てくるのは、ベイリーが一つ前のセンテンスで「口先だけだった」と評した情景と「しかし」の次の情景が別の情景なんじゃないか、などと考えてもまああんまりおもしろくない、「しかし」も「だから」も息継ぎがわりのようなものだ。

27　ラカンに帰郷した

ラカンの『精神分析における話と言語活動の機能と領野』（弘文堂）が訳者の新宮一成さんから送られてきた、新宮さんは私がカルチャーセンター時代に何度か京都から集中講座の形で講座を依頼したそれ以来おつきあいはつづいている、この本はこれ以前、もうずっと前に翻訳が出ている『エクリ』の全三巻の中の一論文として翻訳が出ている、ラカンの中でも最重要の論文とされている、私も『エクリ』の中で読んだ記憶がある、もう二十年か三十年以上も前のことだった。どちらも同じ弘文堂からの出版だ。

この新訳はたぶん『エクリ』収録の訳よりだいぶ読みやすい、当然薄い本だ、「まえおき」「序」につづいてⅠ、Ⅱ、Ⅲと章立てされている、序からいきなり面白い、Ⅰで私はだいぶ興奮して新宮さんに電話して話をした、そこでしばらく他の本を読まなければならず一カ月かそれ以上あいだが空いてⅡ、Ⅲを読んだそれがまた二週間かそれくらいかかった、ラカンはやっぱりどう訳されても難しい、しかしラカンをわからないなりに読んでいると、

「自分の考えることと書くことの拠り所はここだったんだな。」と、ある種の懐しさというか帰郷の感慨みたいなものを感じた、甲府から身延線に乗って妻は「平らだ」「平らだ」という甲府盆地を南に向かって走っていく窓の外を眺めているときのように、「ここなんだな。」と感じる、こちらの一方的な思いで完全な誤解でないという保証はどこにもないが読んでいるとその気持ちがたびたび過る、私は三十代の頃の真摯さを取り戻す気持ちになる、「大変でもラカンを読め。」と友人Kから言われたことを思い出す、私はこの言葉をここ何年か思い出さないできたかもしれない。

電話で新宮さんが言った。

「「ラカンを読まなくてもジジェクを読めばラカンはわかる」と言う人がいるんですが、困りますね。」

ラカンと「わかる」、というこの組み合わせは私はいろいろ思い出す、カルチャーセンター時代、私がまだ新宮一成という人を知る前、それでも私はラカンの講座をやりたくていろいろな人に相談した、若森栄樹さんはラカンのセミネールを元にしてラカンを解説する講座を三年くらいつづけた、その受講生にはいまラカンやフロイトの翻訳をしている研究者というか精神科医が私の記憶するかぎり二人いる、ラカンのことをそのような講義の題材にするのはそのときは若森さん一人だった。

若森さんでないもう一人、その人は四回の講座のうちの一回をラカンに当てた、そういろいろ記憶を組み合わせると、それは若森さんが講座をする一年か二年前のことだった、その人はラカンの有名な「シェーマL」の話をした、大文字の他者Aと小文字の他者aと対象と主体だったか、対象が対象aで小文字の他者なんてものはなかったか、その人はとにかく四つの要素が四つの頂点になるたしか平行四辺形を黒板に描いた、

「これのどこがLなんだろう？　って、いくら考えてもわからない。Lはラカンのなんじゃないか？」

シェーマLのLが何を意味するか私はいまだに知らない、というか私はそういうことは関心ない、この人のシェーマLにこだわったというか、ラカンの話をするのにまずシェーマLからはじめたこの人の考え方には二つかそれ以上の特徴がある。

ひとつは「シェーマL」という名前が内容を語る（語っていなければならない）ということ、もうひとつは図を出したということ。図の四つの頂点に項目を当てはめるのは学習参考書のやり方だ、この人はもちろん大学の先生なわけだ、大学の先生になってもなお子どもの頃の生徒根性が抜けてない、これはいまの作家も評論家もほとんどみんなそうだ、小学校か中学校の教室の中で先生の出した質問に生徒が答えるように考える、考えることが答えのある問いに答えるようなものになってる、だから「シェーマL」という名称も内容や意味を説明するものになっているというところで「シェーマL」という名前を考える、小説を出すとたいてい題名から書評が書かれる、私は題名から小説の意味やテーマを書き出す人を、

「ああ、この人もか、」と思う。

それで「ジジェクを読めばラカンはわかる」と言う人のことだ。その人はラカンをきちんと読んだだろうか？　本体を読まずに「それは△△を読めばわかる」と言う人は多い、それは本体のそれを軽んじた態度だ、ラカンの場合それは理屈に合わない、フロイトなら「軽んじた態度を装うことによって無意識に復讐している」と言うかもしれないが、ここではその人がラカンを読んだうえで「ジジェクを読めばわかる」つまり「ジジェクでじゅうぶん」と言っていると受け取ることにしてみる、しかしそれは文の形の話だ、ラカンをちゃんと読んだうえで「ジジェクでじゅうぶん」ということは中身としてありえない、その人は、

「芥川賞は、いままで何人もの重要な作家に賞を出しそびれてきた、その最たる作家が谷崎潤一郎だ。」というような形は通るが意味はないことを言ったことになる。この本の序の終わりちかくでラカンはこう言っている。

「ここで指摘しておかねばならないのは、いやしくもフロイトの概念を扱おうと思うならば、たとえ字面が現行の概念と同じであっても、直接フロイトを読むという労を省いてはならないということである。……（略）……ところがある著者が、そんなことにはおかまいなしに、フロイトについての展望論文を書いた。彼のそうした軽率さはまあ無理からぬことで、彼はフロイトを読み込むべきところで、マリー・ボナパルトの仕事のお世話になったからである。彼は、彼女の仕事を、まるでフロイトのテクストの等価物であるかのように、しかも

読者にはそれと知らせぬまま、ところかまわず引用した。」

「ジジェクでじゅうぶん」と言う人はここに出てくるある著者と同じことをやらかしたことになる、私はそれが興味深い。

私はラカンとジジェクは全然別物だ、ジジェクを読むとすっきりとした解答というか見通しというか、とにかくそういうものが与えられる、満足感が高い、しかしそれこそが受験参考書根性、というものだ、すっきりした見通しが得られることがすでにおかしい、想像界とは何々で、大文字の他者とは何々で、抑圧とは何々で……と手際よく説明することはラカンでなくて受験勉強だ。

ところで私は想像界とか大文字の他者とかそういう概念とかキイワードを理解することができない、もともと私はそのようなキイワードを押さえることを辞書的理解として侮蔑的に見ているからかもしれない、私がそうなったのは概念を理解することができないことに気がついたからでそれは高校の途中あたりだった、私はまわりで友達が口にする「イデオロギー」という言葉がどうしてもわからなかった、大学のときには「アイデンティティ」という言葉がどうしてもわからなかった、一九七〇年代後半、「アイデンティティ」という言葉はいまのように当たり前でなかった、たまに出会うその言葉を私はそのたび辞書を引くのだが二分後にはもう意味を忘れていた、それにだいたい「自己同一性」と言われてもそれがどういうことなのかイメージがなかった。外来語というか哲学思想系の原語カタカナ表記は日本語に置き換えたところでわからないものはわからない、「わからない」「わからない」と思ってその言葉に繰り返し出会ううちに日本語に変換しなくてもそのまま読めるようになってい る、昔からよく知ってる日本語の言葉と同様ひっかかりなく読める、読めるからといってその言葉を知らない人がわかるように説明できるわけではない。

私は概念を理解することができない、それが私がデレク・ベイリーとかポール・ラザフォードとかセシル・テイラーとかそういう早い話がメロディがない音楽に違和感を持たないわりと大きな理由なんじゃないか。私はソナタ形式とかのテーマの提示とかテーマの変奏とかテーマの反復とか再提示とか、ソナタ形式がそういうものか知らないがそういうものだとして、そういうことが俯瞰的に理解できるような音楽の聴き方をしたいとは全然思ってない。

それは私でもたしかに、コルトレーンの後期の『マイ・フェイバリット・シングス』の即興演奏が延々とつづいてとうとう最後、とてもよく知ってる、チャーチャッチャ、チャチャチャ、チャチャチャチャ、チャチャチャチャ――♪というメロディが聞こえてくる瞬間とかにものすごい快感を感じた頃があった、それは私にはフリージャズか即興中心のジャズに限られクラシックは私の耳には直接的じゃない、そして私はテーマの変奏や再提示を聴き取る迂回の回路を持たない、いまでは私はどこまでつづくか、どこで終わるのか、この先どういう音になるのか見当がつかないというより、そういう先の音をまったく考えない、いま鳴ってる音をただ聞く、聞くときは本を読むか眠る前か雑用をしているときだから音は鳴き終わって少ししてから終わったことに気づくかそれより前に眠りに入っている。

私にとってラカンは明快な答えや命題を得られるものではまったくない、よくわからないまま難しさに耐えて読む、それはわかるに越したことはないがわかるなんてたいしたことじゃない、とにかくただひたすら読む、三十分は読みつづけられるが一時間はなかなかつづかない、それでもラカンが精神分析家と患者の対話が科学といわれている客観的に数値化可能なものではまったくないのだということをこの本の中で書いているのを読むと（それを私はいまこの本のどこに書いてあったか見つけられない、もしかしたら書いてなかったとしてもそれを私はこの本で読んだ）、それは最近しょっちゅう言ってるウィキペディアへの批判とウィキペディア的理解と対極にある小説のことだと思う、私はまったく手さぐりのままそれでも九〇年代の十年間くらい私はフロイトとラカンを読んできた、私はそこに何が書いてあったか、フロイトとラカンが何についてどういっているかは人に言えるような理解はまったくできないまま読んできた、まさに私はフロイトとラカンをただ読んでいた、それがラカンのこういう言葉に出会うと（私はそのページを捜し出せないのだが）、自分の考えの基盤のようなものがフロイトとラカンを読んだ経験によって作られたんだと感じる。

だいいちこの本で最も重要だろう、この本でなくてもラカンの中で最も重要だろう主体というのがよくわからない。人間において？　精神分析の対話において？　主体はこの私、いまここにいるこの私は主体ではない、主体は言語にある、あるいは対話という行為が主体となっている、というようなところを読むとき、それは小説のことだ、小説を書くということだと考えると、わかったように思う、というか自分はそれを実践している、ないし進んでまたは努めてそれを実現させようとしていると思う。

私は鎌倉のことを鎌倉を知らない人に説明することができない。源頼朝が武士の政権を置いた場所である、三方を山に囲まれ残る一方は海に面している、明治大正の頃は別荘地だった、そのようなことは夏目漱石の小説にも書いてある、その頃は漁師の町だった、たぶん戦後になってから東京の通勤圏となった、……とこのようなことは説明にならない、このようなことをいくら書き連ねても鎌倉という土地に立つ実感は生まれない、私は大人になってもう長いこと東京に住んでいるために横須賀線が鎌倉駅に停まってホームに降り立ったとき潮の香りを感じるようになった、鎌倉に住んでいた頃は鎌倉駅で潮の香りを感じることはなかった、潮の香りを感じたのはもっとずっと海に近づいたときだった。私は鎌倉を知らない人に鎌倉を説明することはできないけれど鎌倉の土地を道に迷わずに歩くことができる、鎌倉を歩いているといろいろなことを思い出す、海のそばの土地の風がこういうものだったと確認する思いで感じることができる。だいぶ上乗せした言い方ではあるだろうがラカンは私にとってそのようなものになっていた。

六四ページに、言葉はあるものよりないものの方こそ指す、というようなことが書いてある、蜂のダンスとか哺乳類のあれこれとか、ここにある物や危険を知らせる信号はいろいろあるがそれはないものを指さないし伝言できない（私は上高地で見た地元のサルの群れは群れの先頭のサルの言葉を受けて最後尾のサルが自分のすぐ前を行く歩みの遅いサルたちに何か言ってたから私はこれには異存がある）とかそういうことがここか他の箇所に書いてあって、そして、

「使用から解放された象徴的対象が、ここに今（*hic et nunc*）から解放された言葉《モ》になるにあたっては、両者の差異は、言葉というものが物質性の面から見て音からできているという質を持っているというところにあるのではなくて、むしろ、消失するという、言葉ならではの在り方にあるのであって、そこにおいてこそ、象徴は、概念の永続性を見出すのである。」（傍線引用者）

「二つの無の痕跡であることによってしか体を成さないもの、それゆえ決して変質することのないものを支えとしているもの、そうしたものによって、概念は、移ろいゆくものから持続を救い出して、物（la chose）を生み出す。」

　私はいま書き写すまで傍線部の消失するのが言葉によって指し示された対象の方だと思っていた、ここで消失するのは対象ではなく音である言葉だった、二つ目の方で言っているのは間違いなく対象の方だと思っていたが読み返すうちにこれも「無の痕跡」とは対象の方でなく音である言葉のような気がしてきた、というかそこに音である言葉がないものを指す大

本の仕掛けがあるのかもしれない、いずれにしろ次のページに書いてある、

「言葉たちの世界は、物たちの本質に具体的な存在を与え、いつも変わりなく在るもの、つまり世々の遺産《クテーマ エス アエイ》に、どこにおいてもその場所を与えるのである。」

消え去ったときそれを言葉で言うとき消え去ったそれが永続性を持つとここで言っているのだとしたら、

「母は死んだが私の心の中に生きている。」という慣用句的なフレーズが、言葉の機能によるトリックだということになる、それは確実にそうだ、人間は本性においてそういう機能を持つ言葉以外の言葉を持たないでその言葉を使ってしか思考できないのだから死ぬことによっていよいよ生きるのは必然とも言える、

「ペチャは死んでからの方が身近になった。」と私は妻と話した、それはだからきっと食べ物に旨いまずいがあるくらいには真理なのに違いない。

上高地のサルの群れが移動しているときに雨が降り出し、一匹が木の上に登って長くタテに伸びた群れの後方に向かってキーキー、ギャーギャーほとんど絶叫した、それを受けて最後尾のサルが自分の前を行く遅れ気味のサルを急き立てるような鳴き方をしたり木の上のサルに応答したりした。これがラカンが言う人間の言語にしかない伝達の一種なのだとしたら私は重苦しい気持ちをかかえることになる、それなら猫もまたここに今ないものが心に浮かぶ可能性があると言えないか、私は外で十年前には十二、三匹もいたファミリーの今も生き

ているこのあいだの冬に加齢によってはじめて寒さでダメージを受けた二匹の猫が冬の夜、寒さに身を縮こませながらファミリーがいっぱいいいた幸福な日々をほんのわずかでも思い出さないでいること、今この時間だけを猫が生きていてくれることを願った、私はその思いが揺らぐ。

28 言葉はいつ働き出すのか

「使用から解放された象徴的対象が、ここに今（*hic et nunc*）から解放された言葉《モ》になるにあたっては、両者の差異は、言葉というものが物質性の面から見て音でできているという質を持っているというところにあるのではなくて、むしろ、消失するという、言葉ならではの在り方にあるのであって、そこにおいてこそ、象徴は、概念の永続性を見出すのである。」
「一つの無の痕跡であることによってしか体を成さないもの、それゆえ決して変質することのないものを支えとしているもの、そうしたものによって、概念は、移ろいゆくものから持続を救い出して、物（la chose）を生み出す。」

前回書き出したところをもう一度書き出した、この理屈によるなら言葉を使う、言葉で物や事を指し示した途端に物や事は消え去る、ひかえめに言ってイキイキしたものでなくなる、それはもう本当にそのとおりだ、小説で何かを描写しようとするとき描写はまったくそれに届かない、物や事の生気だけでなく混乱も整理してしまう、今ここでいまさら言うのもアレだが「小説家は言葉のプロ」という言い方がいったいいつからされているか知らない、私はその言い方にひんぱんに出会うようになったのは九〇年代の半ばからのように思う、しかしそれは同時に私が小説家として少し知られるようになったのと併行しているから私と初対面かそれにちかい人が知人を介さない人として話す会話の糸口として一つの紋切型を口にしただけかもしれない、しかしそうでもなく印刷物の中でもその頃から「小説家は言葉のプロ」という言い方を見るようになった気もする。

この言い方を小説家のくせに受け入れる人は相当アナクロだ、きっとたしかに小説に書かれた文章が一般の人たちの文章のお手本となっていた時代はあったのだろう、その頃、作家は名士として裕福な暮らしをしたんだろうか。そういえば、エンタテインメント系の小説の評価で「文章がうまい」というのを最近私はつづけて見た、あるいは作者本人が誇らしげに「文章は練りに練る」とか「何度でも納得するまで書き直す」というのを聞いた、それにつづいてその冒頭の段落がテレビで朗読された途端、私と妻は噴き出した、

「うまいというのはこういうことか！」

小説家は言葉につまずく、言葉が実体と乖離するのを目撃する。絵は空の青さや海に反射する光を再現できない、ブラマンクは後期印象派だったか前期印象派だったかはっきりしないがその展覧会のポスターの風景画の上半分に広がる空の濃い深い青を見たとき私は感動した、ポスターに感動したのに私は会場まで行かなかったのはその頃猫のジジの世話がつづい

て家を空けられなかった、ジジは二〇一一年一月十七日に死に翌日、府中のお寺で火葬してもらったその日、空がブラマンクのポスターのその絵のような濃い深い青だった。

ジョイス『死者たち』のラストの降りつづける雪を見ながら言葉が紡がれるところが典型だと思う、言葉は風景それ自体にはかなわない、というか全然届かない、だから描写は風景に思いや記憶の厚みを付与していく、私はブラマンクの空の青を見たとき、こんな色の空には現実では出会えないと思った、ジジが火葬されていたときに見た空はブラマンクの絵をそこに置いて比べたら全然違っていただろう。私はその夜ブラマンクの絵の中にいる夢を見た、私は濃い深い青い空が広がる強い風が吹きすさぶ草原を歩いていた、私はこれはジジが見させてくれた夢だと夢の中で感じた。

ブラマンクの空の青の濃さ深さはある種の理想化というものかもしれない、生涯出会うことのない美しすぎる人とか均整のとれすぎた体型とか現実の人間ではできないがすごいと感じる体の動きとか、それが絵に描かれることによって現実の物や事が色褪せるのでない、逆に生彩を得る、そうでなければ芸術や言葉は閉じられる、現実には出会わない物や事を描いても芸術や言葉は現実からその根本の力を得ている、それゆえ逆に送り返しもする。

ブラマンクは調べると印象派でなくフォービズムだったらしい、しかし後期においてブラマンクはセザンヌから影響を受けた、その前はゴッホに影響を受けた、ま、どっちでもいい。ゴッホとかセザンヌとかそれを見る前から名前を知ってる画家でなく、ポスターであってもその絵によって名前とはじめて出会うのは幸運だ、私はそれまでブラマンクという名前を聞いた憶えがない、自分の目がなまくらでなかった、という多分に見栄も作用した自己満足だが多少の見栄の作用した自己満足なしに芸術作品に向かい合うことは人に本当にできるんだろうか。

『精神分析における話と言語活動の機能と領野』の一三〇ページにまさに書いてあった、「かくして、象徴はまず、物の殺害として現れる。そして、この死は、主体において、欲望の永遠化を構成する。」

いまはここだけ書き写せば前回からのつづきの用は足りるがつづけて書き写す。

「遺跡に認められる人間らしさの第一の象徴は、墓所である。人間が、己れの歴史という生へと関係を持つに至るにあたっては、それがどんな関係であっても、そこに死の媒介が認められる。

その生だけが、常なるもの、そして真なるものとしての生である。なぜならその生は、主体から主体へと続けられる伝統のうちで失われることなく伝えられていくからである。動物的なるものによって遺伝され、個体が種のうちに姿を消してゆくあの生を、この生はどれほどの高みにおいて超越しているかということを、見ないでいることができようか。」

ふるさとは遠きにありて思うもの――私はラカンに帰郷した、ああここが自分の考えたり書いたりすることの拠り所だった、出自だったと感じた、懐しくもあった、私はラカンをクソ真面目に読んだ、わかるわからないでなくただただ読んだ、しかし長くつき合っていると田舎のひとかどの人となった伯父さんの得々としゃべる長話にうんざりしてくるような気持ちが芽生えてもくる。

話のついでにこの中で親族の基本構造が未開社会においても厳密に認識されているという話が出てくる（六五ページあたり）、私は親族の呼称に厳密で「伯父」「叔父」を使い分ける、『カンバセイション・ピース』で「伯父」「伯母」「従兄姉」と書いていたのに書評でみんな平気で「叔父」「叔母」「従兄弟」と書いた、フロイトは、実父がフロイト出生後、妻（実母）の実母（祖母）と再婚した、しかし実父は実母との前にもう一人と結婚していて、そのときの結婚で生まれた娘がフロイトを養子に引き取った、フロイトは異母姉が母になった。この家に新しく子供が生まれると、その子は弟であると同時に甥になる、

「このような繰り返された状況の中で、この息子（フロイト）がその新しい子どもの誕生をどのような複合的な気持ちで待ち受けることになるかは想像されよう。

また、二番目の結婚によって生まれてきた子ども（フロイト）にとって、自分の若い母親と自分の年長の異母兄とが、だいたい同い年くらいであるというような、単なる世代のずれでさえも、それに似たような結果を及ぼすであろう。」（六七ページ、傍線引用者）

私は父が亡くなったとき父の出生からの戸籍を取り寄せたら、もともと八人きょうだいの末っ子であった父の家は親戚の子どもを養子に入れたりしててひどく複雑だった、父は八人

きょうだいの末っ子で母は七人きょうだいの末っ子で、父方の従兄姉の最年長は母と一歳違い、母方の従兄姉の最年長は母と五歳違い。何が言いたいのかというと、傍線部は騒ぐに値しない。ただ、フロイトの育ちは尋常じゃない、しかしそこにフロイトのエディプスの理論の原因などの因果関係を見るのは私は不快だ、出生の問題の差別とかそういうことじゃない、因果関係そのものが私は不快だ、因果関係は思考の簡略化だ、世界が一方的に説明され固定化しそこだけを聞きたい人たちがまたそこから強引な説明をしはじめる、私は「××だったからフロイトは、うんぬんかんぬん」という考えは「血液型、何型？」というのと同じにしか聞こえない、私の中では因果関係、あるいは原因を指し示すことは血液型と同じものになっている。

「かくして、象徴はまず、物の殺害として現れる。」

「消失するという、言葉ならではの在り方にあるのであって、」

ここでの消失はやはり物の方でなく、言葉は音でできているから音＝言葉が聞こえると同時に消え去ることを言っているのだろう、人間の回路はここで混乱・混同を起こして消えたのは音＝言葉だったのにそれが指し示した物も消え去ったとまず感じる、それを感じてからあらためて指し示された物を心に復帰させるから永遠化する、音＝言葉＝物は聞こえると同時に消える、消えた直後にまた復帰する、しかし復帰したそれは言葉が指し示した、言葉より前にあった物や事でなく言葉が指し示したのでない言葉とともに生成した物や事についての概念の方だとラカンは言っているのだろう。
概念というのはいわゆる概念でなく、目の前で展開する物や事を認識するためには人は必ずそれに先行する自分の経験や記憶を擦り合わせる、見ると同時に感じる物体の質感とか塀の高さとか威圧感とか高い窓から下を見た感じとかはそういう心の機能で生まれるのだろう、ここまで広げるのはラカンがここで言ってることとはズレてるかもしれない、そういう論旨のズレも含めてもう一度同じ文章に戻れば自分は前より少し文章に接近するだろう。

言葉は音だから物理的に消え去るが心に浮かぶ言葉も音と同じようにいったん消える、私はいまこのようなことを書くために文章に書く前に考えや言葉が次から次へと無駄に頭に浮かんでは消える、浮かんだことは書いた字のように消えずにしっかり心に貯蔵されることはない、私は浮かんだ考えが次々消えていくからホントに困る、将棋は次に指す候補手が何通りもあるが一回に一手しか指せない、文章を書くのもそれに似ている、私はどれだけ一本の筋となるのを抗っても文章は一本の筋でしかない、形ではそうなる、書いた文章は消えないかといえば書いた文章は読まなければならない、読むということはそれが頭を通過するということで読むという行為において書いてある文章も消えてゆく。

書かれた文字がいつまでも残るというのは公的な機関の文書の保管係のような発想だ、書かれた文章は読まれることによってその人ごとにそのつど文章として生成するのだから当事者にとっては耳で聞く言葉と同じように読むそのつど消える、耳で聞く言葉と違うのはすぐに三行前、一ページ前に戻れることだがそれも瞬時に可能なわけではない。

こう考えると現われては消える考えを通過させずに貯蔵し、貯蔵した考えを即座に検索し再生できるようにする訓練が将棋や囲碁の棋士たちがやってることなのかもしれない、少し棋力が上がるとわかるが駒を手でいちいち動かすより頭の中で動かす方が速く正確になる。言葉はどの形態でも本質的に自分が口でしゃべった音を耳で聞き取ってそれを確認する性格を持ってるからその回路の中にさっきの私のブラマンクとの出会いのような自画自讃、自己満足の心の作用が生じるに違いない、しゃべるのは口→耳という二重構造だが書く方も書きつつある文字をつねに目で確認していくから二重構造だ。

私は何が言いたいのかと言うと、人間の言葉は猫の言葉とどれだけ違うのか？　完全に違って似たところはまったくないのかどこか一部は同質なのか？　あるいは、さっき話題にしたブラマンクの絵はどこまでが言語による産物なのか？　言語以前の機能（か回路）によって描かれたところはあるのか？　そういうことはまったくないのか？

セザンヌの絵を語るとき、少し絵に詳しい人は決まって、リンゴはヘタがこんな風に見えてるからリンゴはだいたい真上から見てる、ミルクピッチャーはだいぶ真横から見てる、そしてテーブルの面は斜めじゃないとおかしい、というようなことを言う、私はセザンヌのテーブルの上のリンゴの絵を長いこと見てきて変だなとは一度も感じなかった、全然ふつうに見ていた、このような言葉を知ってからも私の部屋に貼ってある大判のカレンダーの一葉として採用されていた、去年からそのままずっと貼りつづけてるセザンヌの静物画はふつうにうれしくなるほどの物の存在感なのか実在感なのかリアリティなのか何かがある。

テーブルの面は絵画らしく平行四辺形でなく長方形だ、その長方形であることに気持ちを少し強く向けるとなんか幼稚園の子どもが描いたみたいに思う、幼稚園の子どもはたいてい絵は絵を見てしか描かないから自分で絵を描く子なんてほとんどいないがそれでもゼロじゃない、そういう子が描くと思うと私はテーブルの面を、全体としてでなく面だけを見る視線の熱意を感じる、テーブルの面をはじめて描くようだ、法則化や秩序化されていない視線を感じる、面の上に載ってる物が「これじゃあ落ちる」という不安定さでなく絵を絵たらしめる、筆と絵の具と手の動きと山の稜線のような輪郭線と色と、というそれらが秩序化以前のひたすらそれぞれのそこを凝視する視線の熱意によって絵となっていく運動か運動以前のエネルギーがいっぱいになってゆく感じを感じる。

言葉はなくても物も事もある、ラカンはそう言わないかもしれない、人間は人間化されていない世界にじかに接することはできない、世界があってそれを俯瞰するイメージを人は持つが生きるというのはそういうことではない、自分のライフステージを年表のように何年で区切ってどこの区切りで何をする（何をした）という一望も現実にはありえない、世界は客観的に数値化する装置によって記述することはできない、何からも影響を被《こうむ》らない観測者はありえない、人間はつねに人間圏の中で生きているから世界そのもの・物そのものという人間圏の外を想定するのは意味がない、というこういうことだろう。

　私は触れると金に換えられる願いが叶った王様の童話を思い出す、王様ははじめは喜んだが手が触れる物がことごとく金に換わってしまう、娘も金になってしまう、王様は金にすることなしに物に触れることができなくなった、観測問題では観測者の影響なしに事象を観測することはできない、言語は目の前の物や事を消し去る、しかしその消し去りはどの段階で起こるのか？

　目が物を見て、(1)それを頭が猫と思い、(2)猫という言葉を浮かべる、(3)言葉を浮かべるとき、口で猫と発してその猫という音を耳が受け止めた記憶回路がきっと作動するので、言葉を思い浮かべるときには口→耳という時間差がきっとある。
（2）と（3）は本当にこういう流れなんだろうか、頭は猫という言葉を言葉の貯蔵庫から引っ張ってきたから猫と思ったんじゃないか？　ホントにそうなら猫という言葉を人間は知ってる（持ってる）から（1）の物を見るという行為が成り立つ、ということにもなりかねない、猫という概念が事前になければ人間は対象を見るという行為がそもそも成り立たないのだ、と。
　しかし（1）で見た物が何か判然としないとき、私はたとえば「黒い物体で脚があった」という風にとりあえず見て頭の中で検索をかける、ちょうどゆうべテレビで見た生き物がそれだった、「黒い物体」と書いたのは間違いで、「黒い生き物」だった、生き物である人間は、生き物と物体＝無生物をかなり瞬時に見分ける、同じ意味で私は道に死んだ人が横たわっていたときひと目で死んでいることがわかった、生きているのと全然あり方が違っていた、これは経験だろうか、私は先天的認知と感じる、経験をこえた絶対的な感じだった、仮りにそのときの判断は間違いでも判断の根拠は絶対的だった、ボールが自分に向かって飛んできたら思わず上体をかわす、ボールは実際には自分を逸れても上体はかわす、上体をかわす反応の基盤は間違ってない、上体をかわす反射は絶対だ。

（1）（2）（3）とそれにつづく流れのどこで言葉が働き出すか、（1）（2）（3）は私は順として正しいことにする、（2）で思う猫は言葉として知ってる猫と同じじゃない、これは言葉の体系の中に位置づけられる以前の猫だ、だから（3）での表記は猫でなく「猫」だ、（1）と（2）は人間の中の人間以前の回路だ、だからそこでは消え去らない、消え去らないから永続化もしない。

私はいったいどっちの見方なのか、私は世界がどうであってほしいと希っているのか、希いはひとつ、猫たちが不幸でないこと。私は願いと書かずに希いと書いた、たまたまそうしたくなった、ふつうに流通してる願いとは違うと感じたから自分でも描いたことのない字をあてる方がいいと感じた。ところで猫は人間に向かってしか「ニャア」と鳴かない、猫同士では「ニャア」とは鳴かない、「アッ、アッ」というような声で何か言う、言うといっても親愛の情の表現とかお互い体を舐め合うのの代わりのようなものだ。

子猫は母猫に「ニャア」と鳴く、「ニャア」より「ミャー」とか「ピャー」みたいだが声帯や口腔の使い方は「ニャア」と同じだ、餌を出してくれるような関係にある人間にだけ大人になった猫は「ニャア」と鳴く、ケンカやにらみ合いの鳴き声は「ニャア」ではない、「ニャア」という鳴き方は大人になった猫の中で消えてない子猫の記憶いやモードだ、この発見に猫好きのブログで出会った、私はこれに出会って複雑な気持ちになった。

29 論理、自我、エス、スラム

ラカンが『精神分析における話と言語活動の機能と領野』の中でフロイトの『日常生活の精神病理学』と『機知』の二冊を完璧な論文だったか完璧な論述過程だったか、とにかく完璧であるとたしか二回言っている、しかし二回というのは私がその部分を二回読んだから二回言っていると思い違いしているのか私はもう確かではない。

私はフロイトを読んだ頃その二冊は話がこじつけに感じてちゃんと読まなかった、今回、しょうがないやっぱり読もうかと思ったら岩波書店の「フロイト全集」の該当の巻はすでに品切れだったので人文書院の著作集の方で『機知』から読み出した、あの本は厚くて重い、私はやっぱりこじつけっぽく感じないわけではなかったがまあ適当に読み進むうちにまたカフカの小説を論じた論文の新刊を見つけた、パラパラとそれの中身を見たかぎりこれもやっぱりカフカを深刻な、暗い、不安の、話として読んでいる、一つの論考だけ読むとそれはもうほとんどカフカの小説それ自体を読んでない、読むというのは一行一行読むということだ、ざざっと読んだ記憶や印象やあらすじや作品の構成で小説を思い出すのでなく一行一行読むということだ、何度目でも気持ちをできるだけはじめて読むときの状態に置く、その小説に対して知ったかぶりしない、先入観を持たない、もうすでに五回も十回も読んでるんだからはじめてと同じに読めない、そんなことはわかってる、それでもはじめて読むように読む。

フロイトの『機知』はカフカの読解に応用できるんじゃないか？　カフカはどうして深刻な話としてばかり読まれるのか、ウィット、ユーモア、滑稽が相手に通じなかったとき相手の反応はどうなるか、相手はどのような心理状態に置かれるか。

ハンガリーのある村で鍛冶屋が死罪に値する犯罪を犯した、ところがそこの村長は鍛冶屋でなく仕立屋を絞首刑にすることにした、なぜなら村には仕立屋は二人いるが鍛冶屋は一人しかいなかったから。

という話が滑稽な話の実例として『機知』で考察の対象になっているがこれはとてもカフカっぽい、笑う人は笑うんだろうが笑えない人は笑わない。贖罪は行なわれねばならない、しかしそれをすると後で困る、それで贖罪の対象が転位した。『変身』のザムザも『審判』のヨーゼフ・Kもいわれのない罰を与えられた、しかしそれは絶対でもう動かすことはできない、という気分が作品の全体を被っている、カフカは贖罪の仕立屋として、自らの行ないとまったく無関係に贖罪の犠牲者として死罪となる家系というのがあるとしたらその家系の一員として生まれてきた。岩波の全集でも転位という言葉が使われているかわからないが話としてはそういうことだ、論理の法則には反するが無意識の思考には少しも反しない、無意識の思考は論理的でないが論理的でないがゆえに強い、意識はそれを覆せない。

八っつぁんが夢で上等な鯛が手に入って鯛を肴に酒を飲んだら旨かった、という話を次の日、熊さんにしたら熊さんが、「なんで俺を呼ばなかったんだ」と文句言うのと同じようなことだ、ここまでならどうということもないが、八っつぁんは「だからお前んとこ行ったよ」と応える。

「でもお前、どっか遊び行ってて留守だった。」

「あ、そうだ、ゆうべ俺は吉原に行ってたんだ。」

とか何とか、大筋はこうだが細部は私の創作になってるかもしれない、こう書いてみて、最後の熊さんの応えは夢でとも実際にとも言わないでいる方がいいなと思った。フロイトはこう言っている。

「抑制に用いられる給付エネルギーがここでは、聴覚を通じて禁じられた表象が出現させられたことにより、突然余分なものとなり、それで笑いによる排出へと準備された」（三五二ページ）

「機知の聞き手が笑うのは抑制への給付の廃棄によって自由となった量の心的エネルギーをもってであり、いわばこの量を笑いで使いはたす」（同）

（機知の聞き手としての第三者の適性）「彼はどうしても機知作業が第一の人物において克

服したと同じ内的な抑制を行なっているといえるほどの、その人物との心的合致点をもっているのでなければならない」（三五三ページ）

機知はすべての人に通じるわけではない、通じなかった場合、最初の二つの引用で言われている笑いとなって排出される心的エネルギーはどうなるのか、ここからは私の想像だが笑いとなってポジティブな作用を心にもたらすエネルギーが逆にネガティブな作用を心にもたらす、その結果、不安に感じたり暗い気分を感じたりすることになる。

デレク・ベイリーやポール・ラザフォードの即興演奏はふつうに音楽を聴いてきた人には音楽には聞こえない、自分の音楽の知識に絶対の自信を持っている人なら、「ふざけるな！」とか「バカにするな！」と言って席を蹴って出ていくだろうが、演奏者が偉い、素晴らしいとされていて自分はそれを学びに行くような気持ちであの即興を聴いたらどう思うか、「身もだえするような苦悩が表現されていた」とその人が言ったとしても不思議ではない。

私もカフカは暗くない、深刻じゃない、不安のかけらもないと強弁するつもりはないが、カフカをもう何と言っても前提として、暗く、深刻で、不安な話と決めつけて読む人が相変わらず多すぎる、カフカのかたよった読解がウィットやユーモアが通じなかったり滑ったりした結果の産物と考えることが可能かどうかと思って読むことで『機知』が読み通せた、そうでなかったらやっぱり全部を通して読むのは辛い。私は最近該当箇所の文章をノートに書き写すことにしてる、あとで調べやすいというのが理由だが読むときに少しぐらい手を動かしているとと仕事した気になるみたいなところがある、読むという受動的行為の中での息抜きの効果もあるみたいだ。

フロイトはフロイトでまたつき合いすぎると嫌になるのだがフロイトを読むとラカンとの違いに私はいつも風通しがいい気分になる、ラカンはフロイトの正統な後継者を自任しながら全然フロイトと違う、ラカンはなんかやたら上から目線で論争的で、何より言うことが自信に満ちている、フロイトはどれを読んでも自分がやっているこの学問が本当に科学と言えるものか、この学問を広く科学と認知させるにはどうしたらいいか、という自問自答がある、フロイトは論争とか闘争とかそういうエネルギーを精神分析という学問の確立や一般的認知のために使った、ラカンは他の人たちの誤りを暴くためにそういう種類のエネルギーを使ったように感じる、フロイトもユングやアドルノへの当てこすりや批判はするが一行で通りすぎる、ラカンはそこにやたら力を注ぐ、私はラカンは人間として尊敬できないと思うのはこの本の印象が強すぎるだろうか。

学説の正しさや価値にとってそれを唱えた人の人柄は問題とならない、それどころか偉大な学説を唱えた人は往々にして人間性には問題がある、と人が言ったとしても私は学説より人間をとる、それどころかそこに学説や論理的思考の問題があるんじゃないかと最近思うようになった。このあいだドラマの『相棒』の劇場版Ⅲ、南の島で元自衛官の伊原剛志が中心となった民兵組織が生物兵器を隠し持って暴走しかかった話をテレビでやったそれを観た、そのラストで拘置所にいる伊原剛志が日本の軍備の必要性だったかもっと強い兵力の必要性だったかを二、三分かけてしゃべる、それはとても説得力があり水谷豊演じる杉下右京は伊原演じる男の理屈に対して正しく反論できたように見えなかった。

『相棒』のこのラストは全体として伊原演じる元自衛官の理屈を支持している印象があると思った。それはいつからか、何が起点となっているか、一つ思いつくのはヒッチコックの『ロープ』でイギリスの優秀な学校の寮長だったかのジェームズ・スチュワートは「優れた人間は劣った人間を殺す権利（か価値）がある」という理屈で寮生たちを洗脳したら寮生たちが本当に殺人を実行した、ジェームズ・スチュワートはびっくりして「君たちは間違ってる、あれは思考のゲームだった」とか何とか言うわけだが、あのジェームズ・スチュワートにしても弱かった、現実の殺人を前にしてヒューマニズムを持ち出しただけだった。

そういえばそれのもっとはじまりは『罪と罰』だったが『罪と罰』には理屈で暴走したラスコーリニコフの反省だったか後悔だったか、それが読んでるこっちにまで感染するほどしっかり書かれていた、あれはヒューマニズムを超えていた、信仰ということだったんだろうがそこはきちんと憶えてない。人は人を殺したら人でいられなくなる、ラスコーリニコフの熱病にかかったような苦悩はそれだったと今は私は理解している、そこは理屈じゃない。

私はこの連載でたしか前に坂口ふみの文章のことを書いた、坂口ふみが繰り返し書いているると私が理解しているのは西洋の思考の中心にあるキリスト教はその起源において矛盾を孕んでいる、神学者たちは論理的な根拠づけをするためにいろいろな論理を構築するのだが論理はどこかがチグハグだったり、もっと言えば破綻したりしている、それでも西洋の人たちは何度でも何度でもキリストを根拠づける論理を構築しつづけてきた。

　論理は言葉によるものであり言葉は発せられた途端に指し示した事象と別のものになる、論理と言葉が現にある世界を指し示しつづけようとするなら論理は破綻を孕むのは必然だと私は感じる、医学は人の命を救うという現実の目的を持っているから二十年三十年後に平気な顔して自説を覆す、ひかえめに言って修正する、医学の進歩と彼らは言うが正しくは医学はたえず修正されるだ、非難してるわけじゃない、現実を指し示す意思があるから修正が起こる、それでも医学は現状でじゅうぶん暴走していると思うが論理的であることはたぶん破綻を孕んでいる自覚を織り込んでいる。

　一九九〇年代、私はフロイト、ラカンとニーチェ、ハイデガーだった、偉そうに言ってもどれもきっと三、四冊しか読んでないが自己認識としてはそうだった、九六年十二月にチャーちゃんがほとんど突然死んだとき私はニーチェがまったく読めず、

「ニーチェがこんなに読めないのは、ニーチェはきっとものすごい本当のことを言ってるからだ。」と思った。

　ハイデガーはニーチェが晩年主著を構想し、しかし完成できなかったのは著書として構築することが断片の力と本質において矛盾するからだと言っていると私は理解している、ニー

チェは主著どころかほとんど全部が断片だ、そのハイデガーだがソフォクレスの『オイディプス王』だったか『アンティゴネー』だったかでコロスの歌う、「げに恐しきは人間なり」みたいな詩を元にして、人間が人間となったのは荒れ狂う海に乗り出す猛々しさだということを言う、ハイデガーの称揚する猛々しさを真に受けるとナチスになるのは簡単だと私は感じた、だいいちハイデガーは語り口、論証過程の全体が雄々しい、私はあるハイデガー読みにそれを言うとその人はまったくそれに同意せず、『存在と時間』でナチスにつながる言及は一箇所しかない」とバカなことを言う、つまりその人はバカなだけでなく文章を読む感受性もない、それきり私はその人と話をしてない、もっともはじめからリスペクトもしてなかった。

ハイデガーを読んでると雄々しさによくうんざりする、その瞬間、本のページの上をモロイがよたよた横切っていく、ベケットはある意味ハイデガー的思考に対する深い反省、あるいは恥らい、あるいは絶望として書いていたのだ、どこがどうと言われたって、ハイデガーのページを横切るモロイが何よりそれを証明している、証明という論理の側の言葉くらいここで不適切なものもないが。

論理的思考というのは言葉が指し示す対象から離れる性質を増幅させた言葉の使用法でそれはヨーロッパがアフリカやアメリカやアジアを植民地にした暴力性の背景というより背骨になったと思う、ミシェル・レリスの『幻のアフリカ』でフランス人の調査団が村の大事な仮面とか墓碑を略奪するのを現地の人は抵抗できないのは武力のためだけでなく論理で現地の人たちを黙らせた下地があったと思う、論理というのはそっちに言い出した人が勝つようにできてる、ゲームみたいなものだ、だから論理に言い負かされることは論理が正しいことを意味しない、というより論理はいつも正しい、それゆえ論理の正しさは行動や世界を生きる根拠にならない。

「ここ数日頭痛から解放されて楽だ」と思ったときにはたいてい直後に頭痛がはじまる、自我にそのように語らせるのがすでに頭痛のはじまりを察知しているエスからの言葉である、というフロイトの言うエスと自我の関係は私が最も好きな人間の自己認識パターンの一つだ、私は論理的なもの、フロイト的なものに勝つにはエスを優位にさせるのが良いと、フロイトを誤読しているに違いない。『素人分析の問題』という論文の中でフロイトはこういう面白いことを言ってる、

幼少初期の性行動にはどう対処したらよいのか、という問題です。それを抑え込むことでどんなことになるか分かっていますが、それを無制限に許そうなどとは思いません。文化の低い国民、あるいは文化の高い国民でも下層の階級にあっては、幼児の性欲は放任状態にあるようです。そのようにすれば、おそらく個々人が大人になってからの神経症の発症は強力に予防できるかもしれません。しかし、それは同時に文化的な能力水準の著しい

低下をもたらすのではないでしょうか。（『フロイト全集19』石田雄一・加藤敏訳、岩波書店）

酒井隆史『通天閣』を読んで以来のスラムに対する関心、というよりスラムを肯定するにはどうすればいいか、スラムの中の人と同じように小説家であれミュージシャンであれ、子どもであれすべての当事者は語る言葉を持たない、という私の関心がここで交わる、フロイトは自我によるエスの飼い馴らしを良しとする、ここでもまたベケットがそれに異を唱える、それより前にカフカが作者が書かれるものの方向をコントロールしない書き方をした、もちろん小島信夫もした、だいいちフロイトは何を基準に文化的な能力水準の著しい低下と言うのか、その文化とは自分が被った抑圧を相手にも押しつける行動様式のことじゃないのか。

ここで終わるつもりだったら、『続・精神分析入門講義』の第三十講「夢とオカルティズム」でフロイトはオカルト現象を支持する人の心理について、

「人生の厳しい規律を教えこまれるそもそもの初めから、私たちのなかには、思考法則の仮借なさと単調さに対する抵抗、ならびに現実吟味の要請に対する抵抗が蠢《うごめ》き出します。理性は、数々の快の可能性を奪い去る敵ということになります。」（『フロイト全集21』道籏泰三訳、岩波書店）

と言っている、まさに私は思考法則の仮借なさと単調さに対して抵抗していると感じるのだが、こう言ってオカルト現象を否定するフロイトがこの中で思考転移つまりテレパシーだ

けは認めている、占い師は相談に来た人の無意識をその場で聞き取り、それを未来の予言のように言うと。

ただこれは私はすごくあたり前と感じる、人は休みなく発するエスの声を聞いてない、目の前にいる人のエスの声がものすごくよく、ほとんど自然に聞こえている人がいる、もちろん聴力の問題ではない、仕草からも言葉使いからも目の動きからも体臭や汗の臭いからもその人は聞く、微妙な声の高低、遅速、間など聴力の部分もある、そういう能力があることをわからない人に言ってもしょうがない、わかる人にはわざわざ言う必要もないが、その能力を超能力と言いたい人が多い、この連載で一年くらい前に書いた明恵上人が修行中に離れたところに置いてあった水を張ったカメに虫が落ちたから助けてやれと若い僧に言ったのが超能力でないように超能力みたいな能力はいっぱいある、それ以上の能力もしかしやっぱりふつうにある、あるとかないとか、それを半ば定期的に言ってる私はあると言いたいのでなくあることを誰かに認めてほしいのだろうか。

ところがフロイトはさらに踏み込んだ、考えうる非オカルト的な合理的な推論を並べたあと、

「こうした類いの合理主義的推測は、これ以上積み上げても意味がないでしょう。どのみち行き着くのは、《決定不能〔non liguet〕》でしかないからです。とは申しましても、白状いたしますが、私の感じておりますのは、ここでもまた天秤は、思考転移のほうに傾かざる

をえないということです。」

「皆さんはきっと、私が、程よく有神論の立場を保持し、オカルト的なものについてはいっさい峻拒する態度をとったほうがいいとお考えのことと思います。ですが、私としましては、世間に媚びるようなことはできませんし、皆さんに、思考転移、ひいてはテレパシーの客観的可能性にもっと歩み寄った考え方をなさるようお勧めするしかないのです。」（傍線引用者）

「申し上げたいのは、精神分析は、物理的なものと、これまで「心的」と呼ばれていたもののとのあいだに無意識的なものを挿入することによって、テレパシーのような出来事を受け入れる準備をしてきたということです。」

「これ（テレパシー）こそが、個体どうしが意思疎通を行うためのもともとの太古からの道筋であって、この道筋が、系統発生的発展のなかで、感覚器官でもって受け取られる記号を用いたよりすぐれた伝達方法によって駆逐されて行くのかもしれないということです。」

と、第三十講「夢とオカルティズム」の終盤部分を順に書き出した、「世間に媚びるようなこと」というのはオカルト現象はないという定説のことだ、ただ私はフロイトがこう言ったからといって味方を得た気にならない、こういうことは自分で言わないと言ったことにならない。

30　全くそうであり全くそうでない

「キリストは「全く神」でありかつ「全く人」である。」

この命題をいかに論理的に正しく説明することができるか、これが坂口ふみ『〈個〉の誕生』（岩波書店）に書かれている初期キリスト教の難題であった。私はキリスト教信者でなくキリスト教の文化が浸透してない日本に生まれ育ったからこの命題が衝撃だったということがピンとこない、というかそもそもキリスト教にかぎらず宗教を信仰する、信仰を持つというのは矛盾から出発する、むしろ矛盾が最初にあることによってその矛盾が初期の動力のようなものになるんじゃないか、と大らかなことを考えてしまう。しかしキリスト教において神と人はまったく別の存在だ、人は一つの存在者にすぎず神は存在を存在たらしめる根源的な何かだ、日本のように人が簡単に神格化されることはない、そういう神は存在者のひとつで存在を存在たらしめる聖書の神とは全然違う、ただしキリストだけは人であり神であった、「全く人」でありかつ「全く神」である。

私は坂口ふみの本に出会って以来この人の書いていることに激しく惹かれる、アウグスティヌスはこの、キリストは神でありかつ人であることが問題になる前の三位一体の問題を考えた、その『三位一体論』は日本語にも訳されている、坂口ふみが言うのは、「しかし彼が最後に語ることばは、無知であり不可知である」。

「外的世界からの類比の不可能さを通って、外的世界とは質的に異なる内面世界の構造と性質を見つめ、そこに神との類比を求めても、なお残るのは類比よりも比べものにならぬほど大きな非相似であった。」

「ネオプラトニズム的宇宙生成論も、アリストテレスの論理やカテゴリーも、私の心の心理的分析も、いわば使い捨てられ、脱ぎ捨てられていく不完全な梯子である。残るのは私に与えられた熱い憧憬・信仰・希望・愛のみ。」（傍線引用者）

ここを書き写して私は自分は浅薄だったと思う、アウグスティヌスは自分がキリストを信じる根拠を求めて思索しつづけた、しかし根拠は結局何もなかった、私がキリストを信じる根拠は私が信じることだけだった、私はアウグスティヌスの本をその書き方の紆余曲折ぶりがたまらなく好きで読んだりもした、しかし私は坂口ふみが書く私が信じる根拠に最後に私に残るのは信じることだけだったという一番肝心なことがわからなかった、私はアウグスティヌスが書く紆余曲折する根拠に向かう思索に心を奪われるところで終わっていた。

私が信じる根拠は私が信じることだけだというのは同語反復ではない、同語反復であってもかまわないのだ、同語反復は論理的には何もないように見えるが論理的に何もないだけで論理の枠をこえてじゅうぶんに力を持つ、この世界には同語反復でしか言えないことがある、同語反復と見えるものを心の中で起こる時間を微分することで同語反復でないことを明らかにすることはできてもそれを含めて同語反復と言ってきた、「同語反復でしかない」という評価はそれゆえ意味がないとか根拠がないという否定の意味として言われた者はとるべきでない、同語反復にしかならないほどに強い根拠がそこにある。

アウグスティヌスはしかし傍線部で私に与えられたと言っている、私は信じる力を私の外の何ものかから与えられた、私が信じるのにはじゅうぶんな根拠がある。「論理的でない／である」「科学的でない／である」それら判断に根拠を簡単に求める考え方に熱い憧憬があるだろうか、「論理的でないから」「科学的でないから」という理由だけで撤回するほどの考えは生涯呪われたようにそれを持つに値しない、摑まれるとはそういうことだ。ここで断定する私のこの断定は強さなのか弱さを隠す強さなのかただの文章の勢いか、私は摑まれる状態を体験したとは言えない、体験したからこれは断定で言いきれるとか体験しなければ断定するのは間違いだというのでない、それがそのような状態、境地であると熱く憧憬するなら断定する語法にもなる。

私が信じる根拠はただ信じるだけだとアウグスティヌスが言ったとき私は根拠を求めるのを放棄したのか、していない、いやそうではないか、私は何かを根拠とする思考様式の全体

を放棄した、だから私はすでに要点を書き移したつもりで書き移してなかった、

私が信じることに根拠はない私はただ信じるだけだ、というのがずっと近いだろう、しかしやっぱりすでに書かれている言葉をそのまま書き写さないことでつまずきがはじまる、私は、

残るのは私に与えられた熱い憧憬、信仰・希望・愛のみ。

とせっかくそこで書き写したのだから私は言葉を替えずにそのまま丸写しして丸暗記するべきなのだ、それはアウグスティヌスの言葉でなく坂口ふみによる言葉でまして翻訳だ、しかし私が出会ったのはその言葉なのだから私が丸暗記するべきはその言葉だ、残るのは私に与えられた熱い憧憬、信仰・希望・愛のみ。

キリストは「全く神」でありかつ「全く人」であるという定義は同一律に反する、アリストテレスの論理学や形而上学は長く、今も、西洋の思想の基盤となっている（らしい）それに反する、矛盾する、しかし矛盾するからという理由ぐらいでキリスト教思想を体系化していった人たちは一歩も退かなかった、私はそこに惹かれる。

私が惹かれるのはこの矛盾がある意味で無意識の思考に叶っているからなのではないか、無意識の中では同一律も矛盾律も二律背反も考慮されないとフロイトは言った、フロイトが言ったから言うわけではないがフロイトはここで私が前から思っていることを形にしたわけ

でフロイトがこう言わなければ私は今もなおこう考えられなかったかもしれないがフロイトなしでも考えていたかもしれない。もう十五、六年も前『世界を肯定する哲学』の中で私は、子どもの頃庭の芝生の中で糸トンボを捕って遊んでいて母は庭と逆の側の炬燵のあった北側の四畳半で午後にやっていた洋画をテレビを点けながら裁縫をしていた私にはそれも見えていると書いたとき私はもうすでに一回はフロイトの無意識の思考の話を読んでいたのだろうが自分の記憶と無意識のそれを結びつけて考えてはたぶんいなかった。

フロイトは無意識や夢の話で抑圧が話の中心にあるが私は無意識の思考の方にずっと関心が向いた、私は記憶が大人になった自分を助けると考えるようになった、記憶には幼児期かあるいはもっとそれ以前の万能感がありその万能感は記憶であるかぎり大人の記憶にもある。記憶の出来事の矛盾に対してわかったような顔をして修正しないこと、修正するのは自我や意識だ、それは浅薄なものなのだから修正したら記憶よりもっと間違う。

『残響』という中篇は私は自分の書いた小説の中で一番気に入っていると言ってもいい、その中で貸家に今住んでいる若い夫婦がいる、夫婦の妻の方が毎日隣りとの境いのブロック塀の上にすわって家の中をじっと見ている猫を見て「今日もいる」と思う。その家にはだいたい同じ年齢だった夫婦が前に住んでいた、前の夫婦はたぶんほとんど唐突に別れた、妻が植えていったチューリップが咲いている、小説の冒頭に書かれる前の夫婦の夫の方は猫がいた暮らしを懐しがったりもする。

『残響』を読むとブロック塀の上に毎日くるその猫が前の夫婦が置いていったように見える、というかそのようにしか見えない、私も書いて何年か経って読み直したら猫はそうとしか思えなかった、ところが書いていたあいだ私は猫を前の夫婦が置いていった猫だと思いもしなかった。作者というのは思いもかけず間抜けだ、作者に意図を訊いても小説に対して正しい応答が得られるわけではない。このあいだも『電車道』という小説について作者の磯崎憲一郎とトークをしたら、彼は人から指摘された作中の出来事の因果関係を「本人は全然気づいてなかった」と間抜けにも納得していたがそこに因果関係を見る方が間違っている、あの小説はそのような関係の連なりによって書かれていない、ということを作者は書き終わると作者でなくなるからわからなくなるから小説の外で了解されている穏当な時間の流れ、事の関連で小説内の出来事をつい見てしまう。

しかし書いているあいだも作者はそのようにわかっているわけではない。作者は書いているあいだそのような因果関係とかここに出てくる猫はその前に出てきたアレと関係がある、というような順当な関係なり関連なりと違うところに気持ちを奪われている、前々回だったか書いたセザンヌのテーブルの面の見える角度と水差しの口の見える角度がふつうの視点ではつじつまが合わないように作者は書いているそこに熱中するから今書いてるそこがその前のどことどうつながっているかが関係なくなる。これは意図せず起こる空白だ。

意図しないのは意図したくないからか意図しそびれたからか意図の必要がなかったからか

わからない、とにかく空白が生まれた、そこに書いている最中の作者の意図は関与していない。小説は作者の意図をこえて書かれる、作品の隅々まで作者として作品をコントロールしようとして書いている小説家の小説にも作者の意図せざる部分は必ず生まれる、その土地がどこでその日の天気がどうで、ということをすべて因果関係に当てはめ逆算して書かれた小説にさえ漏れるものはある、空白は意図しないところに起こる、しかもそれは書いている最中の時間、行為の最中には明白すぎるそれに本人は気がつかない。

気がついていたら書いていた私はブロック塀の上にいる猫にある感情を重ねるつもりがなくても重ねてしまっただろう、その猫は本当に置いていかれたのかどうか、作者は関与していない、そうとしか見えないとしてもそうかどうかはわからない、きっとわからないから作品内で猫はいっそう置いていかれた、しかしそれは断定できない、だからいっそう置いていかれた。

明白なことが見えない、見えないからいっそう明白になる、しかし明白だと言明するだけだ、明白だからそうだというのはその場・その時を離れた指摘にすぎない、それはたんなる醒めた（冷めた）認識だ、その場・その時には明白さは問題にならない、問題はそこにはない。

「キリストは「全く神」でありかつ「全く人」である。」

こう考えた人たちはしかし神の実在をまったく、全然、まるっきり疑わなかっただろうか。

「エリ、エリ、レマ、サバクタニ」

「わが神、わが神、なんぞ我を見棄て給へし」

と、キリスト本人でさえ十字架の上で言った（マタイ福音書）。キリストとキリスト教について考えつづけた人たちは心の中に、「神は全くいる」と「神は全くいない」の二つの命題がつねに同時に存在していた、だから彼らは「キリストは「全く神」でありかつ「全く人」である。」という論理的に矛盾する命題をリアルに、痛切に、深刻に、心に深く刻みつけられたという文字どおりの意味で深刻に考えつづけられた、そういう二律背反は無意識の中ではきわめてあたり前にある、信仰とはそもそも意識や自我などの小さいところで起こるのでない、無意識やエスを丸ごと含めた人間全体で起こるものだ、というのは心理学的な解釈すぎるだろうか？

量子力学で今はどうなのかわからないが前は「シュレディンガーの猫」が入門的な本には必ず書いてあった、量子をどうとかするとか素粒子をどうとかすると密閉された箱の中で有毒ガスとかそういうものが出て箱の中にいる猫が死ぬ、量子だったか素粒子だったかをどうとかしたのがたとえば一時間前だったとしてしかしそのどうとかした結果は一時間後に箱を開けて中を確かめるまでわからない、量子だったか素粒子だったかがどうとかしていたら猫は死んでるがどうとかしていなかったら猫は生きている、箱と量子だったか素粒子だったかの関係は箱を開けた瞬間に決定的なことが起こる、箱の中の出来事は一時間前に起こったわけだがその一時間前の出来事は一時間後に箱を開けた瞬間に確定される。

量子力学で問題なのは一時間後に箱を開けたその瞬間に一時間前にさかのぼって出来事が確定される。出来事から箱を開けて中を見るまでの一時間、猫は生きていたのか死んでいたのかというと、箱を開けるまで猫は生きていたか死んでいたかのどちらかでなく、猫は「全く生きていた」かつ「全く死んでいた」。どちらか一方に一時間後に確定されるまでの一時間のあいだ猫はどちらか一方でなく完璧に二つの状態にあった。私のこの、「シュレディンガーの猫」の理解がまったく間違っているとしたら私の創作だと読者は了解してください。

これは大澤真幸が書いていた例だ、遠い山中で飛行機が墜落した、何日も捜索が難航するあいだ家族は子どもや夫の無事を祈りつづける、その祈りは今このときだけでなく過去の何日間にもさかのぼり、祈ることによって死を生に書き換える力さえ持つと思って家族は祈る。

これは『〈個〉の誕生』の一節だ、

「しかし、中世の思想家たちがしばしば私たちに注意をうながしたように、厳密に、明晰には語れないことの方が、人間にとって重要であり、価値あることがらである場合も多い。」

私はここで「場合も多い」と控えめな言い方をしたのが残念だ、さらっと書いたやや補足的な一文だったからさして気にもせず書いてしまったか、ここは話の本筋から外れるという思いから本筋と外れたところでいちいち小さな軋轢を起こすのは書き進めることの消耗になるという本人も自覚しない躊躇がここで断定でセンテンスを切ることを避けさせたのか、しかし控えめな表現をとっても意味はしっかり届いた、

「厳密に、明晰に語れないことの方が、人間にとって重要であり、価値あることがらである」。

31　下から上に向かって読む

ＮＨＫのＥテレで日曜の早朝と再放送を土曜の午後に放映する「こころの時代」という宗教の番組に釜ヶ崎で活動している本田哲郎というカトリックの司祭が出て私は感動した、感動したというのは心を強く揺さぶられたり自分の中に力が湧いてくるのを感じたりしたという意味だ、本田司祭自身が力強い。私は物静かな宗教者は好きではないというかうさん臭い、宗教者を演じているように感じる、宗教はこの社会の秩序に鋭く対立するものであるはずだ、本田司祭は社会の不正や不平等というか虐げられた者を作り出して維持されるこの社会への怒りが全身から発散している。

その放送は七月だった、たしかまだこの夏の猛暑は始まってなかった、本田司祭の本をアマゾンで買おうとするとすでにどれも品切れだった、しかし妻が銀座に行く用事のついでに教文館に寄ると岩波現代文庫の『釜ケ崎と福音』が置いてあった、本に書かれてあることはテレビの中で肉声で語られたことと重なる部分が多く肉声の記憶があると印刷された言葉は弱く感じたが読むうちにだんだん強くなった。しかし私はこのことをこの連載に書こうとは思わなかった、しかし今日、フロイトの「強迫行為と宗教儀礼」という短い論文を読んでいたら、「「復讐するはわれにあり」とは主の発する言葉である。古代の諸宗教の展開に見てとれようが、人間が「悪徳」として断念した多くのものは、神に譲り渡されることによって、その後もなお神の名のもとに許されていた。」（フロイト全集第9巻、道籏泰三訳、岩波書店）

この箇所に出会い、本田司祭を思い出した。

「貧しき者は幸いである」とかそういう言い方が聖書にある、本田司祭は「貧しい人」を「貧しくされた人」と訳す、「貧しい人」というのは、ギリシア訳原文では「プトーコイ」、物乞いしないと生きていけないほど貧しく小さくされた状態をあらわす言葉だと言う、「プトーコイ」はイザヤ書などにある「アナウィーム」というヘブライ語で、この語は「虐げられて、虐げられて、もうどんな立場も、立つ瀬もない」という、本当に弱い弱い立場に立たされている人を指す。

引用箇所の「悪徳」を私はいわゆる悪徳と感じたのではない、「復讐するはわれにあり」これは「ローマ人への手紙」にある言葉だそうだがその激しい意志、やむにやまれずどうにも抑えきれない感情、それを「悪徳」とここで言ったのだと私は感じた、その激しさが私は本田司祭のテレビで見た姿、表情、語り方を思い出した、本田司祭は「貧しい人」を「貧しくされた人」と訳す。

貧しくされた、小さくされた、弱くされた、このされたが釜ヶ崎で本田司祭の肉声で聞くととてもよくわかる、というか胸に響く、というかそのまま来る、この人たちはこの社会によってそうされた、自分が悪いから、自分がだらしないから、自分が劣っているからそうなったのではない、社会によってそうされた。一方で、貧しくない、小さくない、弱くない人たちは、

「「信者だから、わたしは神に選ばれた者。世の中に対して地の塩としての役割を果たす、世の光としての使命を果たすのだ」と錯覚している。」（『釜ヶ崎と福音』103ページ）

今の世界は宗教が力を失なったから、人々の中にじゅうぶんに浸透していないから悪い方向に向かっていけるわけではない、宗教が、宗教を広める活動をしている人たちが本来の宗教を歪めているから良くならない。本田司祭は正しいことを行なうために教会がじゃまだと思ったら教会に行く必要はない、キリスト教徒である必要もない、他の宗教でもいいし、宗教なんかなくてもいい、と言う。聖書を読まなくてもいいと言ったかどうか、それは言ってない気がする、本田司祭は厳密に最も本来の聖書をあらしめようとしている、だいいち本田司祭は「新共同訳聖書」の訳者のひとりでもある、キリストその人が本当に言ったことは何か、キリストその人の言葉として本当に記録されていることは何か、キリスト以前の聖書で書かれている本当の意味は何か、本田司祭はまさに宗教者として聖書に命を吹き込もうとしていると私は感じる。

私はたぶん本田司祭が実際に言ったり行なったりしていることとズレたことを書くだろう、私のこの文章で本田司祭に関心を持った人は本田司祭の本そのものを読んでほしい、私の書いたことで本田司祭を批判したくなった人は私の書いたことをもとに批判するのでなく本田司祭の書いたものをじかに読むべきだ、それでも私のこの文で本田司祭をはじめて知り本田司祭について負のイメージを持ってしまったことが本田司祭の書いたものを直接読んでも私の文のイメージによって損なわれるということはあるかもしれない、そういう場合はどうすればいいのか、私はわからない、というかそういうことにいちいち拘泥する人はもうどうでもいい。

テレビを見てこの本を読んだすぐあとくらいにテレビのディーライフで『ヘルプ——心がつなぐストーリー』という映画を見た、ヘルプというのは白人家庭で通いの家政婦をする黒人女性のことだ、映画の舞台は六〇年代前半の南部ミシシッピ州だ。豊かな白人家庭は家事や育児を黒人のヘルプに任せる、そして自分たちはチャリティをしたりしている、白人は黒人のヘルプが作った料理を食べ赤ん坊の世話をヘルプに任せているのに白人はヘルプが自分たちのトイレを使うことを許さない、黒人と同じ便座に裸の尻をつけるなんておぞましいことはできないということだろう、それで家の外にわざわざヘルプ専用のトイレ小屋を作って、「自分のトイレがあるって、いいでしょ?」と言ったりする、専用のトイレがない家ではどこでしてたのか、庭の隅でしてたのか、映画ではそこは描かれてないがヘルプは黒人居住区からバスに乗って通うくらいだから自分の家に戻って用を足したのでないことは間違いない、案外ホントに庭の隅でしてたのかもしれない、ひどい矛盾だが同じ便座にすわるのを拒絶するほど汚ない人が作った料理を食べて自分の子どもの入浴をさせたりオムツを替えさせた、その矛盾は当時の白人女性は心の中でどういう風につじつまあわせをしていたのか。素朴すぎる考えかもしれないが正しくないことには矛盾が多い、不思議なことにそれをしている人にはそれが矛盾と映らない、文化というのはおしなべてそういうものだと言ってしまえばそうかもしれない、そうだとしたら文化に染まるということは矛盾に気づかなくなることでそこにはフロイトの言う否定か抑圧が働く。

『ヘルプ』でひとりの家政婦が雇い主である白人女性に、息子を大学に通わせたいので給金を前借りさせてもらえないかと頼む、すると雇い主は言う、

「「神は自ら助くる者を助く」よ。人に頼らず自分で努力しなさい。」

こういう場面に出会うと私は本田司祭の顔が浮かぶようになった、これはささいなようで心の出来事としては決定的な変化だ。考えとは言葉だ、それは外からくる、フロイトはこう言う、

「言語表象が媒介して、内部の思考プロセスが知覚されるようになる。これは、すべての知識が外部の知覚から生まれるという理論を証明するかのようである。思考を翻訳する際に、思考は現実的なものとして（すなわち外部から来たものであるかのように）知覚され、真実

とみなされるのである。」（傍線引用者／「自我とエス」『自我論集』所収、中山元訳、ちくま学芸文庫）

「現実的なものとして」というのは現実の世界にある物理的現象としての音のようなものと同等にとかそういう意味だろう、つまりとにかく思考は幻ではない、その思考を伝える言葉がここでは私は本田司祭の肉声で語られるように感じる、言葉がずっと信頼できるものになる。

本田司祭はイエス・キリストを探し求める読み方をしろと言う、「聖書はわたしについて証しする書だ」とキリストは言った。聖書にはペテロとかマルタとマリアとかいろいろな人が出てくる、その人たちの中から自分に好ましい人物を探し出す読み方をする人がいるがそうではない、いろいろなタイプの人間描写を読みたいのであれば小説『徳川家康』でいい（『釜ケ崎と福音』一三六ページ）と、聖書を読むとはそれぞれの登場人物を通じてイエスがどういう人だったのかを探し求めることだ。

「ことば」へブライ語の「ダバール」とは出来事のことだ、「言語の異なるどんな人間にも理解できることばは出来事であり、それをダバール＝ことばという。」（同、一三四ページ）

「受肉した神の子イエスのことを「御ことば」といったりしますが、それは「神のことば」ということであり、神を現し出しておられる方という意味です。人間には見ることも触れることもできない神を、自分の生活に受肉させ、生活化した方だから、それが御ことばなのだということです。」（同、一三五ページ）

坂口ふみが書いていたキリスト教思想史における〈全く神〉で〈全く人〉の問題がここでは一蹴されているように見えるがそれは私が浅薄だからだろう、私は坂口ふみの本に戻ればきっとまたそっちの問題に心を捕われるのだろう。小学校のとき毎週日曜学校に行かされている同級生の女の子が、

「キリストなんて本当にいたのかなあ。キリストがいなかったら日曜学校行かなくて良かったのに。」

と言ったとき、私はキリストが本当にいたとかいなかったとか考える人がいることがちょっとした驚きだった、私はその半年後にカトリックの中学に行くことになるが宗教教育を強制しなかったので相変わらずいたとかいなかったとか考えたことはなく、全体としては実在とは無縁の神話上の人物だった。その後三十歳をすぎた頃から少しずつキリスト教に関心を持つようになったがキリストの実在はどうでもよかった気がする、キリストが本当に生きたことの大事さ、というか「キリストが何をした」「キリストがいたから××××である」と考えるようになったのは坂口ふみでもなく本田司祭かもしれない。

イエスはマリアの私生児として生まれた、それは道を外れた、穢れた出産だったのでヨセフの家の中で出産することは許されず家畜小屋という最低の場所しか与えられなかった、そこに駆けつけた「三博士」というのも実際は占い師だった、占い師が来た「東方」というのもパレスチナ地方では死海にそそぐヨルダン川の向こうに広がる荒れ地を指し、東の方から

来るものは貧しさをもたらすとされていた。そしてイエスは無学で酒飲みで食い意地が張っていた、と本田司祭は最低の人物として、聖書の記述を通してイエス像を描きだす（同、一三九ページ以降）、しかしここを読むときすでに私は、

「だからキリストなのだ。」という気持ちになっている。旧約聖書の申命記の七章6―7節でモーセが民に確認する、

「あなたは、あなたの神、主の聖なる民である。あなたの神、主は地の面にいるすべての民の中からあなたを選び、御自分の宝の民とされた。主が心引かれてあなたたちを選ばれたのは、あなたたちが他のどの民よりも数が多かったからではない。あなたたちは他のどの民よりも貧弱であった」（同、一〇一ページ）

本田司祭は「イエスさまはふつうに暮らせる人だった。だけど英雄的に、貧しい人たちの仲間になられた」というような、そんな人じゃなかったと繰り返し強調する、イエスはつまり神は最も小さくされた者、最も弱くされた者、最も虐げられた者としてこの世にあらわれた。貧しく小さくされた弟子たちがユダヤ人による襲撃をおそれて、「戸という戸に鍵をかけて」集まり、祈っていたとき、舌の形をした「ほのお」が一人ひとりの頭の上に止まった。これが聖霊降臨だが、なぜ聖霊が炎や火で象徴されるのか。

「上に向かって燃えあがる火ですよ。火は、やはりいちばん下につけるしかない。たき火をするときもそう、竈に火をくべるときもそうです。新聞紙をまるめて、火をつけて、それ

に細いほだを並べて、そこまで火がまわってきたら薪を乗せて、下から上へと燃え移っていく。聖霊のはたらきもそのようなのです。貧しく小さくされた仲間たちをとおして聖霊ははたらいているのです。父も子も聖霊も、はたらくのはいつも低みからだと言い切ってよいと思います。」（同、一四六ページ）

私はこうして書き写すと意味を伝えてないように感じて仕方ない、じつは私は珍しく、今回この連載を書くのに何度もやり直した、本田司祭の言葉を書き写すとどうしても違うものになる。本田司祭はまさにキリストその人に向かう、聖書を二千年読みつがれたものでなくはじめて読むように読む、はじめて読むように読めるようになるのは繰り返し読み聖書のことばかり考えたからだ、はじめて読む人ははじめて読むように読めない。聖書から教えを取り払いキリストを描く、それが福音だと私は感じた。

「「信頼してあゆみを起こす」、そのことが信仰なのです。ですから、宗教あるいは教派・教団の違いなど、いっさいこだわらない信仰理解こそ、ほんものと思っています。

福音は告げ知らせるべきであるけれども、宗教は宣教すべきものではない」（同、一六七ページ）

聖書から教訓や道徳や社会規範を読まず行動や思考の原理を読む、まして修辞に惑わされない、私の小説観はそれにちかい、カフカの『変身』をひきこもりの話として読まない、ザムザは汚わしい虫になった、カフカは汚わしい虫になったザムザが家族にうとまれて死んでゆくまでを書いた、小説は余暇の時間に読むものではない、人生の時間として読まれるものでなければ小説ではない、社会に流通する因果関係のような思考様式でない別の思考様式を作り出そうとしたり時間や空間の、人をそこに縛りつけるのでない像を作り出そうとしたりすることが小説を書くことだ、この社会に流通する思考様式や世界像を使って小説を書いたら、小説はそれだけでこの社会を追認することになる。

「なぜ聖霊が炎や火で象徴されるのか」って、これは一見あたり前のことを言っていると思わないか？　聖霊なんだから火なんじゃないの？　聖火だって火だし、大事なものの象徴なら自然と火になるんじゃないの？　と思わないだろうか？

下から上に向かうから火なのだ。貧しく小さくされた人たちがいるのが下だから聖霊は下から上へと燃え移る火でなければならない、それは修辞やイメージでないある種物質的な出来事なのだ、という私の驚きや感動が私はどうしても伝えられない。ことば＝ダバールとは出来事なんだ、だから聖書はすべてがキリストのこと、神のことなんだ、というのは私はもっと伝えられてない、これは二〇世紀の言語観に染まった自分の考えを大幅に換えないとこの部分を読んでるあいだだけわかったつもりになるだけだ。

旧約の神はイスラエルの民が最も貧弱だから彼らを選んだ、神は人としてこの世界に姿をあらわすとき最も虐げられた人たちの一員として姿をあらわした、神は上から人々を教え導くのではない、一番下にいる人の力となる。

32　運命と報酬

タイムマシンのパラドックスというのがある、私は子どもの頃からＳＦは好きでＳＦ的発想の中で一番好きなのはタイムマシン、あるいは時間旅行なんだと思う、だから同じＳＦの中でもジュール・ヴェルヌの月世界旅行とか地底探検みたいなのはＳＦと感じなくてピンとこない、もっともフィリップ・Ｋ・ディックの妄想は好きだ、ディックでは個人の妄想に世界が巻き込まれて世界が歪む、意識というのが時間の所産というか個人の経た時間の貯蔵庫というかとにかく意識は時間と深い関係があるから私の関心の根っこは一つなのかもしれない。

「タイムマシンのパラドックスがあるじゃん。」

「何ですか？　それ。」驚いたことに編集者のＭ君は知らなかった、私は説明した。つまりは、タイムマシンで過去に行って、自分の親を殺したら自分も同時にいなくなるわけだよ。

「何で、過去に行ったら親を殺さなくちゃいけないんですか？　過去に行ったからって言って、親を殺すなんて限らないじゃないですか。」

M君の反論に私は感心した、ほとんどの場合、哲学的議論とか思考実験には暗黙のルールがありついついそのルールの中で、そこは論理的に整合性がないだの、いやあるだのと言ってしまう。そのルールの外に出る人が私は好きだ、教室ではきっと先生から「黙ってなさい」と言われたか、言われなくても黙っていろという無言の抑圧を受けたことだろう。

M君の反論に出会うまで、私はたぶん、親を殺した時点で世界が、親がそこで死ぬ世界と親がそれ以降も生きつづける二つの分岐する世界を考えていたんだと思う。あるいはそのパラドックスをたいした問題と考えていなかった、とにかく私は時間旅行は子どもの頃からずっとあると考えて生きてきた、といってもマイトレーヤ（弥勒菩薩）が五六七〇〇〇〇〇〇〇年後に地上にあらわれてみんなを救うという話と同じ程度に自分がいま生きているこの生とは関わりのないものだと思っていた、だから時間旅行は私の一種の究極の救済のようなものだった。

それで私はM君の反論に刺激されて、タイムマシンのパラドックスに対する返答を考えた。タイムマシンで過去に行ったとする、親を殺したりしたら元も子もないが、まあたとえば自分の人生は呪われている、自分なんか生まれてこなければよかったんだと思っている人がタイムマシンで親殺しに行ったとしよう、彼は首尾よく親の子ども時代に到着した、しかしその子を殺そうとするとどういうわけか邪魔が入って失敗する、何度やろうとしても邪魔が入る、そして結局あきらめる。

　なんて話を昨日、別の二人の編集者にしゃべっていて急に気がついた、タイムマシンのパラドックスだけでなく時間旅行の話をする（書く）人全般が時間旅行の出発前と到着後のその人の一貫性もっと言えば同一性を疑っていない、

「そうですよね、人間は時間と空間の相関物ですからね。」とI君が言った、関係ないが今年五十九歳になる私は仕事で自分より年上の人と会うことがなくなった。I君の発言の前にO君が、私の邪魔が入って実行できないという話のときに「出来事の不動性みたいなことですか？」みたいなことを言っていた、話というのは同じ話題ではじまっても相手によって全然違う方に行く、私はたぶんO君の言葉によって時間旅行の前と後に変化がないという前提で考えていたことに気がついた。

　たとえば人を殺すときに発動する脳細胞なり発火現象なりはきっと特殊なものがあるわけで、時間旅行はきっと体に大変な負荷がかかることだろうからその間に人を殺すという脳の働きは濾過されたり淘汰されたりしてしまう、過去の時間に到着したときには「あれ？　俺は何しに来たんだっけ？」となっている。きれいさっぱり忘れてしまうというのはそういうことだ、二階の自分の部屋に財布を取りに行ったが外で大きな音がして二階の窓から「何だ、何だ」と音のした方を見て何もなかったことを確認したら安心してそのまま降りてきてしまったときのように、自分がそこにいる動機さえ忘れている。

あるいはもっと極端で、時間旅行の最中に頭の中身がどんどん組み換えられてゆく、目的時に到着したときには全然別人になっている。それが完全な記憶喪失状態になっているのがパターンA、もとの記憶がうすぼんやり残っていてそれがその時代という外的情報というか圧力というかそういうものによって急激に変化して出自がわからない人になるのがパターンB、などといちいちシミュレーションしても意味がない。

それよりもっと極端な場合、時間旅行で過去にさかのぼるにつれて旅行者の年齢も若くなってしまう、だから旅行者は自分の誕生より昔に行った場合、魂だけになってしまう、そして誰かの受精卵に入る。時間旅行は成功だがそれを証明できる人はどこにもいない。

時間旅行に惹かれるくらいだから元々私は運命論者だった、今もそうだ。人は努力をしても上手くいかないこともあるし、努力をしなくても成功することがある、しかし同時に努力をして上手くいくこともあるし、努力をしなくて成功しないこともある。私が運命はある、世界の流れ、世界で起きることはすべて決定している、と言うと、

「だったら人は努力しなくなる。」と、たいていの人が言った。私は出来事はすべて決定していると言ったがその決定している出来事を前もってわかっているとはひと言も言ったことはないし、私はまったくそう考えていない。出来事はすべて決定しているが出来事の中身はまったくわからないのだから努力したい人はすればいいし努力したくない人はしなければいい。

そんなことを考えていたのはしかし振り返ってみると二十歳ぐらいまでだった、あるいはもしかしたら小説家になって十年ぐらい経つまで考えていたかもしれない、その後は考えが変わったのでなく、そんな風に考えていたことをすっかり忘れていた、というのは私は努力という言葉・概念の意味がすっかり、ごっそり変わった。

努力と結果（＝報酬）が別々にあるのではない、何かをする人にはただ努力だけがある、努力がそのまま報酬である、巨人からニューヨーク・ヤンキースに行った松井秀喜にとってバットの素振りが最も印象に残ったことだった、ピアニストは日々ピアノを弾くことが喜びとなる、その喜びは部外者にとっては苦しみとしか映らないことだったとしても何かをする人にとって苦しみもまた喜びであり苦しみと喜びは二項としてはっきり区別のあるようなものでない。ＮＨＫのＢＳプレミアムで日本百名山を南の端、屋久島だったかそこから利尻島までいっさい動力を使わず徒歩と海は自力のカヌーで渡る、徒歩といってももたもたしていると利尻島に渡る前に冬になってしまうから走れるところは足許と体力が許すかぎり走る、だから山の狭い尾根も走る、もちろん三〇キロとか四〇キロとかの荷物を背負っている、南の端の出発が本当に屋久島だった記憶は私はあやふやだ、屋久島から鹿児島までカヌーで渡れるのかどうかわからない、しかし利尻島へは荒れた島をカヌーで渡った、予定では三時間ぐらいで渡るつもりだったが波をかぶり潮の流れが逆だったので朝八時にたしか漕ぎ出して利尻島に着いたときは日が暮れていた、八時間だったか九時間だったか冒険家の田中陽希さんは漕ぎつづけた、途中カヌーは何度も転覆した。

　田中さんは山の頂に立つ、晴れていれば見渡すかぎりの絶景だ、登っている最中も少し余裕があるときは景色を見る、高い山の頂からの眺めは私はまったく経験がないがテレビの映像でも素晴しいというか凄い、チベットに潜入するためにヒマラヤを越えた日本陸軍のスパイだった西川一三は山頂からの眺めを宇宙の真理と感じた、西川一三の書いた『秘境西域八年の潜行』は藤枝静男があの『田紳有楽』を書くときに使った資料でもある、『秘境西域……』をそうとは知らずに読んだが『田紳有楽』に通じるアナーキーな心性があった。山頂からの眺めは凄いから山に登る理由はそれにある、あるいは山頂に立つ征服感にあると人は考えがちだ、登山家や冒険家も面倒くさいからそう言うかもしれない、しかし本当の理由・動機はそれをする困難さであることは間違いない、だから本当はテレビに映る必要はないが資金がないとつづけられないからしょうがない。

　日本百名山のそれを見ていて、やっぱり千日回峰行はすごいことだと思った、千日回峰行を成し遂げればアジャリとか大アジャリとかになれるが、それになりたいからという理由で真っ暗で足許がガタガタの山道をひと晩中走りつづけることを来る日も来る日もつづけられるわけがない、だいいちそんななりたいなんて俗な気持ちがもし仮りにあったとしても千日の途中で消え失せる、千日回峰行は真っ暗い山道を走りつづけることそれ自体に意味がある、意味というのはここでそれ以外に言葉がないからそう言うだけで、いわゆる意味ではない、自分を見つめるとか自分と対話するとか仮りに言ったとしても、そこでの自分、自己はいわば山や山道のことだ。

千日という区切りがあったり、百名山という目標みたいなものがあったり、松井秀喜では試合があったりするが、それは動機でなくかろうじて一般人が住む社会との接点なのではないか。というのは千日、百名山、試合……etc.を持たずに日々がそれだけになった人がいたとしてももう社会にはその存在が見えない、ポアンカレ予想を解いたロシアの数学者ペレルマンはそうなった人なんじゃないか。

運命というのは失敗や成功や敗北や勝利や民族や国家の没落と結びついた概念と見える、運命は何かの渦中や行為のプロセスにいる人にのしかかる、私はあるときから結果や成果でなく日々それをすることの方にだけ関心が向くようになった、私はそう考えてみるともう運命論うんぬんに関心はなくなっていた。

それでも子どものときに熱中した『怪傑ハリマオ』やハリマオより放映された範囲がずっと狭かったため一九五六年生まれの私と同年代でも知ってる人がずっと少ない『ナショナルキッド』のDVDのBOXセットを買ってしまうようにタイムマシンや時間旅行には心が動く。運命論をとらず過去に行って歴史を変えてしまうパラドックスの回答には今思いつくかぎり二つある、ひとつはバートランド・ラッセルが言い出した「世界五分前仮説」だ、しかし私は分析哲学が嫌いで世界五分前仮説もじつにくだらない、ラッセルは誰にも論駁できないと言ったとしても論駁できなければ正しいわけでない、仮りに正しかったとしてもくだらないことに変わりない。

もう一つはパラレルワールドだ、時間旅行して過去に働きかけるたびに宇宙が二つに分岐する、そんなことしたら宇宙は無限に増殖していく、しかしそれで何か不都合があるだろうか。大きな天体望遠鏡で見える小さな光の一つ一つが銀河系だか銀河系が集まったものだとか言う、この太陽系がある銀河系に恒星だけで二〇〇〇億個ありそういう銀河が一〇〇〇億以上あるという、しかも宇宙全体の質量に対して星？全部の質量は約五％で残りはダークマターとダークエネルギーだと言うんだから宇宙がどうなっていようが何でもありうる。

二〇〇〇億個だ一〇〇〇億個だと口や文字ではひと言だが並べたらとんでもないことになる、人間が百歳まで生きてもたった五千二百五十六万分だ、一億分にならない、億というのはものすごい大きさで、人生とか愛という言葉を内実も知らないまま使っているように億になると内実はわからない、これは本当に大変なことなのだ、個人が感覚的に理解できるような次元で億単位の物の一つ一つを見たり聞いたりすることはできないそういう宇宙が並行宇宙で何千億個に分岐したって、それもありだ。

しかし並行宇宙のそれぞれの宇宙は出合うことはない、並行宇宙のそれぞれに生きる私はそれぞれの私を知らない知ることはない、そういう並行宇宙に生きる別の私を少しでも考える考えられない少しでも考えるがそれ以上には何も考えられないことを経由して今ここに生きる自分を考えると、宇宙の中で百何十億年という時間の現在に生きていることがすごく信じがたいことに思えてくる、心か頭のどういう仕組みがそれを信じがたいことと思わせるのかわからない、並行宇宙に住む決して知ることのない出会うことのない膨大な数の自分がいてここにもいる、ここにいる自分は今にいる、私は江戸時代でも戦国時代でももっとずっと昔の先史時代でもなく今にいる、それはどういうことなんだろうか。

　どういうことなんだろうかという問いかけは理由や今この時代を生きる意味を知りたくて発したのではない、そうではなく自分が組み込まれている時間と空間に対する違和感が降って湧いたそれに対する返答でなく答のない返、応答なら答のない応、

「それは××××だから。」という答でなく、

　池に小石を投げれば水に波紋ができる、小石を三つ投げれば三つ波紋ができる、小石でできた波紋同士が離れていれば三つの波紋はしばらくすれば消える、波紋同士が近ければ波紋がぶつかり合ってたいていは少し歪むが場合によってはそれぞれの同心円が維持されたまま重なるようなこともある。

　というようなたんたんとした記述、——

あとがき

本書のゲラを広げて、私はゲラを見て、直しを入れる作業が嫌いで、ゲラを見ずにたまたまフラナリー・オコナーの『秘義と習俗』（上杉明訳、春秋社）というエッセイ集の中の「小説の本質と目的」を読み出したら私がこの本で書いたことのエッセンスが明快に書いてあって驚いた。以下、そこに書かれた順番に引用する。

多くの人の胸にある「技術」は、何か厳格な、素材の上に押しつける公式のようなものであるらしい。しかし、最上の作品にうかがわれる技術は、素材そのものから出てくる有機的なものである。これが本当なのだから、技術というのは、これまで書かれた何らかの価値ある作品の一つ一つについて異なるものなのだ。

人間の知識は、まず感覚を通してくる。だから創作家は、人間の知覚のはじまるところから始めるのである。すなわち、感覚を通して訴えるわけだが、抽象概念でもって五感に反応を見ようとしてもむだである。現実にある対象を描写し、再創造することに比べたら、抽象思想を述べることはずっとやさしいのだ。小説作家の世界は物質に満ちているわけであるが、駆け出しの作家が筆の力で創りだすのを非常に嫌うのが、この物質なのである。彼らは、何よりも肉付けのしていない思想や感情を取りあげたがる。

だから、象徴的であるという評判の作品をむりに読むことになれば、人は、代数の問題かなぞのようにそれにとりくむのである。Xを求めよ、というわけだ。そして、このXという抽象概念が見つかれば、または見つけたと思いこめば、しみじみと満足感を味わいつつ、これでこの作品が「理解」できたと感じて本をおくのである。理解に至る過程の作業と、理解そのものとを混同する研究者はじつに多い。

本を読むときには、中で何が起こるかを読みとることがつねに大切だと思う。しかし、優れた作品では、ただちに理解できるより以上のことが必ず起こっているものである。単に目でわかる程度を越えたことが起こっている。精神は、視覚でとらえたものによって導かれ、作品内の象徴が妥当に指示する深みに至りつくのである。

小説を読み終えて、さてそれから、せっかくもぐりこんだ小説の世界から脱け出て、別の意味を探そうという考えの人がいる。しかし、書く側からすれば、作品は抽象概念ではなく一つの経験なのだから、作品の総体が意味なのである。

読者が、ある本の知的な意味を見出す手がかりは、作者がどんな世界を創りだしているかその種類によるのであり、作者がその世界に付与する性格と細部の種類を見ることである。しかし、いったんその意味が見つかったとしても、それを抽出して切り離し、本全体のかわりにするわけにはいかない。故ジョン・ピール・ビショップが言ったように、「セザンヌはりんごとテーブル掛けを描いたと述べて、それでセザンヌの描いたものを言いつくしたことにはならない」のである。

小説を書く上で、あれをしてはいけない、これはすべきでないと言うのは、いつだってわるいことに決まっている。うまくやりおおせるものなら、何をしてもいいわけだが、ただこれまで際立ってうまくやりおおせた人はいないのである。

しかし、少量の愚鈍さというのも、作家にどうしても必要なものだ。これは、ひと所をじっと見つめなければすまない特質、すぐさま要点をつかんだりはできない特質のことである。対象を長く見れば見るほど、その中に多くの世界が見えてくる。

これに答えるには、希望のない人は小説を書かないというしかない。小説を書くことは、恐ろしい経験である。その間に、髪は抜け落ち、歯がボロボロになることがよくある。小説を書くことは現実の逃避になるだろうと、暗に言う人たちには、私はいつも非常に腹が立つ。創作は、現実への突入なのであって、体にひどくこたえるものなのだ。

希望を持たぬ人びとが、小説を書くことはない。それどころか、小説なぞ読みもしないといったほうが適切である。彼らは、勇気がなくて、あるものを長いこと見ていられないのである。絶望に至る道は、いかなる経験をも拒むことであり、小説は、もちろん、経験を持つ一つの方法である。

こうした書き方の作品は、頭のいい読み上手でなければわからないのだから、書くだけの価値がないと言う人もいるだろう。しかし私は、この種の作品の理解を阻むのは、何よりもいかさまの読み上手である、と考えたい。

作家は、自分を、第三者の目で第三者の厳しさをもって採点しなければならぬ。作家の中の預言者は、同じ作家の中に怪物をも見なければだめなのだ。芸術は自我の中に埋没したりはしない。それどころか、芸術における自我は、観察したものと創作されつつあるものが出す要求を満たそうと努める中で、自らを忘れてしまうのである。

いくらかでも値打のある作家なら、その作りだすものは、彼の意識的精神が囲い込めるものよりはるかに大きい領域に源を持つものであり、つねに読者によりも作者自身にとって大きな驚きであるはずなのだ。

「少量の愚鈍さというのも、作家にどうしても必要なものだ。」(少量は不要か?)とか五つ目の引用とか、とりわけ私が考えていることと同じじゃないかと思う、しかし明快であることと明快でないことには「作品の総体が意味なのである」という点において違いがあるし、「セザンヌはりんごとテーブル掛けを描いたと述べて、それでセザンヌの描いたものを言いつくしたことにはならない」ということでもある、音楽を聴くのにメロディだけ聴くか楽器の音色や編成を聴くか、あるいは弦に指がこすれる音まで聴くか、というか聞こえるもの全部が音楽だと考えている私の言い方は明快さからは自然と遠くなる、故意にそうしていると思う人もいるかもしれないがそういうことではない。

明快で簡潔であることをよしとする人は『秘義と習俗』を読めばいいわけだが、あいにくこの本は絶版だ、古書市場にもなかなか出回っていない、だからここの引用を読んで『秘義と習俗』を読めば足りると思った人が買えずに私の本に流れる、それがラッキーかと言えばそんなことはない。こんないい本が入手困難だということはフラナリー・オコナーのこの小説観が日本ではだいぶ特殊と受け取られていて同時に、ここには引用しなかったオコナーが強い調子で批判する小説が流通しているということでもある、しかし同時にオコナーのこの本は読んだ人が手放さず手元に置いているということでもある。
それはともかく、オコナーは小説とは完成した作品である、成果であり結実であるということを疑わない、小説を書くために何百枚反故《ほご》にしようが友人に何百通手紙を書こうが小説はそれらと切り離して独立に存在するものと考える。私はそうでなく、破り捨てた文章も手紙もメモも日々のすべてが小説に流れ込む、日々のそれらが一時的に形を成したと見えるものと感じている、私は小説はとにかく作品でなく日々だ。

四年間つづいたこの連載を担当してくれた小川純子さんにお礼を言いたい。小川さんはデレク・ベイリーのインプロヴィゼイションをいつも必ず最初の読者として一番前の席にすわってにこにこ楽しんでいる聴衆のようにこの連載を楽しんでくれた（ベイリーのライヴは聴衆がたったひとりしかいないことも珍しくなかったのだ！）、最初の読者の重要性のことを私はこの連載で一度も書かなかったのが心残りだ。

二〇一六年九月　　保坂和志

初出

「みすず」二〇一二年四月―二〇一三年十一月、二〇一四年五月―八月・十一月・十二月、二〇一五年三月―八月・十月・十二月号

著者略歴

（ほさか・かずし）

1956年山梨県生まれ．鎌倉で育つ．早稲田大学政治経済学部卒業．1990年『プレーンソング』でデビュー．1993年『草の上の朝食』で野間文芸新人賞，1995年「この人の閾（いき）」で芥川賞，1997年『季節の記憶』で平林たい子文学賞，谷崎潤一郎賞，2013年『未明の闘争』で野間文芸賞を受賞．その他の小説に，『猫に時間の流れる』『残響』『生きる歓び』『カンバセイション・ピース』『カフカ式練習帳』『朝露通信』『地鳴き，小鳥みたいな』など．小説論・エッセイに『書きあぐねている人のための小説入門』『小説の自由』『小説の誕生』『考える練習』『遠い触覚』など．絵本に『チャーちゃん』（画 小沢さかえ）がある．

保坂和志
試行錯誤に漂う

2016年10月7日　印刷
2016年10月20日　発行

発行所　株式会社 みすず書房
〒113-0033 東京都文京区本郷5丁目32-21
電話 03-3814-0131(営業) 03-3815-9181(編集)
http://www.msz.co.jp

本文組版　キャップス
本文印刷・製本所　中央精版印刷
扉・表紙・カバー印刷所　リヒトプランニング

ISBN 978-4-622-08541-6
[しこうさくごにただよう]